JN048064

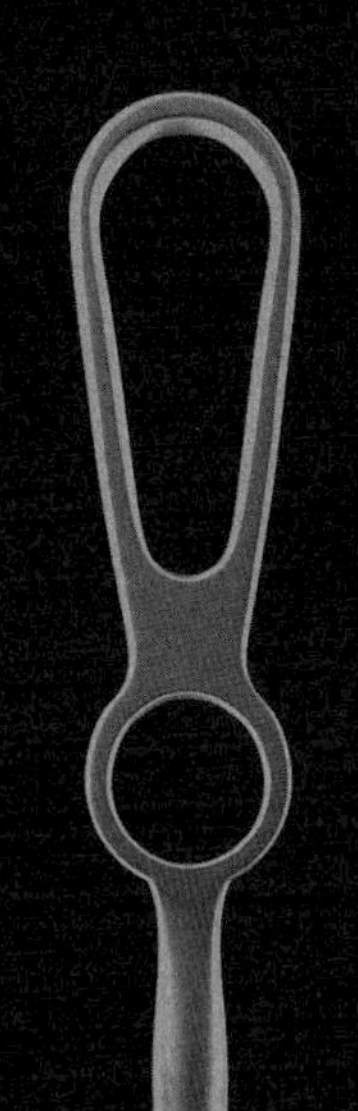

プラチナハーケン1980

KAIDO TAKERU PLATINUM HAKEN 1980

海堂 尊

講談社

プラチナハーケン1980　目次

カバーCG：桑原大介

ブックデザイン：鈴木成一デザイン室

プラチナハーケン1980

第1部　真夜中のドア

1980年(昭和55年)

1章 抜擢

一九八〇年六月

東京のベッドタウン、桜宮(さくらのみや)市にある東城(とうじょう)大学医学部は、関東の雄として名高い。

桜宮丘陵の頂上にある通称「お山の大学病院」。病院坂の下には、診察や治療の順番を待つ患者のための旅館が軒を並べている。

大学病院の声価を高めている双璧が、総合内科学教室を主宰するリウマチ治療の第一人者・神林三郎(かんばやしさぶろう)教授と、総合外科学教室を率いる日本屈指の国手(こくしゅ)と称される佐伯清剛(さえきせいごう)教授だ。

その二人の許には診察や治療を望む患者が、日本全国から殺到している。

総合外科学教室、通称「佐伯外科」で開かれている症例検討カンファレンスは、翌週の手術内容を事前に検討する、最も重視されるミーティングだ。

二年前に総合外科学教室の教授に就任した佐伯教授が始めた仕組みである。

それまでは教授が独断で決定したメンバーと、簡単な検討をするだけだったため、医局員は教室でどの患者にどんな手術をするのか、知らない者も大勢いた。

その弊害で先々代と先代の教授の、二代にわたり医療事故が多発した。対外的には隠蔽されたが内部で大問題となった。このため佐伯現教授が就任直後、カンファレンスを改善し、医局員の全員参加を義務づけ、時間厳守、遅刻厳禁の重要な会となった。

教室員は月、水、金曜の手術日に医局に顔を揃えるので、症例検討カンファは毎週水曜日の朝八時から一時間、開かれることになっていた。

六月四日水曜日、朝八時四十五分。

暗闇の中、スライド映写機の光が、白いスクリーンを照らし出している。

病院四階、総合外科学教室のカンファレンスルームには白衣姿の医局員がひしめき、大勢の吐息の熱が籠もっている。息苦しさが増幅される中、灯りが点いた。

「以上が、来週月曜日予定の中村さんの概要となる」

たった今、来週の手術予定の患者のプレゼンを終えた黒崎誠一郎講師は、憮然とした表情で佇んでいる。黒崎講師は佐伯教授の熱烈な信者であり、医局長を務めている。

腕組みをして聞いていた佐伯教授の、雪のように白い眉が闇の中でうっすら光る。

たった今、終わったプレゼンテーションは、医局長が発表するというイレギュラーなものになった。その上、その内容に医局員たちは声を失った。

「なんだ、黒崎、不満がありそうな顔をしてるな」

「それは……」と黒崎講師が続きを言いかけた時、扉が開け放たれた。

逆光の中、長身の青年のシルエットが浮かび上がる。

「すいません、遅れました」と言って部屋に足を踏み入れた青年は、ケーシースタイルの白衣の上に長袖の白衣を羽織っている。その裾がふわりとなびいた。

鋭角の顎(あご)、細い唇(くちびる)、通った鼻筋に切れ長の目。細いが凛とした眉。

研ぎ澄まされた役者のような顔立ちの青年の、細身の身体(からだ)は鍛え上げられた刀身のようだ。

青年を見た佐伯教授が白眉を上げる。

「渡海(とかい)よ、症例検討カンファには遅れるな、と言っているだろう。黒崎医局長にプレゼンの代行をさせるとは、いい度胸をしている。お前は佐伯外科の歴史が変わる、世紀の瞬間を聞き逃したんだぞ」

口調は厳しいが、目は笑っている。

教授のご機嫌を一瞬で読み取った三年目の研修医、渡海征司郎(せいしろう)は瞬時に対応する。

「遅れて申し訳ありませんでした。昨晩(ゆうべ)はバイト先の桜宮病院で当直当番をしていたのですが、入院患者が急変したため、緊急対応しておりました」

黒崎医局長はぐっと言葉に詰まる。

本当はここで、佐伯教授の叱責の尻馬に乗って、渡海を咎(とが)めようとしたのだが、それがこの受け答えで封殺されてしまったからだ。

——巌雄(いわお)先生の名前を出せば、誰も文句を言えないと思いやがって。忌々(いまいま)しいヤツだ。

ところが教室上層部やＯＢに忖度(そんたく)しない、不遜で不敬な助手の木村京介(きむらきょうすけ)が指摘する。

「ちょっと待てよ。確か最近、桜宮病院はエンドステージのホスピス病院に鞍替えしてるはずだよね。あの病院では、患者の急変に対応する必要はないんじゃないかなあ」

棘(とげ)のある言葉に、渡海はさらりと答える。

「木村先生のおっしゃる通りですけど、院長は延命措置をしないことと、急変に対応しないことは別だとおっしゃいまして。ところで佐伯外科の歴史が変わる、世紀の瞬間とは何ですか、教授？」

佐伯教授は口元を緩めて、言う。

「来週は下部食道癌（がん）患者の手術が二例ある。そこで中村さんの術者を渡海、お前にやらせようと思ってな」

「えええ？　本当ですか、それ？」

「なんだ、ビビったのか、渡海？」

「とんでもない。さすがは佐伯教授、ご英断です。大丈夫、俺ならバッチリやり遂げてみせます。そうとわかったらこんなところでグズグズしてはいられません。失礼します」

「カンファに遅刻した上に早退か。正当な理由がなければ、鬼軍曹の許可は出ないぞ」

カンファレンスの進行は黒崎医局長の専権事項で、全員出席が原則の症例検討カンファに関して、欠席や早退するには医局長の許可を得る必要がある。

すると渡海はにっと笑う。

「早退する理由は、俺が術者に指名されたからです。下部食道切除術は、天下の佐伯外科のお家芸なので、失敗は許されません。ですから患者の状態の再検討など、やらなければならないことがてんこ盛りでして」

黒崎講師がここぞとばかりに渡海を責め立てる。

「そんな理由では、早退を認めるわけにはいかないぞ。中村さんはお前の受け持ちだ。再検討が必要だ、ということは術前チェックをいい加減にしていた、ということだからな」

渡海はすぐさま言い返す。

「とんでもない。術前のチェックはバッチリやってあります。プレゼンを代行していただいたなら、黒崎先生もおわかりでしょう。ただそれは佐伯教授が執刀医だという前提で、それ以外の未熟者が術者になれば、もう一段、厳しいチェックが必要になるんです。俺は手技には自信がありますが、やはり初めての下部食道癌手術となるといろいろ再検討しないといけないところが出てくるんです。ちなみに術者が黒崎先生でも、厳しく再チェックしましたよ。何しろ先日、盛大に術後リークを引き起こしたばかりの術者ですからね」

下部食道切除術における最悪の合併症がリーク、すなわち吻合部の縫合不全である。一旦これが起こると術後死につながりかねず、また術後管理する病棟は修羅場になってしまう。

渡海の余計なひと言に一瞬言葉に詰まった黒崎講師の顔が、みるみる真っ赤になる。

リークを起こしたということは、外科医にとってこれ以上の恥辱はないのだ。

怒声が口をついて出る前に、渡海はひらりと身を翻して部屋の外、光の中へ姿を消した。


十分後。

渡海は、二つの胡桃を片手で擦り合わせながら、病棟のシャウカステンの前で、患者の中村さんのX線写真の細部を検討していた。すると、カンファレンスを終えた医局員たちが、ぞろぞろと控え室から出てきた。

医局には、常勤のスタッフの他には、四年目から七年目のシニア医局員と一年生がいる。二年目と三年目の研修医は、外部の関連病院へ出向していて医局にいない。関連病院とは、総合外科学教室のOBが運営に携わる市中の開業医や公立病院で、そこでこき使われながら、見よう見まねで手術手技や診療のやり方を覚えていく。いわば「丁稚奉公」だった。

渡海は入局三年目だが、なぜか丁稚奉公を免除され、医局に残留し続けていた。そのため渡海は、特別扱いの眷属だと思われている。

症例に適用する術式について声高に話しながら通り過ぎる一団は、医局在籍四年以上のシニア医局員だ。彼らは、ちらちら視線を渡海に向けながら、無視した様子を繕おうとそっぽを向く。その後から、残った者たちが渡海の周りに集まってきた。

入局してまだ一ヵ月の、一年生のひな鳥たちだ。

総合外科学教室は所謂大教室で、毎年コンスタントに十名から十五名の入局者がある。そのうち七割は東城大の内部入局者で、残り三割は外部から佐伯教授の英名を慕ってきた者たちだ。今年の入局者は近年ではやや少なめの総勢十名だった。

「渡海先生、三年生で食道切除術の術者に指名されるなんて、すごいじゃないですか」

真っ直ぐな賞賛の声を上げたのは、一年生の垣谷だ。東城大のサッカー部のキャプテンで、ポジションはバックス。鉄壁の守護神は、大柄で声がでかく、ぎょろりと大きい目の上に太い眉が真一文字に引かれている。その顔貌は西郷隆盛と瓜二つという豪傑肌だ。

まさに外科医向きの性格で、新人歓迎会の挨拶で「どんな敵もゴール前で潰した俺が、佐伯外科で病気を叩き潰します」と派手な挨拶をした。期待度ナンバーワンの新人だ。

「垣谷、そんなに俺をおだてるな。俺はすぐ調子に乗るからな。そんなのダサいだろ」

「いえ、これをきっかけに是非、図に乗って俺たちに手技技術を教えて欲しいんですけど」

渡海は、レントゲン写真から、垣谷と彼の背後に詰めかけた一年生たちに目を移した。

彼らの熱い視線に、目眩を感じた渡海は、ぼそりと言う。

「サッカー部出身の垣谷は運動部体質なんだろうが、俺は軽音、文化系サークル出身の軟弱者でね。おまけに俺が卒業した極北大学医学部は、新設の弱小地方大学だ。大教室の外科医の指導者なんてガラじゃないよ。この前、そう言ってはっきり断っただろう」

「でも……」と垣谷は未練たっぷりだ。

「『でも』じゃない。俺は他人を教えることができないんだ。練習しなくても手技ができてしまうからな。天才は凡人を教えることはできないんだよ」

それは嘘ではなかった。

去年、二年生でただひとり、医局に残留した渡海は、一年生の戸倉の指導役を任された。

だが一ヵ月後、戸倉は黒崎医局長に、指導医を交替してほしいと直訴した。

曰く、「渡海先生の指導は不親切で、このままでは自分の技術が伸びるとは思えません」。

医局員は一年生にまず、外科の基本中の基本である、糸結びを教える。

だが渡海はお手本を見せただけで、手取り足取り教えようとしなかった。それは仕方のないことだった。渡海自身、一年生の時にそうした指導を受けてこなかったからだ。

渡海が一年生の時の指導医の間瀬は五年目の中堅だったが、彼が最初に手本を見せると、渡海の方が手際よく糸結びをやってみせてしまったのだ。そのことで気を悪くした間瀬は以後、あまり教えてくれなくなり、夏を迎えた頃には渡海をほったらかしにするようになった。

だがそれは悪いことばかりでなく、このため渡海は、本来ならば一年生が習得すべき雑用の諸事を知らずに過ごした。つまり見方を変えれば、渡海は入局後わずか三ヵ月目で、五年目の中堅と同等の扱いになったわけだ。

だから渡海が新入医局員に教えることができないというのは本当で、それは手技だけではなく、一年生にとって必須の雑用についても、だった。

「まあ、せいぜい頑張ることだな、諸君」

佐野元春のスタイリッシュな旋律を口ずさんだ渡海がさらりと言うと、垣谷が恨みがましい口調で「渡海先生だって同じ世代なのに……」と言う。

残念そうに吐息を漏らす彼らの後ろを、総合外科学教室のスタッフ一行が通り過ぎて行く。

佐伯教授に付き従う四人の常勤スタッフは、高野良夫助教授、黒崎誠一郎講師、そして助手の二人が木村京介と小室涼太という、錚々たる顔ぶれだ。

垣谷が声を潜めて渡海に言う。

「渡海先生が退出した後で黒崎先生が、渡海先生が術者を務める一件に異議を申し立てられたんです。これから臨時スタッフ会議だそうですよ」

*

佐伯外科の正式名称は総合外科学教室。その名に相応しく、業務範囲は外科全般である。

一九六五年、東城大学外科学教室を総合外科学教室に改称し、新たな教室として船出した。初代の大林与一教授は学術畑の教授で、手術が下手で手術ミスを重ねた。

これに危機感を抱いたOBの後押しを受けて一九七四年、市民病院の真行寺龍太郎院長が教授代行に就任した。教室内では「真行寺の変」と呼ばれている。

その後、真行寺教授代行は教授選に立候補し、正式に二代目教授に就任し短期政権を担う。四年後の一九七八年、真行寺外科の三羽烏の一人、佐伯清剛助教授が四十四歳にして、第三代総合外科教授に就任した。佐伯教授は消化器外科を主戦場とするが、どの領域にも対応できるオールマイティの外科医で、ユニークな四人のスタッフをまとめ上げていた。

高野助教授は脳外科、黒崎講師は心臓外科、木村助手は肺外科と多領域にわたっている。

小児外科を専門とする小室助手は毛色が変わっていて、患者は小児病棟にいて小児科の奥寺隆三郎講師と協調して仕事をしているため、総合外科には滅多に顔出ししない。

だから症例検討カンファは、医局員が小室の顔を拝める数少ない機会となっている。

高野助教授は四十代、黒崎講師は三十代後半、木村と小室の両助手は同期で二十代後半と、年代的にはバランスが取れている。だが俯瞰してみると、佐伯教授の本道の消化器外科の後継者が不在になっている点が問題視されていた。佐伯教授が、後継者の意中の人物として考えているのが、三年目の渡海なのではないか、という噂がまことしやかに囁かれていた。

だがその噂を語る者はみな一様に、途中から半信半疑の口調になる。

入局三年目は、後継者候補としてはさすがに若すぎたからだ。ただし年齢が渡海後継者説を否定する唯一の理由であり、手技の観点からは異論は全く出てこない。そんな医局内の世評を知ってか知らずか、渡海は教授に対してすら、物怖じをしない言動を繰り返していた。

あらゆる点で渡海は、佐伯総合外科における異色の存在だった。だから佐伯教授の腹心を自任している医局長の黒崎講師が、渡海に反感を抱くのは当然だった。

そんな黒崎講師を目の上のこぶと考える木村助手は、ことあるごとに黒崎講師に対してちくちくと嫌味攻撃をする。木村助手はこれまで三歳下の渡海をあまり意識していなかったが、今回の食道癌手術の術者への抜擢でごぼう抜きにされた形になり、苛立っているように見える。

赤煉瓦棟の最上階、五階にある教授室に入室した四人のスタッフは各々、定位置に座る。

両袖机の前に置かれた、肘掛けのある革張りの椅子に佐伯教授が座る。

その前に長方形のテーブルがあり、それを挟んで両脇に三人掛けの長ソファがある。

右側のソファの佐伯教授の近くに高野助教授が座り、隣に一人分の席を空け、小児外科専門の小室助手が従う。左手のソファの佐伯教授の傍らの席に講師の黒崎が腰を下ろす。

肺外科を得意とする木村助手は黒崎講師の下座を良しとせず、佐伯教授の真向かいの一人掛けのソファに陣取る。

そうした行動がいちいち、序列と秩序に重きを置く黒崎講師の癇に障るのだった。

黒崎講師と木村助手が犬猿の仲だということは、医局のみならず病院中に知れ渡っている。

四人のスタッフが定位置に就くと、黒崎講師がおもむろに口を開いた。

「佐伯教授の貴重なお時間を無駄にするわけに参りませんので早速、問題提起させていただきます。カンファで申し上げました通り、三年目の渡海に食道切除術の術者を任せるのは早すぎます。暴挙と言っていいくらいです。即刻、撤回していただく方がよろしいかと」

「ほう、黒崎は私の判断に異を唱えるわけか」

白眉の下、佐伯教授が目を細めると黒崎講師はあわてて首を横に振る。

「と、とんでもない。しかし教室のことを思うと、結果的にそうせざるを得ないわけで……」

「術者・渡海は暴挙だと見做す根拠は何かな？」

「これまで当教室で、三年目に食道癌の術者をやった前例がないからです。いや、日本中の外科学教室を見回しても、そんな実例はないでしょう」

「ふうむ、佐伯外科の常識人、黒崎医局長の言葉だけあって、全く面白味がない考え方だなあ。他の者はどう思う？」

普段は無口な高野助教授が、ためらいがちに口を開く。

「私も黒崎君と同意見です。確かに渡海君の技術の高さは瞠目すべきもので、佐伯教授が抜擢したくなるお気持ちはわかります。ですが三年目が早すぎるということには、他の教室員に対する影響もあります。渡海君は独断専行の風が強く、医局員の教育という面で好ましい存在ではありません。そんな渡海君を優遇するかのような任命は、問題があるかと存じます」

目の前で黒崎講師が、わが意を得たり、という顔でうなずく。

するとその発言に反発するように、木村助手が口を開く。

「俺は術者・渡海に積極的に賛成しませんが、反対もしません。手術が成功すれば後輩の士気が上がりますし、失敗したら渡海も少しはおとなしくなるでしょうから。もっとも、おとなしくなった渡海なんて、想像できませんけどね。佐伯外科は総勢五十名の大所帯、多少はそんな外れ者がのし上がっていくというようなことがあっても、悪いこととは思いません」

場が沈黙に包まれる。佐伯教授が、小児外科専門の小室助手に視線を向ける。

「小室、お前はどう思う？」

ぼんやり夢見がちな目をしていた小室助手は、佐伯教授に水を向けられ、はっとする。

「え？　は、あの、そのう……」

「また、話を聞いてなかったな」

黒崎講師が険のある声で詰（なじ）ると、佐伯教授は苦笑して言う。

「まあ、よいよい。子どもの患者のことで頭が一杯の小室に聞いた私が悪かったよ」

「は、まあ、いや、議論は聞いてはおりましたよ。渡海君の術者の件は、僕はいいんじゃないかと思います。彼の手術手技は教室でも一、二を争う優秀さですから。先輩方は、まだ若いとおっしゃいますが、僕から見れば渡海君はもう立派な大人ですし」

「そりゃあ、小児外科から見ればそうなんだろうが……」

黒崎講師は苦虫を噛(か)み潰したような表情になる。そういう表情になると、顔の真ん中のだんご鼻が、引き潮の中で浮かび上がってきた丸い岩のように見える。

腕組みをして、目を閉じていた佐伯教授は、しばらくして目を開いた。

「黒崎の要請で臨時スタッフ会議を開いたが、渡海が術者という決定を覆すつもりはない。医療現場での正義とは人命を救うことで、それ以外は全て蛇足だ。今の議論ではっきりしたことは誰一人、渡海には食道切除術の術者を務める技量が足らない、と考えている者はいないということだ。アイツは三年目の医局員としては異例なほど手術症例を重ね、手技の確かさは誰もが認めている。ならば私の判断に問題はない。患者の身になれば、術者が誰であろうと、手術が恙(つつが)なく終われば一向に差し支えはない。するとこの議論は全くの時間のムダ、ということになる。したがって黒崎の提案は却下する」

そう宣言した佐伯教授は、黒崎講師を見て、言う。

「この決定にこれ以上、何か文句があるか、黒崎？」

「いえ……ございません」

黒崎講師が、噛みしめた奥歯の間から絞り出すようにして言う。

ソファに座った他の三人のスタッフは立ち上がり、一礼をすると部屋を退去した。

後に残った黒崎講師に歩み寄った佐伯教授は、その肩に手を置いて言う。

「そんなにムキになるな。駿馬(しゅんめ)と駑馬(どば)を一緒に走らせるのはナンセンスだ。黒崎は駑馬を率いて屈強な騎馬軍団を作り上げてくれ。お前なら出来る、いや、お前にしかできないことだ」

黙って佐伯教授の言葉を聞いていた黒崎講師は、顔を上げる。

「もうひとつ、気に掛かることがあります。先生は、総合内科の講師だった渡海一郎先生のご子息だから奴を優遇しているのではありませんか。それなら公私混同だと思います」

「ははあ、黒崎はそんなことに反発していたのか。ならばその問いに答えよう。確かに私は渡海が入局した時、彼の父君から、息子をよろしく頼む、という手紙をもらった。もちろんそのことは多少は気にとめたが、そのために優遇したことはない。今回の術者指名はあくまで渡海の実力に応じた処遇だ。その証拠に先ほどの会議でも、私が贔屓しているという言葉は出なかった。みな、内心ではわかっているのだ。アレが天与の才を持つ特別な存在だということを」

そう言った佐伯教授は、窓際に歩み寄ると、遠く水平線を眺めた。

黒崎講師は、膝に手をついて立ち上がると、佐伯教授に寄り添う。

「わかりました。医局長として、そして第一助手として、当日は術者の渡海をサポートします。奴にとっては初めての食道切除術になるわけですから」

「よろしく頼んだぞ、黒崎」

そう言って、佐伯教授は微笑した。

教授室の大きな窓から梅雨の合間の晴れ間の陽が射し込んで、師弟の姿を照らした。

2章 席巻
一九八〇年六月

六月九日月曜日、午前八時。

手術室のメイン、第一手術室に、術衣を纏（まと）った渡海が姿を現した。

術者の位置に立った渡海は、物怖じをしない堂々たる態度で、雑用役の外回りを務めていた垣谷の目から見ても、三年目の医師と思えない風格すら漂わせている。

前立ちとも呼ばれる第一助手には、佐伯教授が入っている。それは当然といえば当然だが、異例といえば異例でもある。

術者が初の食道切除術を実施するという三年目の医師であれば、補佐役の前立ち、すなわち第一助手の責任は重大で、その役をこなせるのは佐伯教授の他にはいない。

それが当然という意味だ。

異例というのは、佐伯教授が前立ちに立つ手術は、教授就任後のこの二年間で滅多になかったということだ。先々代の初代・大林教授は手術下手で、当時の佐伯講師はあらゆる分野の手術に対応し、前立ちもしていた。それが先代の真行寺外科の助教授になると、次第に消化器以外の領域の手術に参加することは減り、二年前に教授に就任して以後、ほぼなくなっていた。

現在、総合外科学教室では、消化器領域の手術はほぼ全例、佐伯教授が術者を務めている。消化器以外の領域ではそれぞれのユニットの長が術者を務め、佐伯教授は手術に入らない。

例外は、佐伯外科の看板手術の下部食道切除術で年に一、二度、黒崎講師が術者を務めるケースだ。その時は佐伯教授が前立ちに入る。それはスタッフとしての資格があるかどうか、確認するという意味合いがあるように思われた。つまり食道切除術の術者を任されることは、佐伯外科の柱石として認められた、ということを意味していた。

渡海がそういった事情をあまり気にしなかったのは二年前の一九七八年に、教授選を圧勝して佐伯が教授の座に就いたその年に、彼が総合外科学教室に入局したからだ。

渡海は、それ以前の教室がどうだったかということには、全く興味がなかった。だから教室事情に疎(うと)く、そのことを恥じる気もない渡海にとって、国手・佐伯教授を前立ちに従えた、ヒラの医局員が手術室に立つという絵柄が、譜代スタッフにどれほどの衝撃を与えたのか、ということも認識できなかった。

術者の玉座に就いた渡海は、ぐるりと場を見渡すと、「よろしくお願いします」と言って頭を下げた。一同がその言葉に応じて頭を軽く下げる。

渡海は器械出しの看護婦に、右手を差し出して「メス」と命じる。

次の瞬間、メスが煌(きら)めき、あっという間に開腹する。

渡海が術者になったため、普段の第一助手の地位から第二助手に格下げされた黒崎講師は、それまであまり見たことがなかった彼のメス捌(さば)きに、うっとり見惚(みと)れてしまった。

「ペッツ」とオーダーする渡海の声を聞いた黒崎講師は、はっと我に返る。

時計を見ると、手術開始から三十分しか経っていない。それなのにもう食道を切除し、胃管の形成まで来たのか、と愕然とする。

渡海に反感を抱く黒崎講師でさえ、彼の手技の鮮やかさは認めざるを得ない。

三ヵ月前の下部食道切除術で黒崎講師が術者を務めた時は、ペッツを使った胃管形成の段階に到達するまで、優に二時間以上は掛かっていた。

彼がのろまだったわけではない。実際、その手術の進行は標準よりも早かった。

だが渡海のメス捌きは、それより更に上を行っていた。

渡海はメス先に微塵も、逡巡や乱れを見せずに、易々（やすやす）と手術を進めていく。

しばらくして黒崎講師は、渡海の手術の速さの理由を見抜いた。

——コイツは、血管壁ギリギリまで一発で切り込んでいる。大した経験も積んでいない若造が、どうしてそこまで攻め込むことができるのだ？

手術とは詰まるところ、臓器を摘出し、失われた部分を再建するという二点に尽きる。

臓器の切離は、臓器につながる血管を露出し、結紮（けっさつ）、切除することの繰り返しだ。

だが血管や臓器には繊維や脂肪など、いろいろな間質組織が付着している。

そうした夾雑（きょうざつ）物の中に埋もれている血管を、いかに手際よく露出するかが、手術の速度を決定する。だがひとつ間違えば血管を損傷しかねないので、術者は恐る恐る血管を露出するため時間が掛かってしまう。だが渡海のメスは逡巡なく、血管壁ぎりぎりを切離し、あっという間に露出してしまう。そんな芸当ができれば、手術時間は短縮されて当然だ。

その上、渡海の結紮は速くて正確だった。

新入医局員はたいてい、糸結びの習得に多大な時間を費やし、しかもなかなか上達しない。手術後に残った絹糸をもらって、白衣のボタン穴に通して糸結びを練習するのが一年生外科医にとって重要な修練だ。どの新人が糸結びに励んでいるかは、白衣を見れば一目瞭然だ。だが忌々しいことに渡海は、そうした日常の鍛錬に励む様子が全く見られないのに、誰よりも高い技術を得ていた。

そうした手技は、構築した胃管を吊り上げて食道断端と吻合するという、この手術における最も困難な過程においても、ひしひしと感じられた。黒崎講師の疑問は尽きない。

——ろくに糸結びの練習もせずに、どうやってこんな高い技術を会得したのだろうか。

やがて、渡海の声が手術室に響いた。

「縫合終了。以後、閉腹に入ります」

そしてちろりと佐伯教授を見て、言う。

「閉腹は術者は手を下ろし、第一助手と第二助手でやるのが通例です。佐伯教授、閉腹をお願いしてもよろしいですか」

「ば、馬鹿なことを言うな」

第二助手の黒崎講師が怒鳴り声を上げると、佐伯教授が目を細めた。

マスクの下の笑顔が透けて見えた。

「通例に従ってもよいが、そうすると黒崎の血圧が上がって卒倒しかねない。閉腹は術者と第二助手に任せて、私は手を下ろそう。それでいいかな、黒崎？」

「は、もちろんです。この無礼者にはキツく言い聞かせておきますので、お許しを」

「ああ、よいよい。いい手術だったよ、渡海。久しぶりに目の保養をさせてもらったよ」

「オペの介助、ありがとうございました。ではこの後はお任せを」

佐伯教授が姿を消すと、黒崎講師の怒号が手術室に響く。

「バカ野郎。教授に閉腹をさせようだなんて、何様のつもりなんだ」

「別に他意はありませんよ。それが佐伯外科のルールなので、一応言ってみただけですから。教授にノーと言われたら、素直に従ったでしょ」

「当たり前だ、バカもん」

「やれやれ、ほんとに黒ナマズは頭が固いなあ」

黒崎講師の太い眉がぴくり、と上がる。

「おい、黒ナマズ、とは俺のことか」

渡海はしまった、という顔をした。

それから大急ぎで「把針器（はしんき）」と器械出しの看護婦に命じた。

間髪を入れず器具を手渡した看護婦の動きは滑らかだった。そういえばここまでの手術でも、器具を差し出すタイミングがぴったりだったことを、渡海は思い出す。

——さすが、佐伯教授のお気に入りだけのことはある。

器械出しの藤原看護婦を横目でちろりと見て、渡海は呟いた。

＊

二日後の六月十一日水曜日、午前八時。

第一手術室には、二日前と同じメンバーが顔を揃えていた。

佐伯教授、黒崎講師、渡海医員の三人で、器械出しのナースは藤原看護婦だ。

ただし二日前とは、メンバーの序列が違った。

術者は佐伯教授、第一助手が黒崎講師、第二助手が渡海。それは教室の席次からすれば、極めて妥当だった。

振り返ると、二日前の手術がいかに不自然で不安定なものだったかが、よくわかる。

それに加えて、準備された手術道具にも違いがあった。

ずらりと並べられた銀色の鉗子の一番端に一本だけ、黒いペアンが置かれている。

その鉗子があれば、術者が誰かひと目でわかる。

入局した直後、好奇心一杯の渡海は、佐伯教授の特注だという「ブラックペアン」の由来を、それとなく探ってみた。けれども誰ひとり、その起源を知っている者はいなかった。

カーボン製でレントゲンに写らないということを、佐伯教授の手術に、器械出しの看護婦として指名されることが多い藤原看護婦から聞いたことがある。

藤原真琴・看護主任は渡海と同い年なのだが、看護専門学校は三年で卒業するので、病院では三年先輩になる。なので姉さん風を吹かせるのが、渡海には少々煩わしい。

——佐伯教授のオペはいつも、手術後の器械のカウントで緊張するのよ。通常の手術では金属製のペアンが二十本なのに、ブラックペアンがあるから十九本だと頭ではわかっているんだけど、いつも一本、腹部に置き忘れているんじゃないか、と不安になっちゃうのよね。

だが地獄耳の彼女も、その「ブラックペアン」がいつから、そしてどうして、佐伯教授の手術器具に加えられるようになったのか、という経緯は知らなかった。

そんな「ブラックペアン」が並べられた手術台の脇で、黒崎講師と渡海が向かい合い、広げた滅菌布を患者に被せて術野を構築し、主役の登場を待つ。

黒崎講師が自分をじっと見つめているのに気がついた渡海は、にっと笑う。

すると、黒崎講師はむっとした表情をして、そっぽを向いた。

その時、手術室の自動扉が開き、青い術衣に身を包んだ、白眉の佐伯教授が姿を現した。

手術室の雰囲気が一変し、空気がヒリついた。

そのまま、真っ直ぐ術者の席に就くと、「メス」と言う。

受け取ったメスが閃く。黒崎講師と佐伯教授が、「ミクリッツ」「絹糸」と連呼する中で、腹部臓器がみるみる露出されていく。

手にしている道具は、そのまま術野におけるヒエラルキー（序列）を示している。

主役の術者・佐伯教授は手術の花形たるメスを持ち、参謀役の第一助手・黒崎講師は手術をサポートするペアン、第二助手の渡海にあてがわれたのは地味な器具、ハーケンだ。

ハーケンは、術野に覆い被さり邪魔をする肝臓や小腸をよけて、術野を広く維持するためのヘラのような道具で、その役割は縁の下の力持ちだ。

派手な役柄を好むと思われがちな渡海だが、実はそういう裏方仕事は嫌いではない。

そんな気持ちを抱きながら第二助手としてハーケンを引いている渡海は改めて、佐伯教授の凄さを思い知らされる。

決して派手ではない。だが全ての挙措が静かで滑らかで、出血もほとんどない。

そして気がつくと、いつの間にか病巣が摘出されていた。

——何なんだ、これは？

渡海の頭には、声にならない疑問が浮かぶ。

佐伯教授の手技に引っ張られて、黒崎講師の対応速度も上がっていく。

渡海の手術は、主役の渡海が舞台上で一人吹きまくるサクソフォンのソロのようだ。

だが佐伯教授は、重厚なオーケストラを指揮するコンダクターのように思われた。

その場にいる全ての人間に役割が与えられ、指示通りに動くことで完成する交響曲。

——これはとても敵わない。

自分がやり遂げたばかりの手術手技を改めて目の当たりに見せつけられた渡海は、途轍もない敗北感を覚えた。だが同時に偉大なマエストロに対し、賞賛をこめて喝采したくなった。

翌日、木曜の夜。

桜宮でピカ一と評判のフレンチレストラン「シェルブール」で、渡海は佐伯教授と差し向かいでディナーを食べていた。

「このビフテキ、すげえ旨(うま)いです。こんなの、食べたことがありません」

渡海は分厚い肉をナイフで律儀に正方形に切り刻み、ひとつのキューブを口に放り込みながら言う。

すると佐伯教授は微笑して首を横に振る。

「こういう店ではビフテキではなくて、サーロインステーキと言うんだぞ」

佐伯教授はワイングラスに口をつけると、渡海を見つめながら訊ねた。

「ところで月曜日の患者の容体は、落ち着いているのか？」

前日、自分が執刀した患者のことではなく、渡海が手術をした患者の様子を先に訊(たず)ねるあたりに、佐伯教授の自身の手術への絶大な自信を感じつつ、渡海は答える。

「ええ、バッチリです。当日の夜はＩＣＵに詰めました。微熱が出たので少しひやりとしましたが、今は熱も下がり、患者さんの状態も良好です」

「今週は大手術の連チャンだったから、さぞ疲れただろう」

「そりゃあそうですよ。月曜の手術を無事やり遂げて、俺も少しはデキるかな、なんて自惚れていたんですけど、昨日、佐伯先生が同じ手術を朝飯前のちょちょいのちょいでやり遂げる様子を見せつけられて、すっかり自信喪失してしまいました。俺はまだまだ未熟だと思い知らされました」

「それは当たり前だ。こちらは外科医歴二十年のベテラン、お前は三年目の駆け出しだぞ。一緒だったら困るよ」

「そんな三年目の若造を、異例の食道癌手術の術者に抜擢したりして、大丈夫ですか？」

「大丈夫だと思ったから、指名したのだ。現にお前は、オペは立派にやり遂げたではないか。その点は、私は患者が一番という考えだからな」

渡海は首を横に振る。

「俺が言いたいのはそういうことではなくて、教室員の声とか、黒ナマズの反発とか、ですよ。まだ早すぎる、と言った黒ナマズはもっともだと思いますよ」

「ふん、そんなつまらないことを気に掛けているとは意外だったな。お前はそんな些細なことは気にしないだろうと思っていたのだが」

「まあ、基本的には気にしてませんけど。ただ、佐伯先生が俺の親父（おやじ）と仲が良かったから、俺は贔屓されてるんだっていう声は、なかなか消えません。実際、その通りの部分もあるわけですから」

「なんだ、あの指名は迷惑だったか？」

「そんなことはないです。やっかみは実力で蹴散らせばいいだけですから。チャンスを与えてくださったことには感謝してます。おかげで自分がいかに思い上がっていたかということも自覚できましたし。まだまだだよなあ、俺は」

「己の技量を自覚して増長しないとは感心だ。木村に爪の垢でも煎じて呑ませてやりたいよ」

ぼそりと剣呑なことを言って微笑した佐伯教授は、口調を変えて訊ねた。

「ところで親父さんはお元気なのか？」

「元気ですよ。毎日、楽しそうですよ。東城大の内科講師を辞めて、生まれ故郷の神威島で診療所を始めると聞いた時はさすがにびっくりしましたけどね。二年前、卒業報告をした時には父さんと一緒に釣りをして、ふたりして大漁でした」

「そうか。それならいいんだが……」

歯切れ悪くそう言った佐伯教授の表情は、かすかにこわばっていた。

だがそのことに、渡海は気がつかなかった。

「今度の夏休みには、久しぶりに顔を見に行こうと思ってます。この手術の報告もしたいし」

「それはいい。今夜のディナーは私からのお祝いだ。腹いっぱい食え」

「どうも。でもやっぱり、あんまり俺に気を遣わないでくださいよ。初の大手術をした術者にご馳走するなんて、普段ならやらないんでしょ」

「そんなことはないぞ。私が教授になってから、食道癌の術者をやった者にはみんなにお祝いをしているから気にするな。黒崎が食道癌の術者を初めてやった時も、この店でお祝いをしたんだよ」

「そうだったんですか。では、遠慮なく」

「今さら何を言う。端から遠慮などしていないだろうが」

「それはそうなんですけど、こうしてご馳走になっていると、入局して初めて術者をやった時に、研修医が医局員に寿司を振る舞うっていうしきたりを思い出しちゃいますね。俺の時は鼠径ヘルニアでしたけど、薄給の一年生が大学病院で研修した記念みたいにしてアッペだ、甲状腺腫だ、と小物の手術の術者になったくらいで、寿司を大盤振る舞いしなければならないなんて、結構な負担でしたよ」

「だがそれはそれで、いい思い出になっただろう。現にお前だって、そうやって覚えているわけだからな」

「まあ、そうなんですけど、食道切除術をしたお祝いで、教授にご馳走してもらっただなんて、うっかり言ったりしたら、外部出向中の同期に嫉まれて呪い殺されかねませんよ」

そう言った渡海はぐびりとワインを飲み干すと、佐伯教授の顔を見つめた。

「ところで、俺を術者に抜擢した、本当の狙いは何なんですか」

佐伯教授は、再び赤ワインのグラスに口をつける。そしてぼそりと呟いた。

「ふむ、足りない頭でも、それくらいの気は回るのか」

うつむいて少し考えていた佐伯教授は、顔を上げた。

「そろそろお前には打ち明けておくか。実は今、私は総合外科学教室と、大学病院全体の大改革を考えている。それを断行しようとしたら、いろいろ波風が立つことは必定だ。その時、お前には、私のハーケンになってもらいたいのだ」

「ハーケンですか？　メスじゃなくて？」

「そうだ。ハーケンは地味だが術野を作る、重要な器械だ。ハーケンの善し悪しで手術の成否が決まる、と言っても過言ではない。その意味で私は、ハーケンのような多くの先達や友人に恵まれてきた。お前の親父さんの渡海一郎先生もその一人だ。先生が開発したＩＶＨ（中心静脈栄養）によって、術後の後遺症が大幅に減った。その支えがなければ、私はアグレッシブな新たな術式になど、とてもチャレンジできなかっただろう」

「今の言葉を聞いたら、父さんはきっと喜びますよ。まあ、父さんが大したもんだということは知ってましたけど。本当は東城大学で一緒に仕事をしてみたかったですね」

佐伯教授の表情に一瞬、翳(かげ)りが差したことに、渡海はやはり気がつかなかった。

学生時代の渡海は登山が趣味だった。高校生の時に父に連れられて北海道の大雪山(たいせつざん)に登り、大学に入るとひとりで旭岳(あさひだけ)や黒岳(くろだけ)を踏破した。登山の相棒道具はハーケンと呼ばれている。だからハーケンという言葉に命綱のような響きを感じていた渡海は、佐伯教授にそんな重要な役割をあてがわれて嬉しかった。

「要するに佐伯先生の露払いをやれ、ということですね。それなら俺はとびっきりのハーケン、そう、『プラチナハーケン』と呼ばれるような道具になって、佐伯先生の手術にクリアな術野を提供しますよ」

「素晴らしい。期待しているよ」と言って佐伯教授は、ステーキにナイフを入れた。

その手際は鮮やかで、まるで食道切除術のデモンストレーションのようにも見えた。

「特命を引き受けてくれたので、何か褒美をやろう。希望があれば言ってみろ」

「ご褒美ねえ。急にそんなことを言われてもなあ」

「助手になりたいとか、自分の研究室がほしいとか、何でもいいぞ。間もなく新病院棟の建設が決定するから、このタイミングだといろいろ動くことができるんだ」

渡海は吐息をついた。

「出世なんて、したくないです。高野助教授や小室さんはともかく、あの黒ナマズや木村さんとガチで張り合う気になれないし」

「欲のないヤツだな。本当に何もいらんのか？」

「そう言われると、何かおねだりをしないと、もったいない気もしてきたなあ。あ、それなら自分の居室がもらえると嬉しいかも」

「ほう、そこで何か研究でもするつもりなのか？」

渡海は賽の目に切った肉をもうひとかけら口に放り込み、咀嚼しながらうなずく。

「研究っちゃ研究になるかもしれませんが、医学史を勉強してみたいんです。佐伯先生は常々、新しい術式を考案するには古来の術式を徹底的に分析、解析することが重要だとおっしゃっていますが、父さんにも、新しい医学の土台を構築するには、医学の歴史を学ぶことが大切だと言われていたので、そうした研究をしてみたいんです」

「それは面白い。医学部で医史学講座を持つ大学は稀だから、東城大学なら、渡海は医史学講座の初代教授になれるぞ」

「やめてくださいよ。俺はそういう、堅苦しい肩書きは真っ平御免です」

「出世したくないのなら、お前はどんな医者になりたいんだ？」

「そうだなあ、文学的に表現すると、手術場という戦場を、自由自在に駆け巡る騎士みたいな医者になりたい、という感じかなあ」

「ほほう、なかなか気障なことを言う。要するに、手術場に羽を休める拠点がほしい、ということだな」

そう言って、腕組みをして考え込んだ佐伯教授は、やがて白眉を上げて言う。

「それならいいことを思いついたぞ。医史学の手始めに、術式の変遷を調べるという課題を与えよう。今、私の手元には近々処分しようと思っていた内外の医学書が山のようにある。捨てるに忍びなくて、大学の図書館に寄贈を申し出たんだが、色よい返事をもらえず、困っている。その書籍を管理するという業務はどうかな？」

「それなら願ったり叶ったりです。『佐伯図書室』の管理人になれたら、その部屋にステレオとスピーカーを持ち込んで、手術室でクラシックやジャズをフルボリュームでがんがん聴けます。あ、でも余計な肩書きはご勘弁を。図書室長なんてイヤですからね」

「わかったわかった。手術室で大音量で音楽を鑑賞するのが隠れた目的だというのは、いささか問題だとは思うが、一応その線で検討してみよう」

渡海はグラスに注がれた赤ワインを飲み干すと、言う。

「俺みたいな偏屈なヤツの考えも大らかに受け入れてくれる、佐伯教授みたいな度量の大きい人がトップになれば、もっと風通しがいい世の中になるでしょうに」

「なんだ、いきなりどうしたんだ？」

「先月、モスクワ五輪のボイコットが決まりましたが、あれっておかしいと思うんですよ」

「なぜだ？　ソ連のアフガニスタン侵攻に抗議をするというのは、おかしくないと思うが」

「政治とスポーツは別物です。それに日本政府の決め方が、アメリカの子分みたいでイヤなんです。ヨーロッパ諸国のほとんどはボイコットの呼びかけを拒否して参加決定しましたが、その方がまともな判断の気がします。俺は文化系サークル出身なのでスポーツに思い入れはないんですが、父さんの生まれ故郷が、北方領土に近い離島なので、ソ連との軋轢はいつも身近に感じていたんです。それでも何とか付き合っていかなくちゃならない。それなのにアメリカの意地に従って断交みたいになってしまうのは、絶対おかしいと思うんです」

佐伯教授は、飲みかけたワインのグラスを置いて、渡海をまじまじと見つめた。

「これは驚いたな。すちゃらか外科医だとばかり思っていたが、どうやら私はお前のことを見誤っていたようだ」

「近衛兵に任じておきながら、その言い草はひどくありませんか？」

「茶化して悪かった。私自身は政治活動から距離を置いてきたが、ベトナム反戦運動などをしていた私の同期から、アメリカの人道的主張は常に自分たちの利益を優先している、と耳にタコができるくらい聞かされていたから、お前の言っていることには全面的に同意する。お前のバイト先の桜宮病院の巌雄院長は戦争末期、南方戦線で地獄を見たというアメリカ嫌いの最右翼だから、渡海がそんな風に思っているとしたら、巌雄院長とは気が合いそうだな」

「あの院長に向かって、お友だちになってください、なんて馴れ馴れしく言ったら、ものすごい雷が落ちますよ。毎回行くたびに、やれ仕事が雑だ、やれ考えが浅い、やれ研鑽(けんさん)が足りない、と叱られてばっかりなんですから」

そう言った渡海は、バイト先である病院の院長の銀髪の眩しさを思い出す。

そこにデザートのシャーベットと珈琲(コーヒー)が運ばれてきた。

渡海は珈琲を一口飲むと、頭を下げた。

「今夜はごちそうさまでした。明日からは渡海征司郎、佐伯教授のことを親父、と呼ばせていただき、隠し子の如く精一杯、特命任務に努めさせていただきます」

「そんなことをしたら、渡海一郎先生と同じ呼び方になってしまうではないか」

「ご心配なく。あちらは父さんと呼んでいますので」

「勝手にしろ」

佐伯教授は無愛想にそう言うと、続ける。

「先ほどの病院改革と医局改革の話はジョークではないからな。ただし実際に動き始めるのはかなり先の話になるだろう。それまでは他言無用だ」

「了解しました」

そう言った渡海は、シャーベットのかけらが、口の中で溶けていく感触を味わう。

それから渡海は、これは絶好の機会ではないか、とふと思いついて訊ねた。

「そういえば、佐伯教授に聞いてみたかったことがあるんです。手術器具にブラックペアンを入れているのは、どういう意味があるんですか？」

　珈琲を飲もうとした佐伯教授は、カップを持った手を止める。

　顔を上げ、渡海を見た。そして小さく吐息をついて言う。

「外科医としての初心を忘れてはならないという、自分への戒(いまし)めだ」

「それじゃあさっぱり、意味がわからないんですけど」

「それ以上は、わからなくていい。詳しいことは言えない。お前が私の腹心を辞める時に、餞(はなむけ)に教えてやれるかもしれないが、な」

　はあ、と生返事をした渡海はそれ以上、無理に聞き出そうとしなかった。

　食後の珈琲を飲み干し、さっき自分の口から出た「プラチナハーケン」という言葉を噛みしめる。

　その言葉のかけらが口の中で珈琲の苦さと入り交じり、不穏な味になってしまう。

　渡海の胸の中に、かすかな不安の翳りがよぎった。

3章

碧翠院

一九八〇年七月

七月下旬。渡海は海岸沿いの桜宮バイパスを、赤いボディカラーの愛車で走っていた。六月に発売されたばかりのマツダの人気車種、ファミリアの五代目は後輪駆動から前輪駆動になり、ハッチバックスタイルがスマートだったので、思い切って購入したのだ。

この愛車は、この年から始まった日本カー・オブ・ザ・イヤーの、栄えある第一回の受賞車種となり、渡海は年末に自慢しまくることになる。

日本の自動車生産台数は一千万台を突破し、米国を抜いて世界一の自動車生産国となった。十五年前から日本の対米貿易収支が黒字に転じたため、米国は輸入制限を武器に強硬な姿勢を示し、日本は繊維・鉄鋼・テレビの分野で輸出自主規制を受け入れさせられた。

そして自動車が次の標的にされていた。

窓を全開にして、カーステレオから流れる音楽に身を委ねる。イエロー・マジック・オーケストラ（ＹＭＯ）というバンドは、極北大・軽音楽部の「モナルカ」のサウンドと似た雰囲気があり、最近の渡海のお気に入りだった。

砂浜に併走しているバイパスが、終点の桜宮岬に到着すると、そこから引き込まれた私設道路が、緩い勾配のだらだら坂となり、優美なシグモイド・カーブを描く。

そのラインをなぞり終えると、目的地の医療法人・碧翠院(へきすいいん)桜宮病院に到着する。

病院前の広場兼駐車場に車を止め、車を降りて病院の本館を見上げる。

大正時代に建設された病院の建物は、赤煉瓦を積み上げた三層構造で、上層に行くにつれて床面積が減じ、その様子は遠目には巻き貝のように見える。

駐車場から歩いて近づくと、本館はどの角度から見ても、どこか一ヵ所が崩れているような感じがする。そんな騙し絵(だまえ)のような感覚をもたらす奇妙な建物だ。

本館の傍らには、東塔と呼ばれる地下一階、地上五階建ての塔がすらりと寄り添っている。東塔が蝸牛(かたつむり)の角(つの)で、緑の蔦(つた)が覆う本館部分は貝殻と見立てると、東塔と本館が並び立つ様子が遠目にかたつむりを思わせるので、通称「でんでん虫」。

そこは桜宮の土地の因縁が渦巻く中心地でもある。そんな地に東城大の因縁を一身に背負う問題児が舞い降りたのは、宿命だったのかもしれない。

渡海は毎週火曜日、桜宮岬にある桜宮病院にアルバイトに来ていた。

国公立大学病院の医局員は薄給で、その収入だけでは生活が成り立たない。なので彼らは、開業しているＯＢの医院や地域病院で週一回、アルバイトをすることが容認されている。

そこでは相当の額の給料が支払われる。大学病院から支給される給与は教授、助教授、講師、助手という役付のスタッフ分の他は、研修医の食い扶持は二人分しかなく、ほぼ無給状態だ。なので佐伯外科では原始共産主義のような経済体制を採っていた。

教授以外の有給者の給与を全額、医局で召し上げ、医局全体の頭数で割り、有給者に税金分だけ上乗せしつつ、全員が全く同額の給与を受け取るシステムだ。

なので医局員にとっては外部でのアルバイトが経済的な生命線になる。そのアルバイト料は通常のサラリーマンの所得と同じくらいの額が保証されている。

雇う開業医側には、実際の業務分の報酬に加えて、総合外科学教室とのコネを作る、顧問料といった類いの必要経費になる。卒業生の九割が大学病院に就職するので、日本の医師のほとんどがこうした歪(いびつ)な経済システムで生計を立てていた。ある意味、日本の医療システムはアブノーマルな仕組みで維持されていたわけで、常に経済的な問題を抱えていたのだった。


碧翠院桜宮病院はさまざまな噂の額縁で彩られた、桜宮の結界のひとつである。

桜宮病院は幕末、藩医だった桜宮清孝(きよたか)が大坂の適塾(てきじゅく)で蘭学を学んだ後、拝領地の桜宮にある碧翠院で、一般の病人や怪我人を診たことに始まる。

その後、碧翠院の患者を収容するため、地続きの藩主の下屋敷を拝領し、病院が作られる。

これが桜宮病院の開基である。そうした仕組みは幕末、特に蘭学を志向した藩主が率いる長州(ちょうしゅう)藩や薩摩(さつま)藩、あるいは佐倉(さくら)藩などで打ち立てられたものだ。してみると桜宮藩の藩主も蘭癖大名だったのかもしれないが、現在その業績は伝わっていない。

明治維新の廃藩置県後も、その下屋敷はそのまま病院として存続し、大正時代になると、欧州の中世の城を思わせるゴシック様式の建物の病院に改築された。

北海道出身の渡海は、桜宮の郷土史には全く興味がなかった。だがそんな渡海も、怪異的なフォルムの病院棟を初めて見た時には、さすがに心を奪われた。

本館は入院病棟で病床数は公称五十床だが、実際に稼働しているのは十床程度だ。今では終末期医療に特化した対応をしていて、入院患者数は更に減少している。

東塔と本館をつなぐ煉瓦造りの地下通路は、防空壕として使えるように、終戦直前に突貫工事で作られた。本館に寄りそう東塔は地階から二階までが病院施設で、三階から五階は病院を経営する桜宮家の居宅になっている。東塔の地階は剖検室と遺体安置所だ。

剖検室の隣には最新式のＣＴ（コンピューター断層撮影）装置が設置されている。これは画期的で、一九七三年に開発されたＣＴが日本に初めて導入されたのは一九七五年、当時は途方もない金額だった。最初の一台は日本政府が費用を援助して導入が果たされたくらいだった。

桜宮病院にＣＴが導入された経緯を、渡海は知らない。だが東城大はＣＴに関して先進的な取り組みをしていて、三年前に地域における交通事故死の頭部外傷検索に有効だという謳い文句で、他大学に先駆けＣＴを導入している。そうした動向に加え、桜宮巌雄院長が桜宮市医師会の副会長を務めていることもあり、盟友の佐伯教授を介し地域連携のプロジェクトに沿った東城大学病院の後押しがあったという噂は耳にしていた。だが渡海は、そんな最先端の機器を導入することは桜宮病院の雰囲気にそぐわないとも感じていた。

午前の外来を終え、二階の看護婦詰め所の控え室で休憩していた渡海は、発売されたばかりの新製品のパズルゲーム、ルービックキューブを机の上に投げ出し、大きく伸びをした。

「だいたい、ここの外来はヒマすぎるんだよな」

するとセーラー服姿の女子高生が珈琲カップを手渡してくれた。カップを捧げ持って受け取り、立ち上る珈琲の香りを吸い込んだ渡海は、うやうやしく頭を下げる。

「これはこれは、名門・桜宮家のご令嬢自ら珈琲を淹れてくださるとは恐悦至極です」

「からかわないで、セイ兄」と言って、女子高生は小さな拳で渡海の背中を叩く。

院長の長女の桜宮葵は名門・桜宮女学園の二年生だ。葵には小百合とすみれという双子の妹がいるが、渡海は五つ下の小学生の二人とは会ったことがない。

葵は心配そうな顔で小声で訊ねる。

「本当にお昼ご飯、食べないの？　うちの病院食は美味しいのに」

「ああ、外科医は長い時は朝八時から夜十時までぶっ通しでオペに入ることもある。佐伯教授のオペは速いけど、黒ナマズの心臓外科のオペはとりわけ長いからね。普段から昼飯を食べないのに慣れておくのは、大切な修練なのさ」

「それは感心な心がけだ」

背後から響く低い声に、渡海はびくり、と身体を震わせる。

この病院に出入りするようになって二年になるが、この声の凄みにはいまだに圧倒される。輝ける銀髪の持ち主、桜宮巌雄院長は、佐伯教授より少し年上の五十代。かつて真行寺外科では佐伯教授と並んで三羽烏のひとりと呼ばれていた。

佐伯外科に伝承されているエピソードの中には、眉唾にしか思えないような逸話もある。

中でも先代の真行寺教授が世界に先駆け心臓バイパス術を実施したが、なぜか封印されている伝説の手術のメンバーのひとりが巖雄院長だったという話は、渡海の興味を惹いた。

その話は病棟で先輩医師が四方山話で触れたことがあったが、その時に、たまたま居合わせた黒崎講師が顔を真っ赤にして激怒したため、話は途中で終わっていた。

そんな経緯があったので、さすがの渡海も気軽に聞くわけにはいかなかった。

銀髪の獅子、巖雄院長は低い声で続ける。

「せっかくいい心がけをしとるんだから、のんびり昼休みなんぞ取っておらずにとっとと午後の仕事に掛かったらどうだ？　お客が三件、ゆうべから首を長くしてお待ちかねだぞ」

「へいへい、了解です」と言って、渡海は立ち上がる。

グズグズしていたら、「儂が南方戦線に放り込まれた時は……」という昔話が始まることが必定で、それが始まったら最低一時間はつき合わされてしまう。

だが渡海は、巖雄院長の昔話を聞くのは、嫌ではなかった。

十五歳で南方戦線の最前線で軍医として奮闘した時の話は、何度聞いても身が引き締まる思いがした。幼い頃から当時の桜宮病院の院長に厳しく医術を仕込まれた巖雄院長は、軍医として召集された叔父の助手として、一緒に南方戦線に派遣された。ところが到着早々、叔父は敵軍の銃撃に倒れ、巖雄院長が軍医役をさせられる羽目になったのだという。

その時の、巖雄院長の奮戦振りや嘆き節は、現代の外科医が共有智として留めておかなければならないものだろう、と渡海は思う。

それにたとえ三件の客が待っていても、巌雄院長の話を聞く妨げにはならない。

普段の外来で患者を一時間も待たせたら、いつもの巌雄院長なら雷を落とすだろう。

だが午後の三件の客は、どんなに待たされても絶対に文句を言うことはない。

なぜなら彼らは、死人だからだ。

渡海を待つ午後の客は、昨晩のうちに桜宮病院に運び込まれた解剖遺体だったのだ。

「では仰せに従い、午後の仕事に取り掛かります」

そう言った渡海の耳に、葵が囁く。

「セイ兄、お仕事が終わったら、お時間をください。相談したいことがあるの」

「かしこまりました、お嬢さま」

おちゃらけた返事をした渡海だが、葵の真剣な表情を見て、真顔になってうなずいた。


地下の解剖室では、銀色の解剖台の上のご遺体が三体、渡海を待っていた。

桜宮病院で行なわれているのは、病院で行なわれる病理解剖と警察などが実施する司法解剖の、両方の枠からこぼれ落ちた、いわゆる行政解剖と呼ばれる範疇の解剖だった。

東京都二十三区内には、都が所管する監察医務院という、優秀な遺体検案の専門施設があるが、日本ではそれ以外の土地では行政解剖に対応する組織は、あってなきが如(ごと)しだった。

だが桜宮病院は、桜宮市の異状死体の解剖対応を一手に引き受け、桜宮市警に感謝されている。そのため警察は巌雄院長には頭が上がらない。だから巌雄院長が、頭部解剖はしないと宣言したら唯々諾々と従うしかない。なにしろ他の地域では、体幹部の解剖ですら実施困難なのだから。

医学の原則に忠実な巌雄院長が、頭部解剖を省略するという、手抜きに思える対応をしていたのは、他県に先駆けていち早く導入したＣＴで、解剖前に頭部検査をしていたからだ。

脳関連疾患で死因に直結するのは主に出血、梗塞、脳腫瘍の三種だが、それらはＣＴで確定できる。行政解剖は、死因不明の不審死の死因を究明することが主たる目的だから、脳が死因に無関係だとわかれば解剖を省略しても差し支えないわけだ。

そして巌雄院長は、渡海に行政解剖を担当させた。遺体はすぐに解剖する必要がないので、何日分かの解剖遺体が渡海を待っていた。三体は通常より少ない方だった。

解剖の実施にあたり、巌雄院長は渡海に特別な課題を課した。

遺体を手術患者に見立てて、手術を実施した後に解剖して死因を調べるというやり方だ。

どんな術式を適用するかは、巌雄院長が解剖に立ち会い、その都度決定する。たとえば癌の多発転移で亡くなった患者のご遺体に対しては、癌病巣の全摘出を命じた。

更に頸部、胸部、腹部という三領域で、それぞれ全く別の「手術」をさせた。

ある日は甲状腺摘出術、頸動脈吻合術、右肺上葉切除術、心臓バイパス術、胃噴門部切除術、ＰＤ（膵頭十二指腸切除術）、直腸切除術を、ひとりのご遺体に実施させた。

普通の解剖では三十分程度で済む過程が、このやり方だとトータル三時間以上も掛かる。

だがそれは、手術手技を習得するためには、きわめて有効で合理的な方法だった。

何しろどれほど無茶なメス捌きをしても、患者の予後に全く関係しない。生きている患者が相手なら、とても切り込めないところまで攻め込むことができた。

「過ぎたるは及ばざるが如し」と言うが、生体では「過ぎたること」は許されないから限界が見えない。だが遺体相手なら、そうした領域にも堂々とチャレンジできる。

しかも終わった後に臓器を摘出し、手技を仔細にチェックすることも可能だ。これが黒崎講師が謎に思った渡海の、限界領域でも伸び伸びと展開するメス捌きの秘密だった。

しかもその「手術」には巌雄院長が常に付添い、手技に問題があると即座に雷が落ちた。

「バカもん。その動脈を切ったら、この患者はもうお陀仏だ。南無阿弥陀仏」

最初のうちは、相手は死人だからどうでもいいだろうと思ったが、経験を重ねると巌雄院長の真意が理解できるようになり、遺体でもミスをすると冷や汗が流れるような感覚になった一年目の終わり頃には、手技は飛躍的に向上し、解剖時間（手術時間）も当初より半減した。

この日の三遺体で課せられたのは心臓バイパス術と左肺下葉切除術、そして下部食道切除術で、三体連続の「解剖オペ」を、渡海はわずか五時間でやり終えようとしていた。

このようにして渡海はこの二年の間に、食道切除術を二十体、経験していたのだった。

しかも実際の下部食道切除術を実施後に、三体もの手術を追体験したため、渡海の食道切除術の技術は飛躍的に向上し、今や佐伯教授の域に手が届くところにまで近づいていた。

他にも消化器外科手術の最高峰であるＰＤ、大動脈瘤のグラフト置換術、心臓バイパス術も五十体以上、経験したことになる。

いずれも専門領域に十年以上専心して、初めて達することができる数だ。

もちろん死体と生体は根本的に違う。何より生体には血流がある。だが血流がない状態で対応できなければ、血流がある状態の手術がうまくやり遂げられるはずがない。

だから、「遺体の手術を経験せずに生体の手術をするなど言語道断だ」というのが巌雄院長の口癖だった。

「清剛は頭が固いヤツでな、いくら儂が力説しても、解剖学教室と外科学教室のタイアップというプランにゴーサインを出さなかった。そのうち儂は教室を辞めここの院長になり、解剖による外科訓練という概念で毎日、行政解剖に対応した。そこに清剛から、お前を預けたいという依頼があった。訓練には格好のモデルケースだと思い、お前に毎回、解剖させることにしたのだよ」

「確かに今回の下部食道切除術をやってみて、院長の言ったことが実感できました。いやあ、脂肪組織に埋もれた血管が浮き上がって見えてくるのには驚きました。遺体にない血流があると、色づいた血管がかすかに拍動しているから、見分けるのは簡単でした」

「それは結構なことだ。これからも慢心せずに、しっかり励めよ」

渡海は、三体目の遺体に対し食道切除術を施し胃管の吊り上げ、食道吻合という一連の手技を終えた後、通常の解剖のように臓器を摘出し閉腹作業に入った。

「そう言えば院長先生は真行寺外科の三羽烏って呼ばれていたそうですね。佐伯教授と院長と、もう一人は誰だったんですか?」と、ふと思いついて訊ねる。

「市民病院の鏡部長じゃよ。あいつの縫った傷口は鏡のように滑らかで、『魔法の鏡糸』と呼ばれていた。ちまちました手術が上手く、縫合技術では儂や清剛も、足元にも及ばない。真行寺先生が、形成外科教室を東城大で立ち上げたらどうだ、と提案したが、奴はそれを蹴って市民病院の外科部長に就職した。それと患者の状態を維持する腕は天下一品だったよ」

「院長が他の医者を、そんな風に手放しで褒めるのを聞いたのは、初めてですね。佐伯教授でさえ、院長に掛かったらケチョンケチョンなのに」

「鏡の奴は、儂らが償うべき、大きな責任を引き受けてくれたので頭が上がらんのだ。だが、そんな応対ができたのも清剛が総合外科をしっかりもり立ててくれるだろうと踏んだからでもある。儂や鏡から見たら、今の清剛はまだまだ物足りん。その分、辛口の評価になるわけだ。だがそれは仕方がないことかもしれん。儂が南方戦線の最前線の激戦地にぶち込まれていた頃、小学生だった清剛は疎開先で芋作りをしていたんだからな」

いや、それは全然違う話だろう、と思いつつも、渡海は別の質問を重ねる。

「院長先生や、その鏡部長の二人が雁首揃えて贖罪しなければならなかったことって、相当の大事ですよね。一体、何をやらかしたんですか？」

巌雄院長は、はっと目を見開き「少しお喋りが過ぎたな。今の話は忘れろ」と言う。

「忘れろったって無理ですよ。巌雄院長がふだん言っていることと違いますからね。物事から目を逸らすな、というのが先生の教えでしょう」

「だが、お前には早すぎる。いずれ話をしてやる日が来るまで待つがいい」

渡海はそれ以上、深追いしなかった。

巌雄院長が渡海のためを考えてくれていることはよくわかっていたし、話したくない人から無理やり話を聞き出そうなどという悪趣味は持ち合わせていなかったからだ。


三体の解剖を終えた渡海が控え室に戻ると、思い詰めた表情で葵が待ち構えていた。

珈琲カップを受け取った渡海がソファに座ると、葵は真向かいに腰を下ろす。

「さてお姫さま、相談とはいかなることでございましょうか」

「セイ兄、私、進路に迷ってるの。私は医者に向いていない気がするの」

いきなりそう切り出された渡海は、驚いて顔を上げた。

「葵ちゃんもそんなことを考える年頃なのか。初めて会った頃は中学生だったのになあ」

「誤魔化さないで、ちゃんと答えて、セイ兄」

整った瓜実顔は真剣で、渡海も逃げ切れず、真顔になる。

「わかった。それならきちんと答えるよ。葵ちゃんが医者に向いてない、なんてことは断じてない。こんな俺でさえ医者になれたんだ。葵ちゃんは俺よりずっと賢いし、ずっと誠実だし、なによりずっと人に優しい。医者に向いてないわけがないだろう」

葵の表情が少し和らいだ。だが納得がいったという顔ではないので、渡海は続けた。

「でもそんなことは、俺が言わなくても、葵ちゃんにはわかっているはずだ。つまりその質問の真意は、こう読み解くべきだろう」

渡海はそこで息を切った。そして続けた。

「葵ちゃんは医者になるより他にやりたいことがある。だけど自分が思うようにしたらこの家を捨てることになる。葵ちゃんには、それが耐えられないんだ」

葵は息を呑み、目を見開いた。そして吐息をつくように、小声で言う。

「セイ兄は、どうして私の気持ちがわかるの？」

「そりゃあ、俺は人生経験が豊富だから、女ごころも知り尽くしているんだよ」

「それって女たらしということよね、セイ兄」

「それが深刻な顔で相談を持ちかけてきた、いたいけな女子高生の言う言葉かねえ」

マセた表情で、背伸びをして言う葵の額を、渡海は腕を伸ばして拳でコツン、と叩く。

それから机の上に置いたオモチャを取り上げ、葵に手渡した。

「試しにそれをやってみなよ。ルービックキューブといって、今月売り出された、ほやほやの新製品のオモチャだ。今年売り出したから、値段は一九八〇円にしたそうだ」

「ふうん、変なの」と言いながら、おそるおそる回転させた葵は、六面の色が滅茶苦茶になりそうになったのを見て、すぐに手順を逆にして元に戻してしまった。

「葵ちゃんは臆病だなあ。構わないからソイツをバラバラにしてみな」

葵はためらいながら、キューブをカチャカチャと動かし続ける。やがて立方体の各面が九つの小さな、入り乱れた六色の正方形で埋め尽くされる。

「こんなになっちゃったけど、いいの？」

葵がめちゃめちゃにしたキューブを差し出すと、渡海はしばらく片手の掌の上に転がして眺めていたが、やがて両手でキューブを摑んで、カチャカチャ音を立てながら面を回転させ始める。

乱れていた六面が、みるみるうちに同じ色に揃えられていく。

「いいかい、どんなに混乱して見えても、元が揃っていれば、六面の色が揃った局面に戻せるものなんだ。葵ちゃんの心も同じだよ。どんなに乱れていても、いつかは元の色に整うんだ」

六面が元通りになったキューブをポケットに入れ、渡海は言う。

「さて、ただ今を以て、勤務時間は終了だ。俺は残業はお断りマンだから、話の続きを聞きたいなら、ドライブに付き合いな」

葵は、こくんとうなずいた。


左手に海原を見ながら、渡海は窓を全開にして、片手運転で車を走らせる。

助手席に乗った葵の長い髪が、吹き込んでくる風に靡く。

カーステレオにカセットを入れると、スタイリッシュなサウンドが流れ出す。

「あ、この曲は知ってる。この頃、よく聞くけど、何ていう曲なの？」

「ＹＭＯというバンドの『ライディーン』っていうんだ」

「そうなんだ」と呟いた葵は目を閉じて、メロディを口ずさんだ。やがて曲が終わり、飛び出したカセットを裏返す。『ライディーン』とどことなく似ているサウンドが鳴り始める。

「この曲は知ってる？」

渡海が訊ねると、葵はこくん、とうなずく。

「亮兄さんが作った曲ね。お母さまも知ってるわ」

「そうか……それなら俺が何を言いたいか、わかるよな」

渡海がそう言うと、葵は首を左右に強く振る。

「そんなこと、わからない。わからないわ」

「そうか……」

そう呟いた渡海は、展望所のスペースに車を止めると、車を降りる。

葵も後に従った。

カーステレオから流れる音楽が、葵の長い髪と一緒に風に吹き散らされる。

「葵ちゃんが本当に悩んでいるのは、自分がこの家を捨ててもいいのか、ということだろ？　兄さんと同じように、さ」

桜宮家には、長女の葵の一回り上に長男の兄がいて、桜宮家の跡取りだと目されていた。

だが長男は五年生の時、極北大学医学部を中退して、巖雄院長に勘当されていた。

「極北大で軽音部の先輩だった亮さんは、いつも言ってた。『俺はミュージシャンとして生きるんだ。だから実家の病院は継がない』。それならなぜ医学部に入ったのか問い質したら、『歌う技術を磨くには身体の仕組みに通暁した方がいい。身体の構造を系統立てて学ぶのに医学部は最適だし、親父の目もごまかせる。医者にならないから基礎医学を修学した時点で中退するつもりだ』と答えやがった。亮さんは実家の親父さんの目をごまかすため、遠い極北大学医学部を選んだ確信犯だったんだ」

「とんでもない兄貴よね。お父さまが可哀想だわ」と葵がぽつんと言う。

「俺もそう思う。でも亮さんが退学届を出す前日、夜通し一緒に飲んだんだ。軽音部を立ち上げ、『モナルカ』というバンドを結成した亮さんは、もっと高みに行ける才能の持ち主だった。亮さんが軽音時代に完成させた『スカラベ』と、バンド名をタイトルにした『モナルカ』という二曲は、名曲中の名曲だ。実際、プロになりバンドを組んでいるからね」

「つまりセイ兄は、亮兄さんの行動を正当化するのね」

「そうじゃない。亮さんは医者ではなく、自分が作った曲を人々に届けるという道を選んだ。それは親父さんや葵ちゃんからみれば、とんでもない裏切りになるかもしれない。でも亮さんの作った曲を愛するファンもいる。だからどちらが正しいということではないんだよ。それは『選択』なんだ」

その言葉を聞いた葵の表情から感情が落ちて、透き通っていく。渡海は続ける。

「大学を辞める時、亮さんが一番心配していたのが葵ちゃんのことだった。自分が家を捨てることで、妹に負担が掛かるんじゃないかと気にしていた。だから俺は怒ったんだ」

「どうしてセイ兄が怒ったの？」

「患者を救う気がないヤツが医者になるな。医者はそんないい加減な気持ちでなるものじゃない。葵ちゃんにどれほど重圧が掛かろうが、亮さんの選択とは無関係だと啖呵を切ったんだ」

「それはその通りだと思うわ。私は私、兄さんは兄さんだもの」

風に吹かれるまま長い髪をなびかせた葵は、ぽつんと言う。

渡海は首を横に振る。

「でも、今ではあの時のことを、少し後悔もしてるんだ。ひょっとしたら俺が最後のダメ押しをしたのかもしれないからね。それに、その頃はまだ会ったこともなかった葵ちゃんについて、好き勝手に言ったことも悪かったと思ってる。けど、葵ちゃんと初めて会った時にわかった。葵ちゃんは医者になるべき子だ、とね。だからって、絶対に医者にならなきゃならないわけじゃない。葵ちゃんがなりたいものになればいい。それは亮さんに言ったことと同じなんだ」

しばらく考え込んでいた葵は、顔をあげて微笑した。

「私は子どもの面倒を見る仕事、保母さんや学校の先生になりたいと思ってた。でもセイ兄の話を聞いて、少し気が変わったわ。将来、何になるにしても、とりあえず医学部に進学してみるわ。決定を少しだけ先延ばしにして、考える時間を持ってもいいのかも」

「さすが兄妹だねえ。そんな風に話す様子はお兄さんにそっくりだよ」

そう言った渡海は、葵の肩を、ぽん、と叩いた。

「それなら俺が今、考えていることも伝えておこうかな。葵ちゃんはきっと、いい医者になる。たとえそれが葵ちゃんがなりたかった職業じゃなかったとしても、ね。でもたぶん、やりたいことややれること、そしてやるべきことは全部違うんだ」

渡海の言葉を聞いた葵の表情が、晴れ晴れとした。

「ありがと。セイ兄の話を聞いたら、肩が軽くなったみたい。セイ兄のアドバイスには全然、期待してなかったんだけど」

そんな葵に渡海は苦笑して言う。

「桜宮家の人って、どうして余計なひと言を言うんだろうな」

葵と肩を並べて、水平線に沈みゆく夕陽を眺めていた渡海は、そう言ってぼやいた。


夕闇の中、桜宮病院へ戻る車中に、カーラジオから女性ボーカルの歌が流れ出す。

葵がぽつんと呟く。

「私は私、貴方は貴方……。この歌、私と兄さんのことを歌っているみたい……」

サビの「ステイ・ウィズ・ミー」というフレーズが胸に染みて、渡海は何も言えなかった。

亮が家から離れることを告げた時、葵もこの歌のタイトルのように、「真夜中のドア」を、ひとり叩き続けたのかもしれない、という気がした。

けれどもその軽やかでポップな曲調に、救われた気もした。

海岸通りを走る車のヘッドライトが、ふたりの闇を照らしていた。

4章 神威島

一九八〇年八月

八月下旬、稚内(わっかない)港から出る小型連絡船に乗った渡海は、神威島の港に降り立った。夏は北海道の観光シーズンで、大勢の観光客が押し寄せる。だが稚内港から連絡船で二時間の神威島は、宿泊施設や観光スポットが少なく、そんな喧噪とは無縁だった。

緑豊かで、小高い丘を島の中央部に据えた神威島は、「オホーツクの真珠」とも呼ばれる。港から海原を見渡すと、択捉(えとろふ)島がかすんで見える。

北方四島に近く、昔は防人(さきもり)の島と呼ばれた。幕末には幕府が港を建築し、北方ロシアからの脅威に備える要塞にしようという案もあったようだ。

しかし標高五百メートルに満たないなだらかな丘と、裾野の狭い平地しかない小島は、防衛基地には適さない地形で、計画は反古(ほご)になったという。それでも最近、飛行場を作る動きがあり、自然保護団体が反対運動を立ち上げたという話も聞く。

父・一郎が人口五千人の生まれ故郷の小島に診療所を設立したのは、八年前だ。

その年は派手な出来事がたくさんあった。二月、札幌(さっぽろ)五輪ではスキーのジャンプ競技で日本チームが金・銀・銅メダルを独占し、「日の丸飛行隊」と呼ばれ、世の喝采を浴びた。

その二週間後、連合赤軍が「あさま山荘事件」を起こし、事件中継の番組は合わせて九〇パーセント近い視聴率を叩き出した。

五月には沖縄が返還され、沖縄フィーバーが起こる。九月には日中国交正常化を受けて、上野(うえの)動物園に二頭のジャイアントパンダが寄贈され、カンカン、ランランは人気者になった。

一九七二年というこの年は、二十年近く続いた高度経済成長をバックに、日本が国際社会の一流国になるべく名乗りを上げようと内外で旗揚げした、晴れがましさに溢(あふ)れた年だった。

そして、それは渡海が極北大学医学部に入学を果たした年でもある。同じ年、父は神威島に診療所を開業した。

渡海が父の診療所を初めて訪れたのは極北大を卒業した一九七八年だから、そこで父と会うのはこれが二年ぶりで、二度目になる。


埠頭に並んで腰を下ろして、父子が釣り糸を垂れている。

夏の強い陽射しの中、蟬時雨(せみしぐれ)が降り注いでいる。

隣の父を見て、少し痩せたかな、と渡海は思う。若い頃からあった白髪も増えた。巌雄院長のように、きっぱりした銀髪であれば気力が溢れているように見えるが、父の白髪はまばらで灰色の疲労感が漂っている。

「最近は診療所はどうなの？」と訊ねると、「うん、まあまあ、かな」と答える。ものごとをきっぱり言わない、いつもの父らしい返事だ。

すると父は大声で「おい、征司郎の毛針に掛かってるぞ」と言った。

父の横顔をぼんやり見ていた渡海は、あわてて釣り竿を上げる。

「形のいいアジだな。腕は鈍っていないようだな」

「父さんは、かなり鈍ったんじゃない？」

「まあな、神威島の人たちは何かあると、すぐに野菜だ、魚だ、肉だと差し入れしてくれるので、自分では買い物もしないいんだ。それに意外に診療も忙しくて、釣り糸を垂れる暇がなかったんだよ」

神威島周辺は暖流と寒流が入り交じる良漁場だが、港が小さく小型船しか停泊できない。漁船を保有している数人の島民が週に二、三日、漁に出て、週に一度は稚内港に水揚げし、一度は神威港で地元の人たちを相手に商売をしている。

仲良く並んで釣り糸を垂れている親子の側を、日焼けした漁師が通り掛かった。

肩に掛けた魚籠からは、大型の魚が顔を出している。

父と同じ年頃の漁師は、親しげに話しかけてきた。

「お、一郎が釣りをしているのを見るのは久しぶりだな。こちらは征司郎君だろう。やっぱりそうか。大きくなったなあ」

「征司郎は覚えているかな。鯨井さんは私の小学校の時の同級生で、今は漁協の役員だよ」

渡海は記憶にないので「すみません」と小声で謝る。

「無理もないさ。お母さんのお葬式で会った時はまだ三歳くらいだったからな。それにしても立派な若衆になったなあ。本土でお医者さんになったそうだが、一郎が引退したら、この若先生が診療所を継いでくれるのかな」

「さあ、それはどうかな。東城大の外科の教授の一番弟子だから、難しいかもしれないね」

その響きは、どこか誇らしげだった。鯨井は渡海親子の魚籠を覗き込む。

「おお、若先生の魚籠は景気がいいなあ。それに比べて一郎は坊主かよ。これじゃあ親父として示しがつかんだろう」

そう言って鯨井は、自分の魚籠から大ぶりの魚を取り出し、渡海の父の魚籠に入れた。

「ソイツは今日一のメバルだ。活け締めにしてあるから、刺身にするといい。旨いぞ」

「ありがとう。いつも悪いね」

「なんの、いつもお袋のリウマチを診てくれている御礼だよ。それにこれくらいしないと、空の上の美代(みよ)ちゃんに叱られちまうよ」

鯨井は、そう言って、空になった魚籠をずり上げながら、立ち去った。

美代とは、亡くなった渡海の母親の名前だ。

極北大学医学部を卒業後、極北大学の内科学教室の医局員となった父は、島で一番の別嬪(べっぴん)だった、網元の娘を射止めて結婚した。神威小町と呼ばれていた母は渡海が幼い頃に亡くなり、父は男手ひとつで渡海を育てた。なので渡海には母の記憶がほとんどない。

神威島で診療所を立ち上げた父が、神威島の住民に大切にされている様子がわかり、渡海は嬉しくなった。

そこにまた渡海の竿が引く。竿を上げてみると、今度は大型のホッケが掛かっていた。

「今日は我ながら絶好調だなあ。俺の毛針を作る腕前が上がったんだな」

「ああ、それは確かだな。征司郎の毛針は、昔からよく釣れたからなあ」

「あれは本当に作るのが大変だったよ。普通は釣り針にテグスをぐるぐる巻きにして毛針を作るのに、父さんから教わったやり方だと、一巻きごとに縛っては切るを繰り返すから、初めのうちは普通の十倍くらい時間が掛かったからね」

「けれども、あのやり方でやって、今はよかったと思うだろう？」

「うん。佐伯外科に入局した時につくづくそう思ったよ。小学生の頃から毎日ひとりで、糸結びの練習をしていたようなものだから、俺の技術は教室でナンバーワンさ。医局長の黒ナマズなんて、俺が全然糸結びの練習をしないもんだから、むかっ腹を立ててる。けど俺の鍛錬は大学に入学した時には終わってるっつうの」

「『多言ならず、沈黙ならんことを主とすべし』、たとえその通りでも、思い上がってはいかんぞ、征司郎。世の中、上には上がいるからな」

「わかってるよ。子どもの頃から暗誦させられたからね。佐伯教授の腕前にはまだ遠く及ばないし、総合外科には化け物みたいな先輩が大勢いる。お目に掛かったことはないけど、傷の縫い跡が判らなくなるような魔法の糸を使う、鏡先生という手練れもいるらしいし」

「鏡先生のことはよく知っている。本当に素晴らしい外科医だった。若い女性患者を紹介する時は、彼を指名して術者になってもらったものだ」

「そうなんだ。俺は佐伯先生には可愛がってもらっていて、この間なんて三年目なのに食道切除術までやらせてもらったんだ。その上、佐伯先生は大学病院や教室の改革を考えていて、俺に露払いを命じたんだよ」

「佐伯先生は日本一の外科医だから、しっかり教わるといい」

「もちろんそのつもりだよ。そしていつか、外科医として追い抜いてやるんだ。それと医局員は週一でアルバイトに行くんだけど、俺は桜宮病院の巌雄院長のお世話になっているんだ」

「なんと、真行寺外科の三羽烏のうちのふたりに直接指導をしてもらっているなんて、征司郎は本当に果報者だな」

なんとも古臭い表現だが、医学の古書を読み、蘭医学の研究をすることが趣味の父らしい発言だな、とも思う。

「大物をもらったし、今日はこれくらいにして家に帰ろうか」

渡海もうなずいて、釣り竿を畳んだ。

肩を並べて家路をたどりながら、渡海が訊ねる。

「そう言えば、父さんが東城大を辞めた理由を聞いたことがなかったよね。俺が極北大に入学した直後に一緒に晩飯を食べた時も、教えてくれなかったし。せっかくだから教えてよ」

そう言った渡海の脳裏に一瞬、当時、軽音部に入部して最初にカバーしたギルバート・オサリバンの『アローン・アゲイン』の旋律が蘇る。

父の一郎は、うつむいて歩きながら、小声で言う。

「あの頃は、この診療所を立ち上げる準備で激務だったし、お前も極北大のカリキュラムをこなすので精一杯の様子だったから、話す気になれなかったんだ」

「でも二年前、俺が卒業して報告に来た時も、お茶を濁したよね。今は俺も東城大の佐伯外科の一員だから、そろそろちゃんと事情を知っておきたいんだ。ＩＶＨの研究で日本でトップを走っていたと聞いたけど、それを途中で放り出して神威島に来て、悔いはなかったの？」

ＩＶＨとは中心静脈栄養という新技術だ。手術は見方を変えると、大怪我を人為的にさせる非道な行為だ。すると大怪我から回復させるため、栄養摂取が重要になってくる。ところが消化器系の手術だと、二週間は十分な経口摂取ができないため、患者の回復は遅れてしまう。それを解消するためには、点滴で栄養を補う必要がある。とはいえ、そのために高カロリーの補液をすると浸透圧の関係で、末梢の細い静脈は静脈炎を起こして潰れてしまう。

けれども血流が多い太い血管から輸液をすれば、すぐに希釈されるので問題は解消する。そうした技術が、渡海の父が開発したＩＶＨであり、今では全国の外科学教室でも基本的な治療補助の手段になっている。

ＩＶＨの挿入は、渡海が佐伯外科に入局後、最初に教わった外科的な手技だった。その時、指導医の間瀬から、渡海の父がその技術を開発した先駆者で、佐伯外科でも尊敬されているということを初めて聞いたのだった。だが渡海の問いかけに、父の表情が曇る。

「なぜ今さら、そんな昔のことを聞きたいんだ？」

「東城大では今でも時々、父さんの話を聞くことがある。ＩＶＨを確立したのが父さんだということはみんな知ってて、佐伯外科の誰もが褒めてる。でも総合内科学教室の講師にも招聘(しょうへい)されたのにどうして突然、東城大を辞めたのか、ずっと不思議に思っていたんだ」

家の庭先で立ち止まった父は、空を見上げた。そしてぼそりと言う。

「そのことについてはまだ話したくない。正直、大学での研究に未練がなかった、と言ったら嘘になるだろう。ＩＶＨ理論の確立があと一歩のところまで来ていたからね。だがあれは仕方がなかったことだ。大体、大学というところは魑魅魍魎(ちみもうりょう)が跋扈(ばっこ)する世界で、もともと私の肌には合わなかったんだ」

父の言葉を載せたかのように、赤とんぼが、すい、と青空をよぎる。

「それにいつか必ず、神威島に戻ろうと決めていたんだ。それが母さんとの約束だったからね。結果的にこの診療所を立ち上げることが出来たので、今は悔いはない」

それは八年前、父が東城大学を辞めて北海道に戻ってきた時に聞いた言葉と全く同じだった。ここまで訊ねても理由を語ろうとしない父を見て、それ以上問い詰めるのを諦めた。

この件に関して、父の心が未だに固く閉ざされていることを、確認できただけだった。

夜。鯨井からもらったメバルを刺身にして、父子は熱燗(あつかん)を酌(く)み交わしていた。

「趣味の蘭医学研究は進んでいるの？」と息子が訊ねると父は盃(さかずき)をあおり、首を振る。

「昔の本を読み返すくらいだな。だが物事はすべからく温故知新を大切にすべきだ。昔の本を再読すると新たな発見もある。別に締め切りがあるわけでもなし、のんびりやるさ」

「実は今度、俺は佐伯教授が集めた書籍の管理を任されることになったんだ。ひょっとしたら蘭学に関連する本もあるかもしれないから、いいのがあったら送ってあげるよ」

「佐伯先生の本を、勝手に処分したらいかんだろう」

生真面目（きまじめ）な父が息子をたしなめると、渡海はにっと笑って首を横に振る。

「いいんだよ。佐伯教授が始末しようとした本だから、自由にしていいって言われてるんだ。でも蘭医学の研究って、そんなに面白いかなあ」

「当たり前だろう。日本の医学の基礎になった学問だから、とても興味深いものなんだ」

「日本の近代医学は、帝華（ていか）大が当時の最高峰のドイツ医学を導入した時に始まったんでしょ」

「それはそうだが、私は、あの方針転換が日本の医学をダメにしたのだと思っている。幕末の蘭医学においては、緒方洪庵（おがたこうあん）が訳した『扶氏経験遺訓（ふしけいけんいくん）』を当時の蘭医は全員が読んでいた。徳川（とくがわ）三百年の治世で、欧州ではオランダとだけ交易したことは、日本には幸せなことだった」

父はそう言うと、遠い目をした。

「オランダの独立は一六〇〇年代で、徳川幕府の基礎が整った時期と一致している。オランダは海運業が盛んで、いち早く東洋貿易に乗り出し、莫大な富を築いた。その下で栄えた絵画の巨匠がレンブラントだ。日本との貿易を独占したオランダは、英国のように自国の利を追求するため相手国を滅茶苦茶にしてもいいとは考えず、共存共栄を基本に付き合ってくれた。それは日本にとって幸いだったんだ」

ふだんは控えめな父だが、趣味の蘭学の話になると人が変わったように語り口ががらりと変わる。その様子は昔とちっとも変わらない。

「確かに英国が清国にしかけた阿片戦争は、本当に酷い遣り口だったもんね」

「オランダと付き合ってよかったのは、それだけじゃない。商館勤めの蘭医は日本に最先端の医学をもたらしてくれたんだ。有名所では、文化文政時代のシーボルトの鳴滝塾や、幕末にユトレヒト陸軍軍医学校の卒業生が三代にわたり教えた長崎の医学伝習所だな。できれば私もいつかオランダに行き、ライデンの国立民族学博物館や、幕末に幕府の留学生の榎本武揚や西周が修学したライデン大学を訪れてみたいものだよ」

「ゲッチンゲン学派やエジンバラ学派、ウィーン学派は耳にしたことがあるけど、ライデン大学は初めて聞く名前だね」と渡海は小耳に挟んだことがある、欧州の医学の系譜を口にする。

「十八世紀に花開いた、その三つの学派は有名だが、それら三つの学派の始祖になった医学者を教育したのが、十八世紀の最高の医学者と言われるヘルマン・ブールハーフェなんだよ。牧師の息子だった彼は、西洋の臨床医学の基礎を築いた啓蒙家として認識されている。彼の存在が十八世紀のライデン大学を、世界一の医学校にしたんだ。それとライデン大学には、お前に読み聞かせた『扶氏経験遺訓』が寄贈され、原本があるんだぞ」

「昔、暗記させられた、『医戒之略』が載っている本だね。『安逸を思はず、名利を顧みず、唯おのれをすてて、人を救はんことを希ふべし』だなんて堅苦しいな、と思っていたんだよね」

その十二則の一節を渡海が暗誦してみせると、父はにっこり笑ってうなずく。

「よく覚えていたな」

「そりゃあそうだよ。小さい頃から暗誦させられた上に、卒業祝いにもらった本だし」

「少しは血肉になっているようだな。どうして私がお前に、あんな黴臭(かびくさ)い本を暗誦させたか、わかるか？　それはお前の性質を考えてのことだったんだ。ともすればお前は、技術の習得に夢中になるたちだ。それは毛針の作り方を見ていてもわかる。だが技術より大切なことがある。それは医を為す心だ。私は佐伯先生にその教導を託したかったんだ」

「ふうん、そうなんだ」

　そうぼんやり言った渡海は、それ以上深く考えず、話を変えた。

「そう言えばさっき、オランダをひと目見たいなんて言ってたけど、一昨年、新東京国際空港も開業して、最近では海外旅行に行く人が少しずつ増えているらしいから、父さんも行ってくればいいさ」

「そんな簡単に言うなよ。この診療所を放り出すわけにいかないだろう」

「父さんが海外旅行している間くらいは、俺が代診してあげるよ」

「気持ちはありがたいが、成田(なりた)空港の開業には複雑な思いもある。私は学生運動とは無縁だったが、同級生は安保闘争に関わり、三里塚(さんりづか)闘争にも関係したヤツもいた。国際空港が国家として重要だということはわかるが、その過程は強引すぎた。それは日米安保条約改定で、国民の納得を得ずに強行したやり方を踏襲しているとしか思えなかった。そんな風にして完成した成田空港を使うのは、昔の友人たちに申し訳ないという思いが少しあるんだ。まあ、私は気持ち的に無理があるから、征司郎が代わりに見てきてくれれば、それで満足だよ」

九年前の一九七一年、ニクソン大統領は米ドル紙幣と金の兌換（だかん）停止を宣言し、スミソニアン体制下で一ドル＝三六〇円から三〇八円に切り下げを断行、ドル・ショックとなった。七年前の七三年には、固定相場制から完全な変動相場制に移行した。昨年一月に勃発したイラン革命のせいでイランの石油生産が中断して起きた第二次石油ショックの影響もあり、一ドルは二五〇円前後になっている。

個人での海外渡航が自由化されたのが一九六四年、渡海が十歳の頃だ。最近は海外旅行が脚光を浴びているが、実際に海外旅行に行く人はまだまだ少数派だった。

時代は大きく動き始めているが、父は時流に取り残されている。それでよしとしている風が、少し歯がゆい。

オランダ談義が一段落すると、父は、息子を濡れ縁に誘（いざ）なった。

ふたりの目の前を、すい、と小さな光がよぎる。

ホタルだ、と渡海は呟く。

「父さんはホタルを見ると、母さんのことを思い出すよ」

「へえ、どうして？」

「卒業を控えた夏、帰省した私は母さんに告白したんだよ。母さんは大きな網元の家の一人娘だったから、嫁になってもらえないかもしれない、と半ば諦めていた。母さんは答える代わりに、庭先に降りた。そして戻って来ると、胸の前で合わせた両手を開いた。するとその掌から一匹のホタルが飛び立ったんだ」

そう言って、父は庭先を指さした。

「気がついたら庭には、今みたいに数匹のホタルが飛び交っていた。その晩は返事を聞けずじまいだったので翌日、改めて返事を聞きに行ったんだ。そうしたら母さんは怒ったような口調で、『無医村の神威島に、お医者さんになって戻って来てくれるなら結婚してもいい』と答えてくれた。結局、母さんが生きているうちにはその約束を果たせなかったんだけどな」

濡れ縁に佇んだ二人の視線の先を、一匹のホタルが光を放ち、よぎっていく。

両親のなれ初めを聞いた渡海は、胸が熱くなったが、照れ隠しで蘊蓄が口を衝いて出た。

「そう言えば、ホタルの名の由来には、火が垂れる、つまり『火垂れ』が語源だという説と、星が流れる『星垂れ』のふたつの説があるんだって。それからゲンジボタルの北限は青森だから、北海道で光るホタルと言えばヘイケボタルなんだって。だから父さんと母さんを結びつけたのは、ヘイケボタルだったんだ」

「そうだったのか。征司郎は虫に詳しいんだな」

「極北大の軽音部の先輩が昆虫好きで、色々教えてくれたんだ。先輩は音楽の才能があって、医学部を中退しちゃったんだ。桜宮病院の跡取り息子だったんだけどね」

軽音部のバンド名「モナルカ」はタテハチョウの仲間の名前で、その蝶は北米大陸で渡りをすること、それがメキシコに到着するのが「死者の日」の頃なので、ある地域では死んだ人の魂だと思われていることなどを、渡海は先輩の亮から教わったのだった。

考えてみれば、渡海はホタルが両親を取り持ったおかげで生まれてきたのだ。

するると、渡海は「ホタルの子」なのかもしれない。

ホタルの語源が星か火かによって、自分の人生も変わるのか、とぼんやり考える。

そんな渡海の視界を、仄(ほの)かに黄色味を帯びた光が、すい、とよぎっていった。

「少し冷えてきたな。そろそろ部屋に戻ろうか」

そう言った父は小さく咳(せ)き込んだ。

八月の末、まだ夏の暑さも衰えていないのに、冷えてきたとは……。

渡海の胸に、かすかな違和感が立ち上った。


居間に戻ると、点けっぱなしにしていたテレビ画面では、夜の情報番組内のコーナーで稚内漁港の紹介をしていた。

するといきなり、のんびりした地元ロケの風景が、スタジオで緊張した表情のアナウンサーを映す画面に切り替わる。

「臨時ニュースをお伝えします。本日午後三時頃、極北市郊外の北森(きたもり)炭鉱で、大規模な落盤事故が発生しました。現在、職員数名の消息が不明になっています。現場の高杉(たかすぎ)さん、どうぞ」

画面は炭坑の入口に、大勢の人が詰めかけている映像に切り替わる。

その前で黄色いヘルメットを被った、作業衣姿のアナウンサーが中継している。

「現場の高杉です。落盤事故の発生から四時間、行方不明者数名の安否が気遣われています」

震え声のレポートを聞きながら、渡海は言う。

「北森炭鉱といえば確か、極北大学の外科の出張医務院があったよね」

「征司郎は、いろいろなことをよく知ってるんだな」

「これでも一応、極北大の卒業生だからね。父さんがあまりにも強く東城大学を薦めるもんだから、途中で調べるのを止めたんだけど、極北大学の医局に入ろうかなと思っていろいろ調べてた時期もあったんだよ」

「そうだったのか。でも私がアドバイスした通り、佐伯外科に入局してよかっただろう？　佐伯先生についていけば、立派な外科医になれるから、一生懸命励めよ」

そう言った父は、杯をあおるとまた小さく咳き込んだ。

「大丈夫？」と心配する渡海に、咳き込みながら父は言う。

「昼間、鯨井さんが言っていたことは、島民の願いだ。私はお前にこの診療所を継いでほしい、とは思っていない。お前には外科医としての才能がありそうだ。だがもしいつか、少し羽を休めたいと思ったら、神威島も選択肢のひとつにしてもらえると嬉しいんだが」

「それくらいなら、考えておくよ。でもさっき診療所を見学したけど、ほんとに何もないよね、ここ。これじゃあ天下の佐伯外科の出世頭が来ても、宝の持ち腐れになっちゃうよ」

「確かにおっしゃる通りだ。よし、わかった。これから、この診療所で診断も手術もできるよう、設備を整えてほしいと町役場に掛け合っていく。それならいいだろう？」

「期待してるよ、父さん」

渡海は立ち上がり、キッチンに行くと、追加の熱燗をつけた。

それから隣の診療室を見遣りながら、小声で呟く。

「この診療所で手術することになるかもしれないのか。だとしたら巖雄院長に、野戦病院のノウハウを教わっておいた方がいいかもしれないな」

その時、渡海の脳裏に桜宮巖雄院長と長男の亮の顔が浮かんだ。

そこに車の助手席に座り、『真夜中のドア』のメロディを口ずさんだ、葵の横顔が重なった。

その一瞬、神威島と桜宮一族を結びつける、目に見えない因縁の糸が見え、自分はそれに搦め捕られていくような気がした。

5章 根城

一九八〇年九月

九月、渡海に、奇妙な辞令が下りた。

時を同じくして、手術室の改装工事が始まった。これまで外科控え室と名付けられていたが誰も使わなかった手術室内の小部屋に、「総合外科図書室」という看板が掛けられ、その小部屋の管理責任者に渡海が任命されたのである。

驚いたことに、酒席の戯れ言だと思っていたことが成就したのだ。

その小部屋は改装工事の範囲から除外され、そのまま生き残った。

内容は、佐伯教授が所蔵する大量の医学書の管理で、外科医の本懐からは遠い。

このため何かにつけて渡海のことを目の敵にしている黒崎講師にすら、余計な雑用を押しつけられて気の毒だ、と同情されるありさまだった。

九月下旬の月曜日、渡海は垣谷を連れて教授室を訪れた。

九月の最終週である今週は手術室が完全に閉鎖され、集中的に改装工事が行なわれることになった。このため今週は総合外科も臨時休業になり、留守番役以外は夏休みに準じた態勢を取っていた。

渡海は佐伯教授の留守中に教授室の鍵を預かっていた。この機に、教授室の隣の小部屋にある書籍を全部、移動させる心づもりだった。

個人の蔵書なので、手伝いは垣谷がひとりいれば十分だろう、と高をくくっていた渡海は、部屋を見て自分の見込み違いに愕然とする。

部屋は小さかったが、足の踏み場もないほど古書が積み上げられていたのだ。

かつて佐伯教授は自分の蔵書について話した時、「図書館に寄贈を申し出たが、なかなか話が進まなかった」と言っていたが、その理由がわかった気がした。

立ち眩みがしている渡海を尻目に、垣谷は動じずに言う。

「こいつは、やり甲斐がありますね。ぼやぼやしていると日が暮れてしまいますから、とっととやっつけちゃいましょう。自分は事務室から台車を借りてきますので、渡海先生は部屋の本を整理して、運び出しやすくしておいてください」

そう言い残して垣谷は姿を消した。

渡海はしぶしぶ、書籍に積もった埃を払いながら、教授室へ本を運び出す。

本棚も持って行っていい、という許可をもらったので、二架の書棚に雑然と積まれた書籍を隣の教授室に運び出した後で、最初に書棚を手術室に運ぶことにした。

すると山積みの古書の中に、見覚えのある本があった。

父・一郎の愛読書で、渡海がその文言を叩き込まれた『扶氏経験遺訓』だ。

ぱらぱらと開いた渡海は目を見開く。そこには父の蔵書印が押されていた。

東城大に在籍していた頃に、父が佐伯教授に贈ったのだろうか。

佐伯教授と父の間にそんな交流があったことを知って、渡海は嬉しくなる。

だがそこに台車を借りてきた垣谷が戻ってきたので、渡海は本を閉じる。

蔵書印のことは、言わないでおいた方がいいような気がしたからだ。

「全く、渡海先生はほんとにサボリ魔で、使い物になりませんね。ちっとも片付けが進んでいないじゃないですか」

「すまんすまん。つい本を読み耽ってしまった。引っ越しあるある、だろ?」

ぎょろりと目を剝いた垣谷は、渡海の言い訳には耳を傾けず、どさどさと書籍の山を隣の教授室へ移していく。手術室で時々見かける台車の三倍くらい運べそうなその台車は、鉱山のトロッコのようだ。

よくもまあ、いとも簡単に必要なものを見つけ出してくるものだ、と渡海は垣谷の実務能力に、しみじみ感心する。今年の一年生の中でピカ一だという評価もよくわかる。

最初に本棚を載せ、何冊かの本を隙間に突っ込むと、台車を押して教授室を出る。

長い廊下を台車を転がし、突き当たりのエレベーターに乗り込む。

扉が閉まると一瞬、灯りが消えて真っ暗になる。

この病院棟のエレベーターの、一瞬灯りが消えてしまうという奇妙な挙動は、誰もが問題だとは思っているはずなのに、なんとなくみんな、やり過ごしてしまっている。

しかもエレベーターの速度はきわめて遅いため、いつもは階段を使うことが多い。

それでもこれだけの大荷物を運ぶとなると、エレベーターを使わざるを得ない。

その一瞬の暗闇の中、垣谷が訊ねる。

「それにしても渡海先生って、こんな本も読んだりするんですか？」

その時、エレベーターが動き出して、灯りが復旧する。垣谷が偶然手にしていたのは、例の蔵書印が押されている『扶氏経験遺訓』だった。

「ああ。俺の父親は蘭医学研究が趣味で、俺も小さい頃から『医戒』を叩き込まれたんだよ」

「渡海先生のお父さんも、先生を医者にしたかったんですね」

「そうじゃない。『医戒』の十二則は、社会でも役立つから、医者にならなくても大切な原則だと言われたんだよ。今でも『医戒十二則』を暗誦できるんだぜ、俺」

「渡海先生と『医戒』って、不思議な組み合わせですね。疑っているわけじゃないですけど、本当に暗誦できるんですか？　試しに自分が指定するので暗誦してみてくださいよ」

「ああ、いいぞ。どこからでも来い」

「それじゃあ、六番目の規則はどうですか？」と本を開いて垣谷が言う。

渡海はおもむろに咳払いをすると、詩吟を唸（うな）るように言う。

「『病者を訪（おとな）ふは、疎漏の数診に足を労せんより、寧（むし）ろ一診に心を労して細密ならんことを要す。然（しか）れども自尊大にして屢々（しばしば）診察することを欲せざるは甚（はなは）だ悪（にく）むべきなり』だよ」

文章を確認した垣谷が、驚きの声を上げる。

「ほええ、すげえっす。それってどういう意味なんですか？」

「要するに、患者をいい加減に何回も診察するよりは、一発でキメろってことだな」

「渡海先生が、蘭医学のことを話すのを、一度も聞いたことがなかったのでビックリです」

垣谷が、父の蔵書印に気づかないことにほっとした渡海は、その本を取り上げながら言う。

「そりゃあ当たり前だよ。今の医学ではほとんど使われないからな。佐伯教授が言うには、医史学の教室は日本の大学では少ないらしい」

「言われてみれば確かに、医学部の授業で医史学を教わった記憶はありませんね。それなら、渡海先生が東城大で医史学講座を立ち上げれば、間違いなく教授になれますね」

渡海は吐息をつく。

教室のトップの教授と一番下っ端の一年生から同じことを言われていたら世話はない。

それにしてもどうして教室員は、そんな発想をしてしまうのだろう。

そんな会話をしているうちに、のんびりと下るエレベーターは、ようやく手術室がある二階に到着した。

普段は締め切っている手術室の自動扉は全開になっていて、床にはブルーシートが敷かれている。改装工事の真っ最中で、作業服を着た男性たちが忙しく出入りしている。

「とりあえず教授室の本を全部移してしまいましょう。部屋の中の整理は後でできますから」

という垣谷の提案に従い、渡海は五階の教授室と二階の手術室を往復した。

大型の台車に本を満載して五往復も掛かった。そのうちの二往復は書棚の搬送だ。

垣谷は有能で、教授室の掃除まであっという間に済ませてしまった。

夕方、全ての搬入を終えた渡海は言った。

「今日は助かったよ。約束通り、晩飯は『黒門』で飲み放題の食い放題だ」

「そのお言葉を待ってました」と、垣谷は埃だらけになった顔に、満面の笑みを浮かべた。

焼肉屋「黒門」は垣谷の希望だった。学生時代、サッカー部の御用達の店だったという。

もっと高級な店でもいいんだぞ、と渡海は言ったが、垣谷はそこがいいんだ、と言い張って譲らなかった。食い放題がウリの店だが、その割りに肉の質はまあまあだった。

垣谷はご機嫌で焼き肉を頬張りながら、喋りまくる。

「それにしても渡海先生が、蘭医学に詳しいとは思いもしませんでした。俺なんて、杉田玄白（すぎたげんぱく）の『解体新書』くらいしか知りませんでしたから」

「でも、さっきの本の著者の、適塾の緒方洪庵くらいは知っているだろ」

「さあ、初耳ですね」と言って首をひねる垣谷を見て、渡海は唖然（あぜん）とする。

「お前なあ、それくらいは日本の医者の常識だぞ」

けれども垣谷はあっけらかんと答える。

「まあ、知らなくてもなんとかなりますからね。それより、せっかくだから渡海先生のお勧めの蘭医学者を教えてくださいよ」

お勧めって、レストランのメニューじゃないんだぞ、と渡海は言いかけた。

だが、それが勉強するきっかけになればいいか、と思い直し、その言葉を呑み込んだ。考えてみれば自分も父親から教わらなければ、おそらく金輪際、知らなかっただろう。

「俺の一押しは佐藤泰然だな。緒方洪庵は内科医の鑑で、泰然は外科医の中の外科医って感じの蘭医だよ」

「へえ、聞いたことありませんね。どんなことをやった先生なんですか？」

「日本の外科の基礎を作った人だよ。義理の兄さんの睾丸腫瘍の摘出手術を差配したことでも有名なんだぜ」

「そうですか。でもあの頃って、麻酔がなかったんでしょ？　恐ろしい話ですよね」

「ところが佐藤泰然が養子にした佐藤尚中という外科医は、麻酔なしでも患者が痛みに苦しまないくらい、メス捌きが鮮やかだったそうなんだ。俺が目指す理想の外科医だな。幕末の佐倉藩で先進的な病院を作ったが、明治政府に招かれ、大学東校の大博士になった。ところが政府が大学に招聘したドイツ人のお雇い外国人教師と教育方針が衝突したので、辞表を叩きつけ民間の医院を立ち上げたんだ。それが今の順天堂大学につながるんだよ」

「へえ、反骨精神に溢れる方だったんですねえ」

「それもあるが、日本の医学の根幹を大きく変換した時期で、一種の政争だった面もある。佐藤尚中は、長崎の医学伝習所でポンペに学んだ、最後の蘭医ともいうべき人だった。当時のドイツ医学は、ビスマルク率いる中央集権的な軍隊に寄与することを第一としたもので、それは中央集権を目指す明治政府に好都合だったわけさ。でもその選択が、日本の医療を変質させてしまったんだ」

「渡海先生、すごいっす。医局や手術室のみんなは渡海先生のことを、ぐうたらだとかろくでなしだとか言ってますけど、能ある鷹は爪を隠す、ってヤツですね」

悪意なく周囲の悪意ある評判をダイレクトに伝えてしまう、垣谷の無邪気さに苦笑しながら、渡海は種明かしをする。

「まあ、これは全部、父さんの受け売りだけどな」

「そう言えば、さっきの『玉取り手術』で思い出したんですけど、全身麻酔は日本が世界に先駆けて成功させたんですよね」

「さすがにそれくらいは、垣谷でも知っていたか。その通り。後に紀州の藩医となる華岡青洲（はなおかせいしゅう）が独自に世界初の全身麻酔薬の『麻沸散（まふつさん）』を調合して手術をしたんだが、処方は門外不出の秘伝にしたので、外部にはほとんど知られていない。長崎の医学伝習所を創設したポンペが、クロロホルム麻酔を導入したのが、日本で本格的に麻酔が一般化した走りだな」

「へえ、なんだか面白そうな話ですね。今度、調べてみようかな」

その軽い調子に、渡海は『あ、コイツ、そんな気は全然ないぞ』と思う。

だがそんな天真爛漫な垣谷を、渡海は憎めない。

酒をぐいぐい空けながら、垣谷は次第に饒舌（じょうぜつ）になっていく。

「それにしても今年の夏は腹立たしいこと続きでした。極めつけはモスクワ五輪のボイコット騒動ですね。スポーツに政治を絡めるなんて、断じて許せませんよ」

「そういえば柔道選手やマラソン選手など、金メダル確実だといわれていた選手が涙の記者会見をやってたな」

「それもありますが、そのボイコットのせいでサッカーはチェコスロバキアが優勝、準優勝が東ドイツ、三位がソ連だったんです。そんなの、本当の順位じゃありませんよ。一番権威あるワールドカップは、オリンピックと同じように四年に一度の開催ですが、二年ズレています。そんでもって一九七八年のアルゼンチン大会では開催国のアルゼンチンが優勝して、準優勝がオランダ、三位がブラジルで、共産国なんて影も形もなかったんですから」

「ほう、オランダは準優勝したのか」と渡海は、話の本旨から外れた部分に反応する。

「オランダはその前の一九七四年の西ドイツ大会でも準優勝した強豪ですよ。ユニフォームの色から、ナショナルチームは『オレンジ軍団』と呼ばれているんです」

オランダ贔屓の父さんが聞いたら喜びそうなエピソードだなと思いつつ渡海は、サッカー命の垣谷に目を細めた。そして自分が佐伯教授に同じようなことを言った時、佐伯教授もこんな風に相手の未熟さに呆れながらも微笑ましく見ていたのかもしれないな、とふと思う。

その後も垣谷の食欲は衰えることを知らず、食べ放題の肉をひたすら食べ続け、閉店まで粘った。こうして二人は十分に元を取り、満足して帰途に就いた。

翌日の火曜日、渡海は家電量販店に行き、レコードプレーヤーと最高級のスピーカーを購入し、手術室の居室に運び込んだ。

荷物を運び込む要領は、前日の垣谷のやり方を丸っきりパクった。

週明けから手術室は平常運営になり、口やかましい藤原看護婦の目が光るので、ステレオなど、オペと無関係な機材を運び込むには、今週が唯一のチャンスなのだ。

書籍の移動と同じで、まさに鬼の居ぬ間のピンポイントのスケジューリングである。

手始めに蔵書の整理に取りかからなければならない。

臨時休業の一週間、渡海は毎日、図書室を整えるために手術室に通い詰めた。

そのうちに、改装の作業員と仲良くなり、他の部屋で廃棄処分になった物品を、よりどりみどりで運んでくれるようになった。彼らとしても、部屋を移動させるだけで粗大ゴミを処理できるので、大歓迎されたわけだ。

こうして机、ソファ、物品棚、ライトなどの備品が次々に運び込まれた。

挙げ句の果てに、自分の仕事が終わって暇をもてあました大工が、ステレオを置くスペースに、レコード棚を作り付けてくれたので、次の日から渡海は毎日、所有しているレコードを運び込むこともできた。

棚には扉もつけてくれたので、外から見れば中身がレコードとは気がつかれずに済む。

十月五日、改装工事を終えた作業員と渡海は、盛大なお別れの宴会を開いた。

その翌日から、手術室は再開し、通常業務に復帰した。

その頃から渡海は、手術が終わるとその小部屋に籠もるようになった。

部屋の中で渡海は、真面目に書籍の整理に励んでいた。

その様子は秘密基地を作ることに夢中になっている夏休みの小学生のようだった。

渡海は、症例検討カンファには顔を出したが、それ以外では医局に姿を見せなくなった。

まるで、独立を控えた小児外科の小室にそっくりだと噂になった。だが渡海が独立を目論んでいるとは誰にも思われていない。渡海は徒党を組まないので、ワンマンオペしかできず、とうてい独立などできないだろう、と見透かされていた。

ただ、心なしか渡海の手術の速度が更に上がったという印象を持つ者は多かった。

手術を終え、病棟で患者の容体が落ち着いているのを確認すると、一年生に経過観察を命じて自分は再び手術室に戻ってしまう。

こうした、ちまちまとした書籍の整理は十月いっぱい掛かった。

その間は辛抱して、レコードプレーヤーとスピーカーは箱のまま部屋の隅に隠しておいた。

十一月一日。

書籍を整理し終えた渡海は、佐伯教授と黒崎医局長、藤原看護婦の検査を受けた。

「ほんとに意外だけど、渡海先生って真面目な学究肌だったのね」

整理された書棚をしみじみと眺めた藤原看護婦に、感心したように言われた渡海は、思わず赤面しそうになった。

佐伯教授は、死蔵されていた書籍が蘇った様子を見て、満足げにうなずいた。

黒崎医局長は小姑のように、問題点を見つけようと鵜(う)の目鷹(たか)の目でチェックしたものの、渡海の書籍整理術は非の打ち所がなく、沈黙せざるを得なかった。

そして大工が作り付けてくれた棚の奥に隠したレコードには、誰も気づかなかった。

こうして無事に合格の検印を手にした渡海はひとり、部屋のソファに寝そべり、晴れ晴れとした表情で、大きく伸びをした。

十二月一日、正式に「佐伯蔵書管理」という大義名分を得た渡海は、晴れて手術室の小部屋を自分の根城にする公認を得た。

その日の夕、満を持してステレオの梱包をほどき組み立てた。最初にステレオのスピーカーから流れた曲は、先輩の亮の『モナルカ』だった。

やがてその小部屋から、クラシックやジャズが漏れ聞こえてくるという噂が立ったが、あえて部屋を覗いてみようという、酔狂な医局員はいなかった。

6章
同門会
一九八〇年十二月

東城大学医学部付属病院は、市民から「お山の大学病院」と呼ばれている。

それは「山」というにはあまりに貧弱なものの、桜宮丘陵の頂上に鎮座しているためだ。

病院棟は大正ロマン漂う建築様式で建設されている。

中央の階段は大理石造りで、今では建設不可能な、贅沢な仕様になっている。

医学部の敷地は広大で、学内にラグビー場と野球場とサッカー場、テニスコートが四面あり、土手道から降りたところには、小ぶりな武道館もある。夕方になると剣道部の掛け声が聞こえてくる。

土手は桜並木で、春になると土手の下の広場では、医局単位で花見が行なわれる。

土手道の奥に新病院を建設することが決まり、基礎工事のトラックの往来が激しい。

看護学校の他に全国でも数少ない看護学部も併設されている。看護学部と看護学校、薬学部、放射線技師学校は医学部と別棟で、そこには図書館も設置されている。

奥まった一画を進んで行くと突如、ハイカラな三階建ての近代建築が出現する。

その大講堂は東城大学創立百周年を記念して、ＯＢ会の寄付を基金として建設されたもので、入学式や解剖慰霊祭など大学医学部の公式行事の際に用いられている。

大講堂の座席は三百。一学年は医学部百名、薬学部八十名、看護学部三十名、計二百十名で、合同で入学式や卒業式を悠々実施できると想定し三百という座席数になった。ところがその後、専門学校の看護学校の学生百、放射線技師学校三十を加えると足りなくなると判明したため、専門学校は別立てで入学式と卒業式を行なう形になった。


十二月六日土曜日。

朝からそぼ降る小雨の中、大講堂の玄関には「第七回総合外科学教室同門会」という看板が、ひっそりと立てかけられている。

背広にネクタイ姿の一年生が受付係をする中、三々五々、佐伯外科のＯＢが集まってくる。

同門会は年一度、十二月の第一土曜に開催される。教室員とＯＢの親善交流と学術的な素養の向上、そして学会発表の練習を兼ねて、教室員が研究や症例検討を発表するという、教室の重要行事である。

総合外科学教室の関係者は、揶揄（やゆ）と親しみを込めて「学芸会」と呼ぶ。

十五年前の一九六五年、外科学教室は総合外科学教室と改称された。

初代が大林与一教授、二代目が真行寺龍太郎教授、そして佐伯清剛教授は三代目になる。

総合外科学教室が立ち上げられた頃は、研修制度が確立しておらず、関連病院への出向や就職は行き当たりばったりだった。

そのために出向病院の当たり外れが大きく、教室員の怨嗟の的になっていた。

先代の真行寺教授が、そんな教室の研修制度を全面的に改革した。

それに伴い六年前、教室行事や同窓会の会計報告など、事務報告と親睦会を兼ねる会合が開催され、この会合は以後、「同門会」と呼ばれるようになった。

だが学問偏重だった大林教授の反動で、真行寺教授は学問を軽視し、実技に重きを置いた。

その結果、真行寺外科でも手術ミスとまでは呼べないまでも、患者にデメリットになるような手術が散発した。

そうした諸問題の解決のため尽力したのが、真行寺教授の後継者の佐伯教授である。

自らの非を悟り、学術軽視の傾向を改めようとした真行寺教授は、佐伯助教授に命じて、教室に学術研究的なシステムを構築させた。佐伯助教授が音頭を取り、四年前から教室員による学術発表が行なわれる仕組みになった。

医師たるもの、診療だけでなく医学研究も行なうべし、というのが佐伯外科のモットーだ。

それは医学部の標準的な教育方針で、大学では学術集会での演題発表や学術誌への論文投稿が推奨される。医学部の教授は全国から公募され、学内の教授の選挙で決定する。総合外科の頂点に君臨する佐伯教授も、かつてそうした過程を勝ち抜いて教授に就任したのだ。

教授選考では臨床的な業績はあまり考慮されず、学術的な業績が全てと言える。つまりアカデミズム領域で優れた業績を上げた医師が教授になるわけだ。だが社会ニーズは診断治療が重視されるため、齟齬と軋轢が生じる。その解決策が「同門会」の学術部門の創設だった。

「学芸会」の開催に合わせて、そこで発表した症例や研究を論文の体裁で掲載する紀要誌も刊行された。これは教室員にとっては福音となった。

博士号の取得には最低でも論文一本が必要になるが、総合外科学教室の紀要は雑誌掲載された論文と見做されたため、博士号を目指す教室員の「最後の命綱」になった。

かくして「同門会」は、教室員にとって重要なイベントになったのである。

＊

同門会の二週間前、渡海はバイト先の桜宮病院で、ルーティン業務の解剖をしながら、しきりにぼやいていた。

「せっかく二年間やり過ごしてきたのに、今年は絶対に発表しろ、と黒ナマズに釘を刺されてしまったので、ついにこの俺も同門会で発表させられることになっちゃったんです」

渡海が遺体に施すＰＤの手技にアドバイスをしていた桜宮巌雄院長は、呆れ声で言う。

「清剛の懐刀(ふところがたな)になる、なんて豪語していたクセに、佐伯外科の基本的な義務すら果たしていなかったとは全く、呆れ果てた奴だな」

「俺は手術で患者を救いたいだけなんです。医学研究なんて真っ平御免、そもそもなぜ医者が学術研究をしなくちゃいけないのか、さっぱりわからないです」

渡海がうっかりそんなことを口にすると、巌雄院長の雷が落ちた。

「バカ者。三年生にもなって、まだそんな幼稚なことを言っておるとは、とんでもないヤツめ。バイト病院のＯＢは、医局員を教育する義務があるから、儂が直々に教えてやろう。いいか、よく聞け。医学とはクソッタレの学問で、野放図にさせておくと歪な医者ができてしまう。医学と医療は車の両輪で、どちらが欠けてもまともな医者にはなれない。だから両方やらなければならないのだよ」

「ふうん。手術だけやっていたらダメなんですか？」

「ある程度までは伸びる。だが、そこから先は頭打ちになってしまうんだ」

「でも研究に夢中で、実技を疎かにして大変なことになったのが先々代の大林教授でしょ。佐伯教授も、講師や助教授時代には苦労されたと聞きましたけど」

「清剛がそんなことを言っているのか？」

「まさか。佐伯教授はそんなセコいことは言いませんよ。助手の木村さんが教授をヨイショする時に必ず持ち出してくるから、教室員はみんな知ってるんです」

「木村か。噂には聞くが、アイツも困ったものだ。優秀さを鼻に掛けている上に、婆娑（しゃば）っ気がやたら強いそうだからなあ。だがその話は本当だ。総合外科を立ち上げた初代の大林教授は学究肌で、研究畑で過ごしたから手術はド下手だった。それなのに教授になったらやたら手術やりたがり坊やになってしまい、失敗すると若手の儂や清剛、鏡に後始末を押しつけた。そのくせ後始末をする手術軍団を冷遇し、手術の巧拙を教室員の評価に加味しなかったどころか、自分に輪を掛けて手術センスのない頭でっかちの講師を助教授にして、よりによって当時助教授だった清剛を追出そうとしたんだよ。その動きに危機感を抱いたOBが叛旗を翻した。大林教授の手術ミスに乗じてOB会が強権を発動し、大林教授を更迭扱いで辞職させ、大林教授より年次が上で、既に市民病院の院長を務めていた真行寺先生を呼び戻して、臨時の教授代行に据えたんだ」

「『真行寺の変』ですね。そしてその荒技で真行寺教授がオペ上手の三羽烏、佐伯清剛教授、桜宮巌雄院長、市民病院の鏡博之部長の三人を抜擢して教室を立て直したんですよね」

「その通り。だが禍福はあざなえる縄の如し、真行寺先生は大林教授と逆に臨床に偏っていた。手術適用の決定権を持った上、教室には労せずして症例が集まってくる状況に高揚した真行寺先生は、大胆な術式に挑戦するようになり、最後は学術的な裏付けのないアグレッシブな挑戦をして盛大に失敗してしまう。その手術に入ったのが儂と黒崎だ。その場に清剛がいなかったことが悲劇だった。今も忘れられん。あの年は儂にとって天中殺のような年だった」

その一九七五年は、ロックバンドのクイーンと英国女王夫妻が初来日し、ノーベル平和賞を受賞した佐藤栄作元首相が国民葬に付され、沖縄海洋博が開催された。慌ただしかったあの年、医学部四年生だった渡海は、巌雄院長が天中殺と表現した一件に思い当たる。桜宮病院の嫡子で巌雄院長も期待を掛けていた長男の亮が、極北大学医学部を中退した年でもあった。

だが渡海は当然、自分が気づいたことは口にしない。いや、できるわけがなかった。

「その年、儂は総合外科学教室を辞め、この病院の院長に就任した。それまでは家内が院長を務めていた。真行寺先生は次の教授に清剛が就くことを見届けてから、大学を去ったんだ」

そう言うと、巌雄院長は腕組みをして目を閉じた。

やがて目を開けると、晴れ晴れとした表情になって、続けた。

「だが、おかげで清剛という、理想的な教授を得たのだから、結局はよかったのかもしれない。同門会に併設された学術発表会は、ともすれば技術偏重になりがちな外科医のひよっこどもに、学術の重要性を知らしめるために創設された会だ。真行寺外科で悲劇のバイパス術が実施された後、清剛が音頭を取って始めたものだから、お前が清剛の近衛兵を名乗るのであれば、避けては通れない関所だぞ」

「わかったわかった、わかりましたよ。今年はきちんと発表しますよ」

この日二体目の解剖遺体を閉腹しながら、渡海は全面降伏の白旗を揚げたのだった。

*

悪天候の中、参加したOBと現役医局員は総数百名弱と、近年では集まりがよかった。

第七回総合外科学教室同門会は、真行寺龍太郎・同門会長の挨拶から始まった。

渡海は真行寺会長をまじまじと見る。小柄だが、隆とした立ち姿には威厳があった。

真行寺会長は、桜宮市医師会の会長でもある。因(ちな)みに副会長は桜宮巌雄院長が務めている。

渡海が振り返ると、巌雄院長は一番後ろの席で腕を組み、階段教室の会場を睥睨(へいげい)している。

おお、怖い、と渡海は身を縮めた。

会長職を二つ兼任している真行寺同門会長の挨拶は、実に堂々たるものだった。

「本年度、本会から、同門会を桜宮外科集団会として認定します。今回、同門会で発表した抄録を桜宮市医師会誌に提出すれば、学術業績として認められます」

前列の方でどよめきがあがる。渡海の隣に座った一年生の垣谷が渡海に小声で言う。

「ありがたいですね。学会発表や論文投稿は医局員のデューティですから」

「ふうん、そういうものなのか。垣谷は真面目だなあ」

ルービックキューブをカチャカチャと動かしつつ、渡海が言うと、垣谷は首を横に振る。

「そんなことありません。渡海先生が不真面目なだけです」

「まあ、そうかもしれないな。何しろ三年目で初めて同門会で発表するなんて、医局員の風上にもおけない、と巌雄院長に叱られたからな」と言って渡海は、否定しようとしない。

渡海が三年目で初めて同門会発表をすることになった背景には同情の余地があった。

一年目は、渡海の技術の高さを嫉視（しっし）した指導医の間瀬が渡海を無視したため、直前になって発表準備が出来ていないことが判明し、発表を免除された。

そして間瀬は、渡海以上に大目玉を食らい、教室から放逐（ほうちく）された。

二年目の去年は、同門会の発表が教室員の義務だと知らず、前日になって準備していないことが発覚し、今度は渡海が大目玉を食らった。

渡海は二年目に指導医に指名されていたが一ヵ月後、研修医の戸倉が指導医を代えてほしい、とクレームをつけたため、指導医を外されてしまう。

このため、この時も渡海は同門会にどう対応すべきかを知らずに過ごしてしまった。

そんな渡海に目を付け、「今年は絶対に同門会で発表しろ」と強要したのは、なにかにつけて渡海が目障りでならないことが丸わかりの黒崎医局長だ。その上、放任したらまた言い抜けすると見越した黒崎医局長はご丁寧にも、「食道癌手術についての検討」という主題で発表しろ、と演題指定までしてきた。

こうなってしまっては、さすがの渡海にも逃げ道はない。こうして渡海は、医局員たちの退屈な症例報告や稚拙な症例解析について、延々と聞かされる羽目になったのだった。


「同門会」の発表は、地方医学会や小さな学会に準じて発表時間は五分、その後の質疑応答に五分、スライドは十枚と規定されていた。発表に対するOBの攻撃、もとい、質疑応答は微に入り細を穿ち、その五分間は「地獄の問答タイム」と呼ばれ、初期研修医の間で恐れられていた。ここでの失態はたちまち教室や関連病院に伝わり、研修医の評価になってしまうからだ。

だが今年の一年生は優秀で、彼らの発表は荒れることもなく、平穏裏に終わった。

中でも「総合外科学教室における、大伏在静脈グラフトを用いたバイパス術十例の経験」という垣谷の発表は、口やかましいOBたちも絶賛したほどの力作だった。

さすが、黒崎講師のお気に入りの一年生エースだけのことはある。

これに対し、渡海の前の発表者はOBの袋だたきに遭った。市民病院に出向していたこの二年生の戸倉こそ、一年生の時、渡海の指導を拒否するという慧眼を持っていた研修医だ。

目端は利くが、学術的センスがないことは、発表を聞き流していた渡海にもわかった。

ＯＢの一人が質問をぶつける。

「解析例は十例だが、それで佐伯外科の乳癌手術症例を代表していると言えるのかな」

「は、でも僕がこの一年で経験した手術症例が四例しかなかったので」

「君が経験した四例に他の六例の症例を加えて十例の症例報告をすることは、問題ない。だがそうしたごく少数例の検討に対し、『佐伯外科の乳癌手術症例について』などという大仰なタイトルをつけるのがいかがなものか、と指摘しているんだ」

一年生の垣谷が、同じ十例の経験の発表で大絶賛されたのとは天と地ほど違う評価だ。

通常の学会発表は指導医が手取り足取り指導する。だが同門会発表に限っては指導医の口出しは禁止され、研修医は一から十まで自力でやらなければならない。ただし直接指導はダメだが質問は許される。垣谷の発表は黒崎講師に手術の実態を根掘り葉掘り聞きまくった結果で熱意と創意工夫に溢れていた。一方戸倉の発表はその対極で、やる気のなさをＯＢに突かれたのだった。おまけに戸倉はＯＢが指摘する問題点が理解できず、議論が全く嚙み合わない。

質疑応答を終えた戸倉が気息奄々（きそくえんえん）で、よろよろと渡海の前の席に戻った。

「以上で一年生、二年生の前期研修医の発表を終わります。十分間の休憩の後、三年生、四年生の後期研修医の発表に移ります」

進行役の黒崎医局長がそう告げると、立ち上がり御手洗に行く者、隣に座った同期と雑談する者、ＯＢに挨拶する者など、みな思い思いの行動を始めた。

渡海は六面を揃えたルービックキューブを机の上に置くと、拳で肩をとんとん、と叩く。

すると発表を終えた戸倉が振り返り、渡海を恨みがましそうに見た。

「僕がこんな酷い目に遭うのは、もとはと言えば最初の指導医だった渡海さんの指導がなっていなかったせいですからね」

「それは気の毒だったな。だがおかげで翌年から指導医のリストから俺は外されたよ。つまり戸倉の不運も全くの無駄ではなかった、ということだな」

「全然反省なさっていないんですね。謝罪のひと言くらい、言うべきじゃないですか？」

「謝罪、ねえ。だが交通事故に遭った時、自動車が謝罪するか？　謝罪するのは運転手だろ。俺は指導医のシステムでは車みたいなもので、どこで何をするかは言われるがまま。そうした差配は医局長の黒ナマズがやったんだから、謝罪を求める相手は黒ナマズだろう」

「マジでそんな風に思っているんですか。ほんと、最低ですね。渡海先生の教室行事に対する不実な態度は、同門の先生たちの非難の的ですよ。市民病院でもすごく評判が悪いです。気をつけた方がいいですよ」

「ご忠言、ありがとう。真行寺外科の三羽烏とも呼ばれた鏡部長が、そんな器の小さいことをおっしゃるとは意外だな。今日お見えになっているから、ご挨拶を兼ねて確認してみるか」

するとと戸倉はあわてて言う。

「いえ、そう言ったのは僕の指導医の田中先生です。鏡先生はそんなことは言ってません」

田中という名は覚えがないので「せいぜい、注意しておくよ」とあっさり流した。

そんな風に戸倉を突き放したものの、渡海は、自分の発表は未熟さでは戸倉の発表と五十歩百歩だと自覚していた。学会発表のスライドは教室や病院に出入りする製薬会社のプロパーに作ってもらったが、同門会の発表ではそれも禁じられていた。だが下積みを免除された形になっていた渡海は自分でスライドを作るノウハウを獲得する機会がなかった。

そこで一年生の垣谷に、自分のスライドを作るついでに一緒に作らせたのだ。

とんでもない先輩の図々しい依頼を淡々とこなす垣谷は、実に大物だ。

そこに黒崎医局長の声が響く。

「休憩時間が終了しましたので、これより後期研修医の発表に移ります。最初の発表者、東城大学医学部総合外科学教室の渡海征司郎君、発表を始めてください」

渡海は立ち上がると、戸倉の恨みがましい視線をさらりと断ち切り、演台に立った。


渡海の発表は「総合外科学教室における食道切除術の一例」という症例報告だった。

症例検討カンファと術後カンファを一緒にしたような、当たり障りのないシンプルな発表だが、いかにも渡海らしく、最後にうっかり、余計なひと言を口にしてしまった。

食道と再建臓器の胃管の吻合の手技において、ペッツのかけ方の方向について従来と反対向きにした方が吻合しやすいのではないかと、口をすべらせてしまったのだ。

これに、シニア医局員やOBが一斉に猛反発した。佐伯外科が長年築き上げてきた手法に対し、たった一例だけの経験しかない駆け出しの外科医が批判するとは生意気だ、と言うのだ。

そうした非難に「お説ごもっともですが、術者として感じた正直な気持ちです」という同じ回答を繰り返す渡海に、次第に周囲の苛立ちが募り、質問の域を逸脱し感情的な言動になっていく。だが一向に応えない渡海に、ついに堪忍袋の緒が切れた黒崎医局長が言い放つ。

「発表者はもっと、誠実に応答するように」

「参ったなあ。正直に答えたのに誠実でないと言われたら、議論にならないんですけど」

「まだわからんのか。ＯＢの諸先輩方は、そういうお前の態度が問題だ、と言っておるのだ」

するとそれまで黙って聞いていた佐伯教授が、おもむろに口を開いた。

「もうその辺りで勘弁してやれ。それはこの場で議論しても不毛なことだろう。今回の発表で渡海が指摘した、ペッツのかけ方を実際にやらせてみて、比較した結果を来年の同門会で発表してもらう、というあたりの落としどころでどうだろう」

場がしん、と静まり返った。

渡海の発表に対する執拗な攻撃の根底にあったのは、三年目で食道切除術の術者に指名されたという、異例の抜擢にたいする妬みの気持ちだった。

だからこそ、渡海の落ち度を指摘するため、あの手この手で攻撃したのだ。

ところがその結果、渡海は、次の食道切除術の術者に指名されたも同然になってしまった。

それは異例の待遇のバージョンアップであり、追及していた者たちには藪蛇(やぶへび)だった。

これまで教室で食道切除術の術者を務めたことがある現在のスタッフは黒崎講師だけだ。それも年に一例か二例、講師の外科の技量を確かめるための、資格確認試験のような意味合いに思われる指名だった。

　高野助教授は脳外科に特化しているため消化器領域の手術には加わっておらず、小児外科の小室助手に至っては端から総合外科学教室ではなく小児科の一員だと認識されている。

　つまり渡海は三年目にして、手術分野では黒崎講師に次ぐ、佐伯外科の本流のナンバー2の地位に就いたことになる。しかも助手ですらない、無役のヒラなのに、である。

　それは渡海に容赦ない攻撃を加えた人々にとっては、容認し難いことだった。

　だが現実に、下部食道切除術という高度な手術を難なくやり遂げた渡海を、佐伯外科の名もなき衆生が引きずり下ろす手段は、なくなってしまった。

　この同門会以降、渡海に対するバッシングはいよいよ激しさを増した。だが渡海はどこ吹く風のマイペースさで、己の手術技術を磨くことと、手術室に得た根城を充実させるため医史学を含めた過去の文献を漁ることに夢中になっていった。


　同門会の終了後は、大講堂に併設された畳敷きの大広間に場所を移して、OBと現医局員の懇親会が開かれる。それは例年、先輩後輩が入り乱れる大宴会になる。

　一年生はOBに注がれた杯を干した後、挨拶代わりに一曲歌わされる。一年生の旗手の垣谷が八代亜紀の『雨の慕情』を情感たっぷりに歌い上げ、やんやの喝采を浴びた。

　こっそり懇親会を抜け出した渡海は、お気に入りの大ヒット曲、久保田早紀の『異邦人』を口ずさみながら夜のオペ室の居室に戻り、レコードに針を落とした。

目を瞑(つむ)り、気怠いジャズの旋律に身を浸す彼の脳裏からは、同門会の諍(いさか)いは綺麗さっぱり洗い流されていた。


その時間、真行寺前教授と腹心の三羽烏の四人は、旧上層部だけの二次会で、フレンチレストラン「シェルブール」に集っていた。

「佐伯、今年の一年生は豊作だな。それに三年生で初見参した渡海も、ＯＢ砲をのらりくらりと躱(かわ)し続けるなど、なかなか骨がありそうな奴だ。いやあ、結構結構」

ご機嫌な真行寺前教授の言葉に、佐伯教授も同意する。

「ええ、渡海は鞍を載せるのも厭(いと)うじゃじゃ馬ですが、今のウチでは一番の手術上手です」

隣の桜宮巌雄もうなずいて言う。

「それは当然だな。なにしろこの儂が自ら、手取り足取り鍛えているからな。それより、儂が提唱していた解剖手術研修システムの優秀さが身に染みてわかっただろう、清剛？」

「私は巌雄先生のシステムの優秀さは認めていましたよ。ただ研修医全員に解剖症例をあてがえないから、大学では導入が難しいと申し上げただけです。それに渡海は血筋もいい。父親は東城大にいち早くＩＶＨを導入した内科学教室の渡海一郎先生ですから」

佐伯教授の真向かいに座っていた鏡部長が口を開いた。

「名前を聞いてひょっとしたらと思ったが、やはりあの渡海一郎先生のご子息だったか。だが佐伯、そんな人物を手元に置いて大丈夫なのか？　渡海先生と言えば……」

言いかけた鏡部長の言葉を手を上げて制し、佐伯教授は言う。

「もちろんリスクは百も承知しています。だが虎穴に入らずんば虎児を得ずと言いますし、これは私の贖罪でもあるのです。万が一、アレに寝首を掻かれるなら本望です」

「そこまで覚悟を決めているなら、何も言わん。だがな佐伯、俺に敬語はやめろと言っとるだろう。確かに教室では先輩だが、大学院では同期なんだからな」

「わかりました。以後気をつけます」

佐伯教授は目を細めて笑う。口先だけで敬語遣いをやめようとしない佐伯教授に対し、鏡部長はむっとした表情になる。

そんな二人のやりとりを微笑ましく眺めていた真行寺前教授は、声を潜める。

「ところで今、厚生省に不穏な動きがある。増大した医療費を抑制したいと思っているらしい。官僚たちが考えることは単純で、彼らの力の源泉であるカネと権限を独占したいということだけだ。医療分野では医師が過大な力、すなわちカネと権限を有していることが、連中の気に障るようだ。そこで医療、特に日本医師会の力を削ぐため、盛大な花火を打ち上げようとしている。みな用心して、中央の動きを注視していてくれ」

真行寺前教授の忠実なる部下の三羽烏は、三人三様にうなずいた。

こうして各々の同門会の夜は、更(ふ)けて行った。

第2部　北ウイング

1984年（昭和59年）

7章
鉗子
一九八四年四月

一九八四年、外科医になって七年目を迎えた渡海だが、解剖遺体にメスを入れると今でも、医学生で初めて解剖実習をした時のことを思い出す。

極北大学医学部の解剖実習室は空調がよく効いて、冷え冷えとしていた。

そんな中、黒褐色に変色したご遺体が、銀色のステンレス台の上に置かれた。

解剖学の教授が、初日の解剖の手順を説明後、「それでは黙禱してください」と言う。

黙禱し、目を開いた渡海は、緊張した面持ちでご遺体にメスを入れた。

すると黒ずんだ皮膚の下から、鮮やかな黄色い脂肪組織が現れた。

あの時、つやつやと輝いていた脂肪は、体内に隠された黄金のように見えた。

あれから数多くの手術や解剖で開腹したが、あの時のような輝きを見たことはない。

桜宮病院の解剖室で黙々と解剖をしていると、いろいろなことを考えてしまう。

そこは、外科医の初心と本懐を呼び覚ましてくれる場所だった。

生者を手術した翌日、死者の身体で構造を再確認する。それは医学の基本に忠実な姿勢だ。

渡海ほど、生者の手術と死者の解剖の数をこなしている外科医は、おそらくいないだろう。

それは、「死の医学の土台の上に、生の医療の花が咲く」という巌雄院長の教えを体現したものだった。

午後のデューティの解剖手術を終えた渡海は、ふと思いついたという様に見せかけて、傍らで見学しつつ手技の指導を厳しくしてくれた巌雄院長に訊ねた。

「そういえば、腹腔内に手術器具を置き忘れたりすることって、たまにあるんですか？」

「なぜ、そんなことを聞く？」

巌雄院長の表情ががらりと変わったのを見て、渡海はあわてて言い訳をする。

「今年の同門会で発表するネタを探しているんですけど、最近、火葬したら器具が出てきたというニュースを見て、もし佐伯外科でそんな事例があれば、同門会で発表したら面白いかなあ、なんて思いまして……」

「まさか、本気でそんなたわけたことを言ってるわけじゃあるまいな。いいか、人間のやることだから、ミスはあり得る。当然置き忘れだって起こってもおかしくない。だが、そうしたことができるだけなくなるようにするために、実にいろいろな工夫が考えられている。たとえばオペ場の看護婦は閉腹前に、器具どころかガーゼの数さえカウントしているんだぞ。お前が考えている演題は、佐伯外科だけでなく、大学病院の手術室のスタッフの神経を逆撫でするようなことだ。そんなとんでもない発表を同門会でやったら、ＯＢにはっ倒されるばかりでなく、手術室も出入り禁止になるぞ」

「ですよね。冗談ですよ、冗談」

そう言って渡海はごまかしたが、巌雄院長の目は笑っていない。

実はその日の午前中、渡海は外来で、東城大学医学部からの紹介患者を診察していた。

もっともその患者が紹介されてきたのは十五年前で、その後は三ヵ月に一度、外来受診している。

大学病院は先端技術の手術がメインになる。だから手術が終わり経過観察の段階になると、地元の開業医や市中病院にフォローをお願いすることが多い。

それは紹介された病院の売り上げになるから、依頼される方もメリットがあり、持ちつ持たれつの関係を築くことができる。

飯沼達次という患者の外来カルテには、大学病院からの紹介状が添付されておらず、カルテの記載は日付と「np」という走り書きしかなかった。

npとは「nothing particular（特段の異状なし）」の略語だ。だがフォローだけとはいえ、初対面なので過去のデータがなければ診察できない。そこで外来の看護婦にレントゲン写真を持ってくるよう頼んだ。すると相当時間が経ってようやく古びた紙袋を持ってきた。

長年、倉庫にしまわれていたため、紙袋とフィルムが癒着し、取り出すのに一苦労だった。

だがフィルムを見て驚いた。そこにはくっきりとペアンの真っ白な影が写っていたのだ。

手術時に置き忘れたのは、誰の目にも明らかだ。

普段の渡海なら、即座に巌雄院長に報告し、善処を要請したに違いない。

だが渡海は躊躇った。理由のひとつが、五十代のその患者が饒舌に語った内容だった。

初顔の医師にいろいろ話したが、飯沼達次は当時の佐伯助教授を絶賛した。

「おいらはクローン病とかいうめんどくさい病気だったんだけど、ものすごく腹が痛くなって大学病院に行ったら、大腸に穴が開いてるからすぐ手術するぞ、と大林（おおばやし）教授に言われたのよ。おっかなかったけど心配いらないって言うから手術を受けた。でもって手術は大成功でその後一年は月一回、大学病院の外来に通ったのよ。他の患者は手術が終わると、すぐに他所（よそ）の病院に紹介されるのに、おいらは特別扱いで、普通ならお顔を見ることができない助教授の佐伯先生が診察してくれたんで、同じ頃に手術を受けた連中に羨（うらや）ましがられたもんよ」

佐伯外科で手術を受けた患者は、通例では退院後に一度、大学病院の外来を受診し、その後は関連病院に紹介される。術後一年間、総合外科の外来を受診し続けたばかりでなく、佐伯助教授が直々に診察していた飯沼達次は、極めて異例な対応を受けた患者だと言える。

彼が術後になんらかの問題を抱えていたのは間違いなさそうだ。

また大林元教授は手術下手で、手術ミスを連発したため、ＯＢの手によって更迭されたようなものだという話は木村（きむら）助手の十八番（おはこ）で、渡海も聞いていた。

ということは佐伯教授が、飯沼達次をフォローしていたのも、その類いのオペだった可能性が高い。ただしそうすると、素朴な疑念が湧いてくる。

あの佐伯教授がこんなペアンの置き忘れを見落とすはずがない。そしてその果断な性格からすれば、ペアン留置に気づけば直ちに追加手術をして、ペアンを除去したはずだ。

その後、桜宮病院にフォローを頼んだというのも尋常ではない。

桜宮病院は、大学病院から見ると、きわめて特殊な地位にある病院だ。

大学病院からの紹介患者は、他院のように術後のフォロー依頼は滅多になく、外科ではもはや手の施しようのない末期患者が主だった。

数年前、主要業務をホスピスに転換した桜宮病院は、終末期患者の診療に特化していた。

しかも隣にある寺院・碧翠院（へきすいいん）には公営の火葬場も設置されているため、口さがない市民からは「あそこは三途（さんず）の川病院だ」などと陰口を叩かれている。

その流れで桜宮病院が市内の行政解剖を一手に引き受けているという方針も整合性がある。

末期患者が亡くなった時の解剖率は大学病院より高いくらいで、それどころか、滅多にないことだが大学病院の病理解剖症例を桜宮病院に委託することすらあった、とも伝え聞く。

そんな桜宮病院に、見かけ上は健全な患者を紹介することは、極めてイレギュラーだ。

しかもあの巌雄院長が、外来で担当しているので、渡海が尊敬する二人の外科医が関わっているわけだ。渡海はこの問題に底知れない不気味さを嗅ぎ取った。なので同門会の課題の相談という形で試し撃ちしたら、予想以上の反応が返ってきたわけだ。

この問題に迂闊（うかつ）に踏み込んだらヤバい、と渡海は直感的に悟った。

東城大には多くの闇や結界があると言われている。そして桜宮病院も、過去の因縁が集積する地だという。伝説や怨念の類いを全く信じない渡海だが、だからと言って全てのものごとが理で割り切れると思っているわけでもない。とりあえず患者本人の状態は良好なので、騒ぎ立てずこのまま様子を見ようと思った。詰まるところ、腹の中に手術器具を抱えていても状態が良好なら問題なし、というのが外科医の純血種である渡海の判断だった。

抗がん剤注入のリザーバーや、心臓のペースメーカーを体内留置したりするのだから、これだって問題ないだろう。こじつけの屁理屈だが、渡海はとりあえずそう考えることにした。

それでも一応、明日になったら大学病院で飯沼達次のカルテを確認してみよう、と思った。

オペ室に自分の居室を持っていた渡海は、それができる立場にいた。

アルバイト勤務を終えた渡海は、桜宮病院の玄関を出た。だが下宿に真っ直ぐ帰る気がせず、岬の突端の小径をそぞろ歩く。

暮れなずむ夕陽の残照は光を失い、海原は黒く沈んでいく。振り返ると夕焼けに照らし出された桜宮病院の威容が、背後の桜宮の街並みをすっぽりと覆い隠していた。

それはあたかも、でんでん虫が桜宮の市街を蚕食(さんしょく)しているように見えた。


翌日。

手術室の看護婦が、渡海が頼んだ飯沼達次の、過去のカルテを持ってきた。

「看護婦は、ドクターの小間使いじゃないんですからね」

ぶつぶつ文句を言いながらも対応してくれたのは、渡海が初めて食道切除術のオペをした時に器械出しを担当した藤原真琴(ふじわらまこと)看護婦だ。

手術室の副婦長に抜擢された彼女は、妙に生真面目なところがあり、どうやら我が物顔で手術室の一画を占拠している渡海がお気に召さない様子だった。

「十年以上前のカルテを引っ張り出すなんて、何を考えていらっしゃるんですか」

「温故知新、というのがわが父の教えでね。これは佐伯外科の源流をたどる、とても重要な仕事なんだよ」

「でも、そういうことなら、今の医療業務とは無関係ですよね。それなら看護婦の仕事ではありません」

「まあまあ、真琴ちゃん、つれないことを言うなよ」

「親しい関係じゃないんですから、名前で呼ぶのは止めてください」

「いいだろ、同い年なんだから。固いことばっか言ってると、オペ室の婦長になれないぞ」

「別に構いません。あたしは出世なんて、したくありませんから」

「二十代で異例の副婦長に抜擢された真琴ちゃんに、出世欲がないとは笑わせてくれるぜ」

「ほんとはこの昇進は、断ろうと思ったんです。でも総婦長さんに、どうしてもと泣きつかれてしまって、泣く泣く引き受けたんです。そのせいで事務仕事ばかり増えて、器械出しに入る機会が減ってしまったのが、ほんとに残念で……」

「なんだ、気が合うねえ。実は俺も事務仕事が大嫌いで、現場が一番好きなんだよ」

「冗談じゃありません。渡海先生と一緒にしないでください。それと新人にちょっかいも出さないでください。悪影響がありますから」

「ああ、新人のネコちゃんのことか。あの娘は将来、大物になるぞ」

「そんなこと言って、猫田(ねこた)をおだてないでください。渡海先生の影響でサボリ癖がつきそうで、困っているんですから」

ぶつぶつ文句を言いながら、藤原副婦長は部屋を出て行った。

渡海はカルテを読み始める。といっても大して時間は掛からなかった。

そのカルテには桜宮病院のとほぼ同じ内容が記載されていただけだったからだ。

最初のページに、入院から手術に至る経緯が少しだけ詳しく記されていた。それでも腹痛で緊急入院し即日手術、穿孔部を塞ぎ閉腹、という最低限の単純な記載だけしかない。

入院中の記載も、包交だけしかなく、一週間で退院。その後一年間は一ヵ月に一度の外来受診。その時の記載は一行だけの「ｎｐ」なのもそっくり同じだった。

ところが最後の診察記録だけは、詳しく所見が記され、筆跡も違った。

その筆跡はどこかで見たことがあるような気もしたが、思い出せない。

しかもレントゲン撮影を指示していながら、読影所見は記載されていない。

それがこのカルテの最後の記載で、以後は白紙になっている。

日付けを見ると、その直後に碧翠院に紹介されたのだとわかった。

だが、改めて探してもらっても、その腹部X線写真のフィルムは見つからなかった。

十五年も前のことだから仕方ないのかもしれない、と渡海は思い込もうとした。

だが渡海はふと、ある可能性に気づいた。その失われたレントゲン写真はひょっとしたら、桜宮病院で自分が目にした、あのフィルムなのではないか。

その時、渡海は、カルテの背後にある深い闇を見た気がした。

「そうですか、渡海のヤツ、そんなことを言っていましたか」

＊

その夜、レストラン「シェルブール」の個室で会食していた佐伯教授は、桜宮巌雄院長の報告を聞いて、白眉を上げて渋い表情になる。

「うむ。飯沼さんを外来で奴に診せたのは儂の落ち度だった。外来受診のカルテには、大したことは記述してないので問題はないだろうが、その後にいきなり半年以上先の同門会の課題を相談してくるなど、どうも態度が不自然だ。まあ、用心するに越したことはなかろう。一応、清剛(せいごう)の耳に入れておいた方がいいだろうと思ってな」

佐伯教授は赤ワインのグラスに口をつけた。

「あれは真行寺(しんぎょうじ)教授の心臓バイパス術と並ぶ、総合外科の不都合な真実ですからね」

「まったく最悪の手術だったたな。緊急手術が必要だという大林教授の判断は正しかったが、清剛に相談もせずに手術を始めたのはとんでもなかった。おまけにお気に入りの手術音痴の講師と、インターンの三人でやろうとするなんて無謀にもほどがある。挙げ句の果てに仙骨前面(せんこつぜんめん)の静脈叢(じょうみゃくそう)からの出血が止まらなくなり、清剛に泣きついてきたんだからどうしようもない話だ。あんな状況で、お前もよく踏ん張ったもんだよ」

「今振り返っても、背筋が寒くなりますよ。思えば大変な時代でした。大学紛争の真っ盛りで、帝華大医学部を中心に、医師国家試験ボイコット運動が起き、帝華大紛争に発展した翌年でした。あの事件が六年の医学部履修後、一年以上の診療実施修練を必須とした所謂インターン制度廃止のとどめの一撃になったようなものです」

佐伯教授の言葉に、巌雄院長はしかめ面になる。

「インターン制度問題は、インターン生が無給なのは怪しからんと医学生が主張した点ばかりをマスコミが強調したため、医師が経済的問題を解消するために闘争したという風にねじ曲げられてしまった。だがそれは本質ではない。儂も大学紛争に関心を持っていたので、忸怩たる思いがある。インターン制度の問題点は、無資格者の医療行為を公的に容認していた医療行政の齟齬であって、医療事故が起こった時の責任の所在が不明になるという医療行政の本質的な問題を提起した活動だった。結局、厚生省の失政を覆い隠すため、マスコミによって誤誘導されたのは残念だ。それにしても清剛が、大林教授の手術の後始末だけでなく、インターン制度のとばっちりまで受けかけたというのは皮肉だったがな」

「ツイていない時は、そういうものです。でも私の近衛兵になると宣言した渡海が、主君に弓を引くことはないでしょう。奴は外科医の純血種です。外科医は患者に不都合がなければ、多少の物事には目を瞑るものです。飯沼さんの状態は良好なんでしょう？　それならあいつは、あえて過去の問題をほじくり返さないでしょう」

「そうだといいがな。アレは儂にも予測不能で、制御困難なところがある。もしヤツが、清剛と父親との因縁を知ったら、このままでは済まないぞ」

「そこについては私も肚を括っています。渡海一郎先生の人生を変えてしまったのですから。ただ、渡海も七年目になり、教室を支える一柱になりつつあります。ですのでそろそろ新たなステージへステップアップさせようと思っていたところでした。そうすれば過去の問題など、気にしている暇はなくなるでしょう。うってつけの案件があり、それを振ってみますので、しばらく静観していてください。それはそうと、例の厚生省の暴発について、桜宮市医師会はどう動くつもりですか？」

桜宮巖雄院長は、渋い顔をする。

「厚生省は、市民の望みを全くわかっておらん。医師会副会長の立場から眺めていると、厚生省の浅はかな思惑は手に取るようにわかる。連中は医師会の力の源泉を削ぐため、医薬分業、介護部門の分離を画策している。そこを医療から切り離せば医療費削減になるという理屈はわかる。だがそれはこの社会の土台を破壊しかねない、ということを全く理解しておらん」

「要するにあの改革は、先日真行寺先生がおっしゃっていた、強大な医師会の力を削り押さえ込みたい、という権力への志向が本旨なんですね」

「まあ、そういうことだろうな。しかし官僚とはつくづく、浅はかで浅ましい連中だ。医師が絶大な力を持ち、医療制度を作り上げてきた根源の理由を忘れている。戦争末期、南方戦線に送られた儂は、目の前で傷つき倒れた戦友に、何もできない自分の無力を呪った。亡くなっていく連中の、すがりつくような目は今も瞼に焼き付いている。戦時中、日本人は医療を受けられずに死んでいった。医療は何よりも切実な望みだとわかっていたから、敗戦で日本が焼け野原になった時に真っ先に、誰もが平等に医療を受けられる制度を作ろうとして官僚が動き、医師も全面的に協力した。そんな初心を忘れた第二世代が今、官僚機構の中心にいる。このままでは日本はいずれ、破滅の縁を、踊りながら歩いていくことになりかねない」

「同感ですね。確かに今の医療費は膨大かもしれませんが、そこには薬剤や介護に関する費用も含まれています。ですから社会全体で考えると、コストはむしろ低廉に抑えられているはず。厚生官僚の若手は肝心なところがわかっていないようですね」

「その通り。医療から薬剤を切り離し、介護を分離するなどという暴挙を遂行しようとしているが、それはいずれ市民に多大な損失を強いることになるというのにな。米国に尻尾を振って、そのケツを追いかける連中ばかりが出世していく組織は大問題だ。その米国では保険会社が幅を利かせて経済原理の医療を実施しているため、患者は莫大な負担を強いられている。まったく、米国のような医療の暗黒世界を目指すなんて、どうかしている。これから先、日本の医療は一体どうなってしまうのだろう」

佐伯教授は、肩をすくめて、首を横に振る。

「それは私にもわかりかねます。それにしても昨年、厚生省の局長が『医療費亡国論』を打ち出した時には、ここまで世を席巻することになるとは、夢にも思いませんでした」

「全くだ。『医療費を巡る私見』などというふんわりした表題だったので、油断したよ。あれは不覚だった」

巌雄院長は唇を噛んだ。

一九八三年、厚生省保険局の高輪裕一局長が打ち出した「医療費抑制政策」は、「医療費亡国論」という挑発的なサブタイトルで、あっという間に世に広まった。

主な主張は三本柱だった。

医療福祉の負担が増えると消費行動が抑制され、経済活動が悪化すること、病気の治療より予防に力を入れる方が医療費抑制に効果があること、「一県一医大」政策が完成したことにより将来医師過剰、病床過剰となること、という三点を主旨とする論説だった。

その論は一九八三年一月に関連会議で発言され、三月に雑誌に小文として掲載、五月には国会答弁でも取り上げられた。その時、この論は使いようによっては鬼にも蛇にもなる、という思わせぶりな発言をしていると指摘され、更に世に広まった。

「それにしても、医療費が財政を圧迫しているから日本経済は傾くのだ、などという言いがかりに対し、医師会が適切なタイミングで有効な反論をしなかったのは痛かったですね」

巌雄院長は輝く銀髪を揺らして、うなずく。

「今となっては、悔やんでも悔やみきれん。反論してみたもののマスコミは全く取り上げず、厚生省の言い分だけが一方的に垂れ流された。この論を突き詰めると、我々医師が現場でサービス対応していることで、かろうじて均衡を保っている終末期医療や介護分野が、いずれ社会の軋轢と負担になり、市民が泣かされるという未来図が見える。なので所詮は蟷螂の斧だが、碧翠院桜宮病院をホスピスと介護施設を包括した、終末期医療センターとして再構築を目指し、改編したわけだ。間に合ってくれるといいが……」

「いずれにしても桜宮病院は東城大にとって、かけがえのない伴侶です。その存在のおかげで、どれほど救われていることか。どれほど感謝しても、足りません」

「『光の東城大・闇の碧翠院』だの『生の東城大・死の桜宮病院』だのと揶揄されながらも、いいとこどりをする東城大の下支えをしなくてはならないのは、切ないものだよ」

「そんなことを言わないでください。光が輝けるのは、闇あればこそ、なんですから」

佐伯教授は、巖雄院長のグラスに赤ワインを注ぎながら、そう言った。

＊

一週間後。渡海は教授室に呼ばれた。

神妙な顔つきでいるものの、渡海は手にしたルービックキューブをカチャカチャと動かし続け、止めようとしない。

「そんなものをやっているのは、今ではもうお前くらいだぞ」と佐伯教授が呆れて言うが、渡海は気にする様子もない。

全く、大したタマだ、と呟いた佐伯教授は、口調を改めた。

「渡海、お前に新たな任務を与えよう。つい先日、国際外科学会から私に、シンポジストとして出席してほしいとのオファーが届いた。三ヵ月後の七月に開催される国際外科学会で、私の名代として発表してもらいたい」

突然降って湧いた話に驚いた渡海は、ぽかんと口を開け、手にしたルービックキューブを、ぽとりと床に落としてしまう。

あわてて拾い上げながら、渡海は言う。

「この俺に海外の学会で発表しろだなんて、ご冗談でしょう。俺はまだ海外には一度も行ったことがなくて、パスポートすら持ってないんですよ」

「ほう、それは驚いたな。するとこの間は、パスポートなしで神威(かむい)島に行けたのか」

「神威島は、れっきとした日本の領土ですから」

珍しく軽口を叩いた佐伯教授に、こちらも珍しく渡海が真顔で言い返す。

「すまんすまん、まあ、そんなに気を悪くするな。冗談はさておき、パスポートはこれを機に取ればいいだろう。三ヵ月先だから、準備する時間はたっぷりある」

「でも俺、英語が大の苦手で……」

「『でも』も『しかし』もない。私の近衛兵に志願するのなら、これくらいの名代は務めてみせろ。それにしてもこんな幸運な申し出を拒否するなんて、ある意味で天晴(あっぱ)れなヤツだ」

佐伯教授の言う通りだった。

個人の海外旅行が盛んになりつつあるとはいえ、まだ海外旅行の経験者は周囲にほとんどいない。そんなご時世でロハで海外に行けるだけでなく、国際学会で演題を発表でき、学術的な業績にもなる。それは盆と暮れが一緒にやってきたような旨い話で、他の医局員なら、尻尾を振りちぎらんばかりにして喜んで受ける案件だろう。

佐伯教授は白眉を上げて続けた。

「もうひとつ、いい話がある。国際外科学会の開催地はオランダのライデンだ。お前は医学史に興味を持っていたよな。学会参加ついでに蘭医学に縁が深い地を見学して来るといい」

――征司郎が代わりに見てきてくれ。

父の言葉を思い出した渡海の脳裏に、風に吹かれて回る大きな風車が浮かぶ。

その瞬間、渡海は、佐伯教授の思惑にすっぽりと嵌まってしまっていた。

8章 風車

一九八四年七月

その朝、渡海は、オランダの地方都市、ライデンの街中に張り巡らされた運河に沿った道をゆっくりと歩いていた。

夜が明けたばかりのオランダの空は淡い青で、どこか清々（すがすが）しい。その軽やかさは、渡海の肌に合った。

そんな伸びやかな空気に合わせるように、風車の大きな羽根がゆったりと回っている。オランダというと一般的に、チューリップが咲き誇る中、大きな風車が立っている風景が浮かぶが、実際には風車はあちこちにあるわけではない。

国際学会で発表するため、初めて海外を訪れた渡海だったが、なんだか本当のことに思えず、足元がふわふわしている。

外科医として働き始めてもう七年目かと、渡海にしては珍しく来し方を振り返る。

思えば六年間、いろいろなことがあった。佐伯教授の知遇を得て、同期よりもはるかに多くの手術症例を経験し、アルバイト先では、真行寺外科の三羽烏のひとりの桜宮巌雄院長から、厳しい手ほどきを受けた。また佐伯教授の蔵書の管理を任され、手術室の一室の責任者になり、そこで好きなように音楽を聴ける環境も手にした。

自分は何と恵まれているのだろう、と渡海はしみじみ考える。

どれもこれも、ヒラの一医局員としては破格の扱いだった。

渡海の胸に、異国の朝の空気が染みた。

そんなことを思いながら散歩から戻ると、ホテルのロビーで待ち構えていた垣谷（かきたに）が文句を言う。二年下の垣谷は、昨年四月に医局に戻り、今年五年生になった。

「朝の散歩に行くのなら、声をかけてくだされればご一緒したのに」

「この辺りを少しぶらついただけだよ。それより朝飯にしようぜ」

渡海は、ジェットラグ（時差ボケ）の真っ只中にあった。

昨日、オランダに到着し、空港と直結している駅の売店で軽い晩飯を済ませ、列車に乗って三十分。夕方ライデンに到着し、ホテルにチェックインすると早々にベッドに入った。

ところが、真夜中に目が覚めると眠れなくなってしまい、時間を持て余して、早朝に散歩に出たのだった。

ビジネスホテルの朝食は、トーストとゆで卵、それに野菜が少々、珈琲とオレンジジュースで、渡海は満足していた。

だがサッカー部の元主将だった垣谷は、品数が足りないと文句を言っている。

「俺を連れて来てよかったでしょう？　迷わずにホテルに到着できたのは、俺のおかげなんですからね」

バターをたっぷり塗ったトーストにかぶりつきながら、垣谷が言う。

「そんなことはないぞ。オランダは鉄道がちゃんとしていて、空港からライデンまで電車一本で三十分だから、海外初心者の俺だって一人で来られたさ」

「それはそうでしょうけど、経験がゼロとイチとでは次元が違うんですよ。搭乗の時とか機内とか入国審査とか、結構うろたえていたじゃないですか」

「達人ぶっているけど、垣谷だって家族旅行で何度かハワイに行ったことがあっただけだろ。そんな風に偉そうに言われると不愉快だな」

渡海がむっとすると、垣谷は笑顔で言う。

「うそうそ、冗談ですよ。そんなことよりこの一週間のスケジュールを検討しましょうよ」

そう言って垣谷が取り出したのは『世界の歩き方』というガイドブックだった。

海外旅行の完全自由化や為替(かわせ)が変動相場制に移行したため、個人で海外旅行に出掛ける人たちは年々増加している。その本は、そうした個人旅行に対応する情報に特化したガイドブックで、昨年発売された人気のシリーズの一冊だった。

垣谷は、得意げに言う。

「実は昨晩、ガイドブックを片手に、ホテル周辺を散策したんですが、街中に自転車が多いことに驚きました。車道の側に自転車の専用道路があって、そこは車道と同じ扱いで、歩行者が歩いてはいけないそうなんです。俺は何度か、自転車の人に怒鳴られてしまいました。そんなことも、このガイドブックを見ればわかるんですよ。この本によれば、オランダは自転車先進国で、一九七〇年代から自転車専用レーンの設置が始められ、今はかなりのエリアで整備されているんだそうです」

「そんなことまで書いてあるのか」と渡海は『世界の歩き方』をぱらぱらとめくる。

ガイドブックは相当読み込まれて、ページは膨らみ、あちこちのページの角が折られている。中には赤字で書き込みもしてあり、垣谷の勤勉振りが窺(うかが)える。

そんな風にオランダの現状を説明する垣谷を、渡海はしみじみと見る。

同じ旅程でホテル入りしたのに、自分が時差ボケで部屋でごろごろしていた間に、垣谷は精力的に歩き回り、オランダ情報を仕入れている。

確かに垣谷が自画自賛したように、一緒に連れて来てよかった、という気持ちになった。

ただしそのことを、口にはしなかったのだけれど。


食後の珈琲を飲みながら、渡海は改めてオランダにたどり着いた経緯を思い起こす。

国際外科学会にシンポジストとして招かれた佐伯教授の代理で、発表するように命じられたのは三ヵ月前の四月の中頃だ。

初めは自分が発表するなんて無茶だと思った渡海だが、考えてみれば彼は教室でも下部食道切除術の術者を五例務めリーク・ゼロという素晴らしい結果を出していたし、それを同門会でも発表していた。そのため「東城大学総合外科学教室における下部食道切除術の実際」というシンポジウムの指定演題を代理で発表する資格がある、唯一人の教室員でもあったのだ。

だが学会発表のデビュー戦がいきなり国際学会というのは、いくら強心臓の渡海といえども、さすがに破格すぎた。

そもそも渡海は学会発表らしきものは「同門会」で毎年一回、こなしただけだった。

なのでそれは超弩級(ちょうどきゅう)の抜擢に見え、何かといえば渡海を目の敵にしている黒崎(くろさき)講師でさえ、あまりにも飛び抜けた扱いに言葉をなくしていた。

国際外科学会の演題採用率は五割という狭き門だ。そんな権威ある学会にシンポジストとして招待されるなど、医局員にとっては垂涎(すいぜん)の的だ。

そもそも佐伯教授が国際外科学会で名を上げた秘策が、胸部領域での演題応募だった。

たとえば腹部だと消化器外科学会で、世界中の腹部外科医がライバルになる。消化器外科という単科の競争だと、純然たる学術的な質の高さが採用基準となり、明快で紛れが少ない。ところが胸部外科には消化器の食道、呼吸器の肺、循環器の心臓血管という三領域が混在する。このため採用基準もやや曖昧になる。

そのおかげで佐伯教授は通常より容易に、国際学会で高い評価を得ることができたのだ。

そんな佐伯教授の出身母体とも言える学会で、教授推薦の下で発表するようなものだから、これは、総合外科学教室で出世が約束されたに等しい特別待遇だった。

本来、このクラスの発表であれば、その代行は、教室のスタッフである高野(たかの)助教授や黒崎講師が務めてもおかしくない。あるいは野心満々の木村助手ならば、餓狼のようにかぶりついただろう。

だから最初に渡海が、この命令に対して消極的な返事をした、という話が医局内に伝わった時、信じられない、という反感の声があふれた。

ここに至って渡海本人もようやく事態の重大さを把握し、肝を潰してうろたえた。

いろいろな状況がはっきりわかっていくにつれて、怖じ気づく渡海に向かって、佐伯教授はさらりと告げた。

「私は十三年前、スペインで開催された国際外科学会でシンポジストとして発表し、それが教授選を勝ち抜く要因になった。外科医として名乗りを上げるには、この学会での発表は重要だ。お前が私の近衛兵だと自称するなら、この程度のことは楽々こなしてもらいたいものだ」

それがダメ押しとなって、渡海はこのオファーを受けざるを得なくなった。

だが、もしそれだけだったら、渡海はこの要請を断っていたかもしれない。

渡海の気持ちが動いたのは、第三十四回国際外科学会の開催地が、父がいつか訪れてみたいと言っていた、オランダのライデンだったからだ。

渡海は佐伯教授の蔵書管理係に任じられ、手術室に小部屋の居室を与えられ、そこは医史学資料室の様相を呈していた。

ライデンは蘭学研究では外すことができない、重要な都市なのだ。

実質的に、杉田玄白（すぎたげんぱく）らの『解体新書』翻訳から始まった日本の蘭医学は、シーボルト来日で拍車が掛かった。ここライデンには、シーボルトが日本から持ち帰った資料が展示されている「ライデン国立民族学博物館」もある。

また父から聞いた蘭学豆知識で幕末、蕃書調所の西周や津田真道、長崎で医学伝習していた伊東玄伯や林研海らの留学生もライデン大学で修学していたという事実も、ライデンの魅力に拍車を掛けた。

因みに伊東玄伯は、幕末の蘭医の総元締めともいえる伊東玄朴の養子で、林研海は渡海一押しの佐藤泰然の孫で、後に改名して第二代陸軍軍医総監・林紀となる人物である。林研海は幕府に仕えるが、留学中に幕府が倒れると帰国し、徳川宗家十六代の徳川家達と共に駿府で治世に参与した。明治政府は西周や林研海の施策を丸呑みして、柱石としたのだ。

そう考えると日本の近代化の土台は、ライデンで培われたと言っても過言ではない。

そんなことを父から聞かされていた渡海にとって、ライデン訪問は魅力的だった。

ここまでお膳立てされたら、もはや命令を拒絶するという選択肢はなかった。

ところがいざ学会準備を始めてみると、簡単だろうと高をくくっていたことは、大いなる勘違いだったことに気がついた。臨床データをまとめるのは面倒だったし、何よりもスライドや発表文を英語で書くのは大変だった。

けれどもそんな渡海に、守護天使が舞い降りた。垣谷が、学会に同行させてほしいと佐伯教授に直訴したのだ。

垣谷は心血管外科グループに所属することになったが、渡海が発表するシンポジウムに興味深い演題があるので、どうしても聞きたいのだという。最初、黒崎講師は難色を示したが、しごく真っ当な志望理由だったのと、「渡海にはお供が必要だから、面倒を見てやるように」という佐伯教授の鶴の一声で、同行が許されたのだった。

海外旅行が一般化しつつあったとはいえ、この頃は庶民には高嶺の花だった。だが地元の開業医の一人息子の垣谷は、所謂ボンボン育ちで、学生時代に家族で何度かハワイ旅行に行き、海外旅行の経験もあった。

こうして今回の同行二人となったのだが、それは渡海にとって、いろいろな意味でまさしく天佑だった。

渡海は勤勉な垣谷を見ながら、しみじみと自分の幸運を思う。

「垣谷は、あっという間にオランダ事情を把握してしまったな。それなら父さんの手紙を読ませてやるよ。それを参考にして、この先のオランダ観光を組み立てるといい」

そう言って、渡海はポケットから一通の手紙を取り出した。

それは今回の学会参加を誰よりも喜んでくれた、父からの手紙だった。

その内容は、今回のオランダ行きのために作成してくれた「オランダ・ライデン案内」とでも呼ぶべき小文だった。

垣谷は手渡された手紙を、声に出して読み始めた。


国際外科学会でライデンを訪問するとのこと、羨ましい限りだ。

オランダを訪問するなら、日本との深い関わりについて学んでおいた方がいい。愚見ながら知り得たことを書いておく。機中で読み、オランダ滞在のガイドにしてほしい。

ライデンはオランダ建国の聖地だ。十五世紀、現在のオランダ、ベルギー地域はハプスブルク家の領地だった。一五一六年、カールは母方の祖父フェルナンド二世からスペイン王の称号を受け継ぎ、一五一九年にフランスのフランソワ一世との後継争いを制し神聖ローマ皇帝カール五世となった。彼の統治領は現在のスペイン、オランダ、ドイツ、イタリア、オーストリア、ハンガリーを含む、フランスを東西から挟む大帝国だった。

広大な神聖ローマ帝国の北西に位置するオランダでは漁業が栄え、十四世紀末にニシンの貯蔵法が発明されると輸出するようになり、ニシン漁が活況を呈し、国力が上がった。

オランダの黄金時代をもたらした航海術も造船業も、ニシン漁が母胎だった。このためオランダでは、「ニシン漁はあらゆる商業の母である」と言われている。

一五六八年、オラニエ公ウィレム一世（＝オレンジ公ウィリアム一世）が武装反乱を指揮し、スペインから独立を目指す八十年戦争の火蓋を切った。

一五七二年、毛織物業の街だったライデンは反乱側に加担し、一五七三年にスペイン軍に包囲されてしまう。だが一五七四年八月、ウィレムは川の堤防を崩して水攻めを敢行し十月、ライデンは解放された。これは羽柴秀吉（はしばひでよし）が備中高松（びっちゅうたかまつ）城を水攻めにしたのとほぼ同時期だ。

市民の勇敢な抵抗を賞賛したオラニエ公ウィレム一世から、十年間の徴税免除か、大学の創立のどちらかを選べと言われたライデン市民は、大学設立を選択した。

一五七五年一月、ライデン大学創設が発布され、同年二月八日に開学した。かくしてオランダ独立の聖地ライデンは、オランダでは一番目に古い大学都市となった。

その後、オランダ独立戦争は、プロテスタントを容認する北部のホラントと、カトリックが優勢な南部に分裂してしまう。一五七九年一月、南部の「アラス同盟」はスペイン王の統治権を承認した。これが現在のベルギーに相当する。数日後、北部七州の「ユトレヒト同盟」は、スペインと闘争継続を決定した。これが現在のオランダだ。

オランダ独立の八十年戦争は、スペインから独立を目指す反スペイン戦争だった。

プロテスタントが中心になったため、オランダは他の宗教に寛大で、カトリック布教の狂信的な要素に欠けていた。それがライデン大学に多くの優秀な学生を引き寄せる理由になった。また、鎖国政策を採った徳川幕府が、唯一の通商国として容認した理由でもある。

この時期に東洋貿易も始まった。一五九五年四月、アムステルダムで設立された航海会社が九七年八月、ジャワ島から東洋の商品を満載して帰国し、オランダ中が東洋貿易の熱に浮かされ始める。九八年六月には、ロッテルダムの貿易会社の五隻の船が東洋に向けて出帆した。その一隻が一六〇〇年四月、関ケ原(せきがはら)の戦いの半年前、豊後(ぶんご)の佐志生(さしう)に漂着した。乗員の英国人のウィリアム・アダムスは徳川家康(いえやす)に気に入られ旗本に取り立てられ、蘭人ヤン・ヨーステンも江戸に屋敷を与えられた。彼の名前に因んでつけられた地名が現在の東京の八重洲(やえす)だ。

ところが東洋貿易は乱立しすぎて儲けが少なくなってしまった。そのため一六〇二年三月、国策会社であるオランダ東インド会社（ＶＯＣ）が設立された。

ＶＯＣは東洋貿易の独占権を与えられ、現地人と条約を締結する権限、城砦を築き、軍隊を有する権利と保護を国家より特別に付与された。

一六一九年、VOCはジャカルタを侵略し、城砦を築造してバタビアと名付けて、同地を商業センターに仕立て上げ、オランダはジャワの一部を植民地とした。

一方で一六〇九年には、オランダ東インド会社が平戸に商館を開設する。

その頃、ポルトガル船で来日したイエズス会は、一足早く日本に進出していた。それは当時勃興したプロテスタントに対抗するためにカトリックが作ったラジカルな布教団体で、布教の強引さゆえに徳川幕府に疎まれ、追放されてしまう。

徳川幕府はカトリック国のスペインとポルトガルの入国を禁じ、一六三九年、完全な鎖国が始まる。だがオランダ人はプロテスタントで布教を強行しなかったため、幕府に交易を容認された。

四一年六月に幕命にてオランダ商館が平戸から長崎の出島へ移され、以後オランダは日本との貿易を独占した。オランダが欧米唯一の交易国となったことは、日本にとって僥倖だった。十八世紀には世界の医学の中心はイタリアからライデンに移動していたからだ。名声を博したヘルマン・ブールハーフェ教授は、優れた臨床医であると同時に啓蒙家で、彼の門下からは、後のゲッチンゲン学派、エジンバラ学派や、ウィーン学派の始祖が輩出された。

十八世紀の医学は、ライデン大学が最高峰だった。その後、医学の中心はドイツに移り、名門ヴュルツブルク大学の柱石を成したのがシーボルト一族だ。一族の若き冒険家、医家、博物学者のフィリップ・フランツ・フォン・シーボルトが来日し、日本に多大な影響を残した。

彼はドイツ人だったが、オランダ商館付の医師として来日した。このように医学の発展において、日本とオランダの関係は深く、特にライデンは蘭医学の濫觴の地である。

君がオランダを訪問できることは実に喜ばしい。学会発表の成功を祈念する。一郎。


手紙を読み終えた垣谷は、しみじみと言う。

「いいお父さんですねえ。どうしてこんな人格者のお父さんから、渡海先生みたいなひねくれた子どもが生まれたんですかね」

「俺もそう思うよ。まあ、今日は俺も辺りを散策してみる。ライデン大学は近いから、午前中に一緒に見学に行こう。午後は自由行動にして、晩飯は一緒に食おうか」

「いいですね。土地勘はつきましたから、ご案内しますよ」

渡海は手紙をしまい込むと、立ち上がった。

第三十四回国際外科学会は、いよいよ明日開幕する。


渡海の渡航の日程が固まると、航空券の手配から宿泊施設の選定まで、教室に出入りしている精錬製薬のプロパーの高橋が全部やってくれた。もちろんそれは佐伯教授の指示でもある。

だがその見返りとしてしばらくの間、病棟で精錬製薬の抗生剤セイレインを使いまくる羽目になった。

出発前には壮行会として、高橋が医局上層部と渡海の食事会を設定してくれた。その会で渡海は窮屈な思いをしたが、その窮地を垣谷が如才なく救ってくれた。

特に黒崎医局長の攻撃を絶妙に回避させてくれたことに、渡海は密かに感謝していた。

二次会で連れていかれたバー「シャングリラ」では、音大の声楽科を中退したという変わり種の、美香というホステスがいて、軽音部だった渡海と話が合った。

渡海はこの店が気に入り、その後に一度、自腹で訪れたが、医局員の薄給ではとても通えそうになかった。

壮行会の時の話では、オランダでは現地駐在のプロパーが対応してくれるということだったが、いざ蓋を開けてみると到着してから今日まで、何の音沙汰もなかった。

如才ない垣谷の情報によれば、どうやら現地駐在員は、帝華大の西崎教授が率いるグループに重きを置いて接待しているらしい。

——要するに東城大の下っ端なんか、眼中にないってわけだな。

渡海はそう呟いたが、そんなことは一向に気にならなかった。

熱心な垣谷に引っ張られるようにして会場を渡り歩いているうちに渡海も、独創的な手技や、貴重な疫学データを含んだ魅力的で刺激的な発表を追いかけることに夢中になっていたのだ。


かくして学会三日目、ついにシンポジウムの発表当日がやってきた。

朝、会場に到着すると、さすがの渡海も緊張してきた。

午後二時開始のシンポジウムの演題は四題あり、渡海の発表は二番目だった。発表時間の手持ちは二十分。そんなに長い発表は、渡海にとって初体験だ。

　垣谷は助手として、朝から張り切っていた。

「渡海先生の晴れ舞台を精一杯、サポートします。どんなことでも言いつけてください」

「俺の発表より、別の演題を聞くことが元来の目的だろ」

「それはそうなんですけど。座長を務めるテキサス大学のボビー・ジャクソン助教授は、最近のトレンドの、冠動脈バイパス術で内胸動脈を使う術式の第一人者で、その発表は是非聞きたかったんです」

「もうひとり、日本人が発表するみたいだな」

「ええ、でもそちらは抄録もきちんと書いてないので、期待はできません。ついでだから聞いておくか、くらいの気持ちです」

「聞く前から、そんな風に決めつけるのはよくないぞ。案外、凄い発表かもしれないからな。俺はこれから、シンポジウムの打ち合わせランチだから、垣谷も適当に飯を食っておけ」

「了解です。では会場でお待ちしています。打ち合わせ、頑張ってください」

「大袈裟(おおげさ)だな。所詮は打ち合わせだから、気張ることはないさ」

　そう言い残した渡海はひとり、指定された小会議室に向かった。

9章 波乱

一九八四年七月

渡海が指定された小会議室に行くと、すでに二人の男性が席に着いていた。

ひとりは渡海も顔を見知っていた。帝華大学外科学教室の西崎慎治教授だ。

もうひとりは金髪でがっしりした体つきで、いかにも外科医然とした男性だった。

大きな顎は何でも嚙み砕いてしまいそうで、見るからに攻撃的な容貌だ。

こちらが座長で、渡海の次に発表予定のテキサス大学のボビー・ジャクソン助教授だろう。

なぜか二人が言い争っている。よく聞くと怒りまくっているジャクソン助教授を、西崎教授が懸命に宥めているようだ。

渡海が会釈して着席すると、言い合いは途切れた。

「どうなさったのですか」と渡海が小声で質問すると、西崎教授が事情を説明する。

「演者のひとりがドタキャンしたため、ジャクソン先生が、これではこのシンポジウムの意味がなくなってしまった、と言い出したんだよ」

「なぜですか？　発表者が三人いれば何とかなるでしょうに」

「彼は、ドタキャンした演者を交えたディスカッションこそが、自分が企図したシンポジウムの眼目で、彼がいなければ無意味だと言うんだ。私と佐伯教授の発表は内容が被っているので議論にならないと言われてしまうなんて、全く迷惑千万な話だ」

迷惑千万と言われて、渡海は憮然とする。もともと帝華大の西崎教授の発表内容は丸かぶりで違いは症例数だけ、しかも帝華大の症例数は東城大の半分だ。確かにこれでは座長の言う通り、ディスカッションの余地はない。だが西崎教授の方が後から演題をねじ込んできたという内情を、渡海は佐伯教授から聞かされていた。

西崎教授は、何かにつけて佐伯教授に対抗心を燃やしていた。今回のシンポジウムも佐伯教授が招聘されたことを知った西崎教授が、無理やり割り込んできたのだという。

不愉快な思いをしたら適当にやり過ごせ、と出発前に言い含められていたのだ。

そんなこととはつゆ知らず、西崎教授は、いけしゃあしゃあと渡海に言う。

「おまけにジャクソン助教授は、自分も演題をキャンセルし、シンポジウム自体を白紙にしたいと言い出した。そうなったら君も無念だろう。私はさほどでもないが、君にとっては一生に一度、あるかないかの晴れ舞台だろうから、何とか説得してみなさい」

なんで俺が、と渡海は思う。シンポジウムが中止になれば気楽でいいと思っている外科医がいるなんて、西崎教授には想像もつかないに違いない。

だがその時、ジャクソン助教授の発表を心底楽しみにしている垣谷の顔が浮かんだ。

——やれやれ、しょうがないなあ。

渡海はたどたどしい英語で話し始める。

「俺も無理にシンポジウムをやらなくていいと思いますが、俺の同僚はジャクソン先生の発表をとても楽しみにしています。ですので先生は発表していただけませんか？」

一瞬、虚を突かれて黙り込んだジャクソン助教授は、すぐに速射砲のようにまくしたてる。言っている内容は理解できないが、怒っていることだけは伝わってきた。

滔々（とうとう）と喋（しゃべ）って弾切れになったのか、ジャクソン助教授が黙り込むと、西崎教授が大意を伝えてくれた。こんな出来損ないのシンポジウムなど時間のムダだと言っていたが、怒鳴っているうちにトーンダウンして、シンポジウム恒例の発表後のディスカッションを省略すること、発表の順序を変えて自分を最初にしてもいいのならやってもいい、と言い出したという。

「それなら俺も異存ありません、とお伝えしてもらえますか？」

一瞬、こんな若造に指図されるのは本意ではない、という表情をした西崎教授だが、それは落としどころとして悪くないと考え直したのか、その線で話をまとめた。その後の会食は時間が押して、慌ただしい食事になったが、三人とも現役の外科医なので問題はなかった。

食事を終えた三人の演者は連れ立って部屋を出て、会場に向かう。

会場の中ホールは、席が半分くらい埋まっていた。そこそこ注目されているシンポジウムのようだ。渡海は、最前列の左翼に座っている垣谷を見つけて、その側に座る。

前列の中央に十名ほどの集団で陣取っている帝華大学の御一行は、周囲を気に掛けずに大声で話をしている。西崎教授はその中心に座ると、腕組みして演台を眺める。

アナウンスがあり、三名のシンポジストが壇上に上ると会場のざわつきが静まる。

　三人が壇上のテーブルに並んで座ると、座長のジャクソン助教授が挨拶を始めた。

　先ほどの議論の時と打って変わってわかりやすい英語で、渡海にも概ね理解できた。

「会場にお越しのみなさんに感謝申し上げます。しかし残念なご報告をしなければなりません。本シンポジウムの発表者の一名、ドクター・アマギがキャンセルしたため、シンポジウムの意味がなくなってしまいました。こんな不始末は歴史ある本会では前代未聞です。そのため通常ならば発表後に行なうシンポジスト同士によるディスカッションは、中止します」

　すると会場の聴衆の半数が、ぞろぞろと席を立ち始める。どうやら会場の聴衆はドタキャンした心臓外科医の発表が目当てだったらしい。

　そうした人の流れを見て、焦ったジャクソン座長は早口で続けた。

「この変更に伴い発表順を変え、私の発表を最初にいたします。なおその後の二題は内容がほぼ同じで、島国日本における食道癌という限定された検討になることを申し添えておきます」

　酷いアナウンスだ。これでは最後の渡海の発表まで残る意欲を持つ人間は、ほとんどいなくなってしまうだろう。客席を見ると、垣谷が真っ赤な顔をして憤慨を露わにしている。

　挨拶が終わると、最初の発表者のジャクソン助教授が残り、他の演者は壇上から降りた。

　席に戻った渡海は、垣谷を宥めるように言う。

「そんなにカッカするなよ。壇上から見ても、怒髪天の垣谷は悪目立ちしてるぞ」

「冗談じゃありませんよ。こんなコケにされて黙っていられますか。ドタキャンした外科医は何て名前でしたっけ。見つけ出して、八つ裂きにしてやりたいです」

「熱くなるなよ。少しは西崎教授を見習え。俺と同じレベルでバカにされているのに、平然としているじゃないか。ずっと下っ端の垣谷が、西崎教授よりも怒っているなんて、おかしいだろ。それに、ジャクソン助教授も発表をボイコットしかけたから、俺が宥めたんだぞ。そんなことをしたのは、垣谷が聞きたがっていたからなんだから、そこらで手を打っておけ」

「そうだったんですか。ありがとうございました」と、垣谷は小声で言う。

「ほらほら、お目当てのジャクソン助教授の発表が始まるぞ」

ジャクソン助教授は、大量の写真を早回しのトーキーのように映し出し、投げ遣りに説明した。持ち時間は二十分なのに、半分の十分で済ませてしまった。

それでも垣谷は食い入るように見て、時折メモを取っていた。

ジャクソン助教授の発表が終わると、更に聴衆の人数が減り、次の西崎教授が演台に立つと、会場は閑散となった。だが最前列中央に陣取る帝華大の御一行は、めげずに盛大に拍手をする。そんな中、西崎教授が悠然と発表を始める。

座長の不興や会場の不入りなどまったく意に介さない様子は、さすが外科学会で若きエースと目される、野心満々の若手教授だけのことはある。

西崎教授の発表が終わると、帝華大一行の盛大な拍手が、人影の少ない会場に空しく響く。

座長のおざなりの質問にそつなく答えて西崎教授は降壇する。

入れ違いで渡海が演台に立つと、帝華大一行はぞろぞろと席を立ち始める。そこに精錬製薬のプロパーが付き添っている。

『おいおい、それはないだろう』と渡海もさすがにむっとした。

ただでさえ寂しい客席が一層まばらになってしまい、もはや会場はすっからかんだ。

まるで真冬の海水浴場みたいだな、と渡海は呟く。

座長のジャクソン助教授が、お決まりの演者の紹介文を読み上げる。帝華大の集まりの中でひとり残った青年が最前列に陣取り、渡海を見上げている。そこに西崎教授の腰巾着らしき先輩のひとりが大急ぎで戻ってきた。小声のやりとりが、壇上からもまる聞こえだ。

——おい、高階（たかしな）、何をしてるんだ。西崎教授がランチに連れて行ってくださるんだぞ。

——わかってます。この発表を聞いたらすぐに行きますよ。

——バカ野郎。そんな勝手なこと、許されるわけがないだろう。

——ほんの二十分ですよ。そもそも学会とは学術の発表の場であると同時に、新しい知識が習得できる場であり、豪勢な食事をするためにやってきたのではありませんし。

——俺は知らんぞ。勝手にしろ。

先輩らしき人物が立ち去ると、青年は最前列で腕組みをして、渡海の発表を待つ。

ジャクソン助教授の紹介が終わると、渡海はマイクの前に立って深呼吸する。

演台の上から会場を見渡すと、心配そうな表情で見つめている垣谷の顔が見えた。

他には最前列に陣取っている帝華大の青年医師と、そのはるか後方、最後部の出入り口近くに座っている男性の姿が目を惹いた。地味な背広姿が多い会場で、舞台俳優のような派手な服を着た男性は、ひときわ目立っていた。

壇上の渡海と目が合うと、男性は微笑した。他にも日本人と覚しき聴衆が何人かいる。中にはサングラスを掛けた、ジーンズ姿の青年もいる。海外の学会は自由だな、と思った渡海は、数少ない聴衆に一礼すると、プレゼンを開始した。

二十分後、渡海の口演が終わると、座長のジャクソン助教授は、あら探しをするかのように、細かな点をあげつらい始め、それはいつまでもだらだらと続いた。

何しろ時間はたっぷり残っている。座長は前の発表者の帝華大学とのデータの違いについて説明を求め、批判まで始めた。

最初は真面目に受け答えをしていた渡海だが、だんだんバカバカしくなってきた。

挙げ句の果てに帝華大の発表の問題点まで質問されるに至り、この座長はシンポジウムが崩壊した憂さ晴らしに、無名の若造を嬲(なぶ)ろうとしているだけだ、と気がついた。

——そっちがそういうつもりなら、こっちにだって考えがあるぞ。

こういう時の対処法は、過去四回の「学芸会」で経験済みだ。「学芸会」もあながち無駄ではなかったわけか、と思いつつ、渡海は口を開き、啖呵を切りかけた。

するとその時、客席から声が上がった。

「今の座長の質問は不適切です。それは前の演者である帝華大の西崎にされるべきものですので、西崎の共同演者のひとりとしてお答えします。座長のご指摘通り、西崎の発表症例は十分な数に達しておらず、解析は統計学的には意味を持っていません。そうした指摘を当の発表者にしないで、弱小大学の下っ端医師にぶつけて憂さを晴らしているようでは、ジャクソン助教授に国際外科学会の座長の資格があるかどうか、疑念を持たれるのもやむなし、でしょう」

切れ味の鋭い抗議を聴いた座長は、顔を真っ赤にして発言者を睨みつけた。

やがて、はっと気づいた表情になる。

「どこかで見たことがある顔だと思ったが、思い出したぞ。マサチューセッツ医科大学の外科学教室に留学したばかりの新参者のくせに、上役のギブソン教授に直訴して、トンデモ研究を始めようとしている、跳ね返りの問題児、タカシナだな」

「左様。それはいかにも私です。来年の国際外科学会では、本日問題になった点を解消する画期的な新技術を確立し、発表するとお約束しましょう」

すっかり毒気を抜かれてしまったジャクソン助教授は、口を閉じる。

周囲を見回すと、打って変わって力ない口調で言う。

「エニ・クエスチョン？　なければ本シンポジウムを閉会いたします」

発表を終えた渡海は、援護射撃をしてくれた客席の青年に挨拶しようと歩み寄る。

だが精錬製薬のプロパーがやってきて青年の耳元で何事か囁くと、彼は肩をすくめて立ち上がる。名残惜しそうに振り向くと、渡海と視線がぶつかった。

何か言いたげだったが、青年はそのまま引き立てられるようにして会場を後にした。

会場の外では老け顔で、見た目は年齢不詳の男性が、青年を待ち構えていた。

「西崎教授はカンカンに怒っとるぞ。どうするつもりや、ゴン？」

青年は驚いたように目を見開いて訊ねる。

「なんで厚生省の官僚のお前が、こんな国際外科学会に顔出ししてるんだよ、坂田(さかた)？」

「そりゃあワテかて帝華大学医学部の一員やからな。実はワテは、医療経済の展開を研究するため、厚生省の調査団の代表に選ばれたのや。鉄の女・サッチャーが提唱し、レーガンも本腰を入れ始めている新しい医療動向に、やめとけばいいもんを、中曽根(なかそね)首相も尻馬に乗ろうとしているんで、その理論武装のため半年のイギリス出張を命じられたのや」

「局長が得意になって大上段に振りかざしている『医療費亡国論』の一環だよな。実際のところはどうなんだよ、アレは？」

「ゴンには本音を言うとくわ。『医療費亡国論』、『医療費効率逓減(ていげん)論』、『医療費需給過剰論』の三本立てで論陣を張っとる高輪局長やが、根幹は公共医療費を抑制し、公共負担が増大しないようにすることや。一方で自由診療に掛かる医療費はいくら掛かっても結構、と言う。その流れで今年健康保険法を改正し、現役世代に一割負担させることにしたし、退職者医療制度や老人保健法に基づく老人保険制度などを創設したんで、高輪局長は鼻息が荒いのや」

「だがそんな政策は、現在の良質な日本の医療を崩壊させる原因になりかねないぞ。医療費を低く抑え過ぎたら、反動で医療の質が低下する。サッチャー政権の医療政策をお手本にするなんて、気が触れたとしか思えないな。英国では過度の医療費削減の結果、医療機関受診のための待機患者が膨大になり、医療の質が著しく損なわれつつあるのに。大体、日本の医療費が高すぎるなんていう、根も葉もない話をばらまくなんて、それでも厚生省は医療の監督省庁なのかよ。虫垂炎の手術における入院費なんて、ボストンでは円換算すると二百万円掛かるが、日本では二十分の一の十万円で済むんだぞ。これ以上削減してどうするんだ？」

「それくらい、ワテかて重々わかっとるわい。医療現場の費用を削減したら、優れた人材は海外へ流出し深刻な人手不足になるし、医者の士気は低下し医療事故が多発する。せやから、そうならんよう適当なところでソフトランディングさせようぃうんがワテの思惑や。高輪局長は、大蔵省の連中に踊らされているだけやし、大蔵の連中は、税金は取り立てるだけ取り立てて、支出はできるだけ削ることに血道を上げている、貧乏臭い連中や。儲かっている所があると、すぐに分捕りにかかって結局、上手く回っているものも台無しにしちまうのや」

「それがわかっていて、うかうか乗せられるなんて、快男児・坂田の名折れじゃないか」

「せやから英国に長期出張して、抜け道を探すつもりなのや。今回の出張は高輪局長の論説の理論武装を強化するいうんが表向きの理由やけど、本音は真逆で、その理論を論破するための材料探しや。けどイギリスって遠いやんか。どっか途中で一休みしてから行きたいな、と思うてたところに、ゴンが国際学会に行くと小耳に挟んでな。日本から見るとオランダは英国に行く途中やろ。せっかくやから同期と旧交を温めたろ思うて、西崎教授にお伺いを立てたら、一緒に飯でも、と誘われたん。けどお前が東城大の下っ端の発表を見たいと言うたんで、西崎教授はご機嫌斜めや。こんな所でグズグズせずに、はよレストランに行こうで」

　追い立てられた青年は、うんざりした声で言う。

「生臭い会食は苦手なんだよ。なんでお前のタカリ飯に付き合わなきゃならないんだ？」

「失礼なこと言うな。これはタカリ飯とちゃう。西崎教授も厚生省の医療費に対する方針転換には興味津々で、ワテの持ってる情報と一回の昼飯でバーター、物々交換ちうわけや」

「西崎教授は娑婆っ気が強いから、厚生省の課長を手懐けておけば、いろいろ便利だと思ってるんだろう。どのみちお代は精錬製薬持ちだから、俺がとやかく言う筋合いはないけどな」

「おっと、今の発言は聞かんかったことにしとこ。国家公務員は、業界団体から接待饗応を受けることは厳禁なんでな」

そんな会話を交わす二人の後ろに、精錬製薬のプロパーが影のように従っている。


発表を終えた渡海は、客席で待ち構えていた垣谷の隣に座る。

「いやあ、参った参った。散々な発表だったなあ」

寒々とした客席を見ながら渡海が言うと、垣谷はぽつんと言う。

「素晴らしいご発表でした。俺はこの後、聞きたい演題があるんですけど……」

垣谷らしくない、明らかに心にもないお世辞だとわかるような言い方に、渡海はちょっぴり傷ついた。だがすぐに気を取り直して言う。

「これでお供ミッションは終了だから、好きにしろ。おかげで助かったよ。お礼に今夜は晩飯をご馳走するよ。ホテルのロビーに七時待ち合わせでどうだ？」

「嬉しいです。是非お願いします」

垣谷はうなずくと、逃げるようにして会場を出て行く。

その後ろ姿を見送った渡海は、吐息をついて、座席に沈み込む。

初めての学会発表、しかも海外学会のシンポジウム発表という大役を果たした渡海だったが、特段の感慨はなかった。

しばらくの間、椅子の背にもたれて、天井のライトをぼんやりと眺めていた。

やがて大儀そうに立ち上がると、会場を出て行こうとした。

すると出口の手前で、最後部の座席に座っていた人物に声を掛けられた。

人目を惹く派手な顔立ちに加えて、貴族を思わせるエレガントな立ち居振る舞い。

一目で仕立てが違うとわかる上質な背広に身を包んだ姿は、およそ外科学会に参加する外科医とは、かけ離れた雰囲気を醸し出している。

「ムッシュ・トカイ、実に素晴らしい発表でした。お時間があればル・テ・ド・ラプレミディ（アフタヌーンティー）でもご一緒しませんか？　少しあなたとお話ししたいのです」

戸惑いを隠さず渡海は、「あなたは？」と名を訊ねる。

男性はさらりと、名乗りを上げた。

「天城雪彦（あまぎゆきひこ）、と申します」

10章 綺羅星

一九八四年七月

天城雪彦という名前を聞いて、渡海はどこかで聞いたことがあるな、と思った。

その時、渡海の脳裏に、抄録に記された名前が浮かんだ。今日のシンポジウムを滅茶苦茶にした張本人、ドタキャンした心臓外科医ではないか。

「ひょっとして先ほどのシンポジウムで、発表する予定だった先生ですか」

「エグザクトモン」

「は？」と渡海は聞き返す。

「ああ、申し訳ありません。あなたはフランス語を解さないのですね。『エグザクトモン』とは『その通り』という意味です」

「そうですか」と答えた渡海だが、天城がフランス語を使うと少しも気障な感じがしないのは不思議だった。ネイティブのように綺麗な発音だということは、渡海にもわかる。

そんなことより、渡海には、天城に聞かなくてはならないことがあった。

「なぜ天城先生は、シンポジウムで発表しなかったんですか？」

その当然すぎる質問に、天城は微笑して答える。

「私は招待状は受け取ったのですが、お断りしたんです。ところが座長のボブは強引で、簡単な抄録を自分で書いて、勝手に私の演題をシンポジウムに組み入れてしまったのです。気乗りしなかったものの、直前まで発表しなくてはならないかな、と迷っていたんですが結局、再度断りの電話を入れました。ところがボブは、もう抄録も載せたのだから、何が何でも発表しろ、の一点張り。すっかり嫌気が差した私は、断固キャンセルすることにしました。それでも一応シンポジウムの顚末は見届けようと思って来てみたら、ボブがあなたに八つ当たりの質問を始めた。これはいよいよ発表する価値のないシンポジウムで、正しい判断だったと思った次第です。シンポジストのあなたには、申し訳ないことをしたと思っていますが」

「まあ、普通は怒るところなんでしょうね。でも俺はこのシンポジウムの発表にはもともとあまり乗り気ではなかったので、お気になさらないでください。おかげで普通では見られない、奇天烈な学会を経験できましたし。それにお話を伺っていると、先生は俺と考え方が似ているかもしれません。俺には、学会発表が実際の患者の医療に役立つとは思えないんです」

するると天城は肩をすくめて言う。

「それは誤解です。私は学会発表は大切だと思っています。今回は私を高く評価してくれているオックスフォード医科大学のプロフェソル・ガブリエルが、発表を見るためオランダまで足を運んでくれたらしい。それなのに発表しなかったので、心苦しく思っています」

学会発表をドタキャンした天城はてっきり、学会での発表に時間を掛けるなら、患者を救っていた方がいいという自分と同じ考え方かと思ったが、どうもそうではないらしい。

それでも、というか、そうであればこそ、なおさら渡海は、そんな風にしがらみをさらりと捨て去ることができる天城の自由さが眩しく、羨ましく思えた。

「ところで、なぜ俺なんかに声を掛けたんですか？」

「お誘いした理由は、いくつかあります。ひとつひとつは小さな理由でも、それが重なれば必然となり、宿命になるのです」

思わせぶりな口調に渡海は苛つく。そして自分が思ったより疲れていることに気がついた。

「疲れているので手っ取り早く、結論を言ってもらえませんか」

「おお、これは失敬。では宿命の前段となる小さき理由からご説明しましょうか。まず本日のシンポジウムを台無しにしてしまったお詫びの意味があります」

「それはわからないでもありません。でもそのためだけにお茶をご一緒するのは、正直言って面倒ですね」

天城は微笑する。

「〈ジュ・コンプロン・ビアン〉、ああ失礼、お気持ちはよくわかります、という意味です。でもこれは因縁なので、付き合っていただく必要があります」

「あなたと俺に、因縁などないと思うのですが」

「確かに今のところはありません。抄録に記された偉大なる外科医、ムッシュ佐伯と因縁があるのです」

「どういうことです？　わけがわからないんですけど」

天城はうなずいた。

「そのことも含めて説明したいので、テ（お茶）を付き合ってください。長くは取らせません し、あなたも聞いて損はないと思いますよ。何しろ偉大なるカリスマ、ムッシュ佐伯の別の一面を知ることができるかもしれないんですから」

思わせぶりで、何一つはっきりさせないままだったが、ここまで言われたらもはや渡海に、天城の誘いを断る選択肢はなくなっていた。


天城に連れて行かれたのは昨日、垣谷と訪問したライデン大学だった。

運河沿いにあるライデン大学にはシーボルトが日本の植物を寄贈した植物園があり、二人はその植物園に併設された喫茶店に入った。

「ここはアルコールも出すので、国際学会発表を祝してオランダ・ビールで乾杯しましょう」

「それは皮肉ですか？」と言いつつ、渡海はビアジョッキを掲げ、天城と乾杯する。

ビールのジョッキを空けた渡海は、お代わりをオーダーし、天城に問いかける。

「さて、それでは先生と佐伯教授の因縁とやらを、説明していただきましょうか」

目を閉じてビールの香りを楽しんでいた天城は、目を開けて真っ直ぐに渡海を見た。

「散々もったいをつけたのですが、実は大した話ではありません。昔、ほんの短い間ですが、東城大の総合外科学教室にお世話になったことがあります。あなたからムッシュ佐伯に、その時の私の感謝の気持ちを、メッセージとして届けてほしいのです」

初対面の医者を、メッセンジャー・ボーイ扱いするのかよ、とさすがの渡海もむっとした。

だが次の瞬間、すぐに気持ちを切り替える。

これは、当時の佐伯教授のことをいろいろ聞き出すチャンスかもしれない。

「佐伯教授にお世話になったということは、先生は東城大のご出身なんですか？」

「いいえ、違います。そこから話すと長くなってしまいますが」

「別に構いませんよ。むしろ先生のメッセージを適切に佐伯教授に伝えるには、先生の素性を理解しなくては無理でしょう」

天城は微笑してうなずく。

「では、お話しさせていただきましょう。実は私はチリ大学医学部の卒業生なんです」

「チリというと、南米大陸の細長い国ですか？」

「〈エグザクトモン〉、あ、失礼、その通り、そのチリです。私の父は大正時代に南米に移民した日本人で、現地で物品販売業を営んでいます。一族は海産物の販売を手がけ、ラテンアメリカで天城家と言えば、少しは有名なのです」

「確かチリはスペイン語圏だったのでは？　なぜフランス語がそんなに堪能なんですか？」

「ラテンアメリカの上流階級は、フランス語が出来て当たり前なのです。それは上流階級のパスポートみたいなものなのです」

自分を上流階級だと、さらりと言ってのける天城に、渡海は目眩（めまい）がした。

天城は続けた。

「私は先日、モンテカルロ・ハートセンターの外科部長に就任しました。私のオリジナルとなるオペラシオンは、ムッシュ佐伯に手術見学をさせていただいた折にインスパイアされたものですので、彼にひと言、御礼を伝えていただきたいのです」

「チリ大学で学んだあなたが、どうして佐伯教授とご縁ができたのですか？」

「一九七三年、チリで9・11軍事クーデターが起こり民主主義が破壊されましたが、その時、私の父は軍部に加担したのです。父がやったことは容認し難く、父とは共存が不可能になったのです。軍事政権の走狗となった父と絶縁し、チリを離れることにした私は七五年、日本に来て先代のプロフェソル真行寺の教室に一ヵ月ほどお世話になりました。その時親身に面倒を見てくれたのがムッシュ佐伯だったのです」

一九七三年と言えば、渡海が極北大学医学部の二年生の頃だ。チリで軍事クーデターがあったことはよく覚えていないが、その頃に読んだうろ覚えの記事について話してみる。

「チリの軍事政権は、その前の共産主義政権が滅茶苦茶にした社会の立て直しに成功し、経済的に発展しているという記事を読んだことがありますけど」

天城は肩をすくめた。

「チリ軍事政権の経済政策を、日本のメディアが肯定的に報道するのは当然です。あの軍事クーデターはアメリカのＣＩＡの陰謀で、ＣＩＡのプロパガンダに洗脳されている日本は、今やアメリカの精神的な植民地に成り下がっているのですから」

それは日本国内にいた渡海には、とうてい持ち得ない視点だった。

だがすぐに疑問が湧いた。

「でもそれだと、先生がチリを離れて日本に来た理由が、はっきりしませんが」

「それは父のアドバイスに従ったのです。お前には日本人の血が流れている。全てをリセットするつもりなら、第一歩は日本から始めるべきだ、と言われたのです。父がしたことには同意できませんが長年、私を導いてくれたので、最後の教導として受け入れました。それに当時のチリから見ると、日本の医療は先進的だという印象を抱いていたのです。なにしろ当時は、世界に先駆けて心臓移植手術をした国でもありましたからね」

渡海はその説明に納得する。

一九六八年、蝦夷大学の高岡(たかおか)教授が日本初の心臓移植手術を行なった。

患者は術後八三日生存した。当時中学生だった渡海は隣の極北市で暮らしていたが、父の一郎がひどく興奮していたことをよく覚えている。外科医となった今、父の当時の興奮は理解できる。だがその移植手術は、後から考えると免疫抑制もせず実施した無謀なトライアルだった。そのため日本の心臓外科領域では批判が相次ぎ、移植分野は遅滞してしまった。

「なるほど。それで真行寺外科で先生がインスパイアされた手術とは、どんなものだったのですか？」

「プロフェソル真行寺がトライした、日本初の心臓の動脈バイパス術です。そのあたりも詳しく説明した方がよろしいでしょうか？」

渡海は息を呑んだ。次の瞬間、大きくうなずいていた。

桜宮巌雄院長と黒崎医局長も手洗いしたという、総合外科学教室の因縁の手術。そしてそれは巌雄院長に、いつか話す日がくるかもしれないが、まだその時ではない、と告げられた伝説の手術だった。

その詳細を、こんな異国の地で聞くことになるとは……。

渡海の凝視をさらりと受け流し、天城医師は、淡々と語り始める。

「当時、私は卒業三年目でした。その頃のチリは政情不安定でろくな研修が出来ず、鬱勃としていました。とりあえず外科医になろうと思ったものの、専門を決めかねていた私にとって、全ての外科を包括した総合外科学教室は理想的な研修先でした。しかも外国からの研修医という特別扱いで、ムッシュ佐伯は自由に手術見学をさせてくれました。その時に、問題となったプロフェソル真行寺の手術を見学したのです。患者の属性やオペの詳細は忘れましたが、ふたつのことは今も鮮明に覚えています。ひとつはプロフェソル真行寺は明らかに準備不足で新しい術式にチャレンジしたこと。そしてトラブル・シューティングの過程で素晴らしい発想を得たのに、準備不足であったが故に崇高なトライアルを中途で断念せざるを得なかったこと。それが私が総合外科での研修を一ヵ月で打ち切った理由です。あの教室の体質では、いつか必ず致命的なエラーが起きるだろう、と確信しました。それは高岡外科の心臓移植と相俟って、日本の医療の根本的な問題に思え、日本を離れる決心になったのです」

渡海の脳裏に、腹部に残存するペアンのX線写真の像が浮かぶ。

渡海は唾を呑み、掠れ声で訊ねる。

「それで、先生がインスパイアされたその手術とは、どんなオペだったんですか？」

「当時の最先端、大伏在静脈を使用したバイパス術ですが、グラフト作りに失敗し代替血管が全滅した。そこでプロフェソル真行寺は窮余の一策で、心臓のすぐそばにある内胸動脈を代用で使おうとしたのです。前例のないトライアルは失敗に終わりましたが、その時私は、そこに新しい可能性を見出したのです。その思考を発展させたのが今回のシンポジウムに呼ばれることになった、私のオリジナルの術式なのです」

そう言うと、天城はジョッキのビールを飲み干した。

「そんな風に自由に手術見学できるよう手配してくださったのが、ムッシュ佐伯でした。ですのでどうしてもムッシュ佐伯に感謝の気持ちをお伝えしたかったのです。これが私があなたに会いに来た理由です。ムッシュ渡海、私のメッセージをムッシュ佐伯にお伝えください」

立ち上がりかけた天城に、渡海が言う。

「待ってください。よろしければ今晩、俺の連れも交えて一緒にディナーでもいかがですか？彼があなたの話を聞いたら、刺激を受けると思います」

天城は微笑して、首を横に振る。

「お断りします。あなたに付き添っていた生真面目そうな青年が、私と話をせずに済んだのは幸いです。凡庸な外科医には、私は毒でしかありませんから。それに私は力無き衆生を教導したいなどという、酔狂な趣味は持ち合わせておりません。悪く思わないでください」

さらりと言い残した天城は、渡海の胸に一抹のざわめきを残し、その場を立ち去った。

夕食の席でその話をすると、垣谷は少し残念がったものの、強がって言う。

「そんなもったいつけたドクターにお目にかかれなくても、ちっとも残念ではありません。思わせぶりなタイトルで抄録の中身がスカスカの発表は、聞いても時間のムダですから」

「垣谷がそう思っているなら、それでいいよ。それよりバイパス術の現状は、どうなっているのか、教えてくれよ」

「もちろんです。そもそも冠動脈バイパス術は、心臓の冠状動脈が詰まり狭心症や心筋梗塞を起こす原因となる血管部分のバイパスを作り、血流の途絶を解消しようとしたものです。シカゴ大学のドクター・コウが確立した下腿の大伏在静脈を用いるACバイパス術は、七〇年代の心臓外科界を席巻しました。東日本ではウチの黒崎講師の独壇場です」

「心臓外科の領域では、黒ナマズも世界最先端なんだな」

渡海がそう言うと、垣谷は首を横に振る。

「ところが現在では大伏在静脈をグラフトに使う術式は、もはや最先端でなくなりつつあります。年月が経つと高い確率で、バイパスに用いた静脈が再閉塞してしまうことが、追跡調査から明らかになったんです。そこで今、脚光を浴びているのがバイパスに内胸動脈を用いる術式です。その第一人者が今日、座長を務めたテキサス大のジャクソン助教授のグループです。だからジャクソン助教授の発表が見られただけで、俺は満足です。あ、もちろん、渡海先生の発表も、ですけど」

そんな風に取り繕われると、やっぱり残念な発表だったんだな、と切なくなる。

「ふうん、天城先生のオリジナルの術式も、そんな流れの中にあるものなのかもしれないな。そういえば真行寺教授がやった伝説のバイパス手術で内胸動脈を用いようとしたことにインスパイアされた術式だ、と言っていたからな」

「それが本当なら凄いことです。だって世界に十年も先駆けてそんな手術にチャレンジしていたんですから。それならわが総合外科学教室が誇るべき業績ですよ」

興奮する垣谷に冷や水を浴びせるように、渡海は言い放つ。

「う一ん、それはどうかなあ。桜宮病院の巌雄院長も手洗いに入ったそうだが、オペの詳細については言葉を濁していたからな」

「手洗いに入ったもう一人は黒崎先生だったそうですが、やはりその手術に関しては何も教えてくれません。何かよっぽどまずいことがあったんでしょうか」

「まあ、東城大学の因縁のひとつ、と言われているくらいだからな」

「そうだとすると、天城先生のオリジナルの術式について聞いておきたかったかも。ああ、なんであの時、単独行動してしまったんだ。俺のバカ野郎」

そう言って垣谷は拳で自分の頭を叩く。だいぶ酔いが回ったようだ。

「済んでしまったことをくよくよ考えても仕方がないだろ。今夜は思う存分、呑んで食え。みろよ、このてんこ盛り。大鍋一杯のムール貝が一人前だって言うんだから、景気がいいよな」

「ほんと、びっくりですよね」と言いながら垣谷は、ビールを一気に飲み干す。

たちまち垣谷の前に、紫色の貝殻が山と積まれていく。

天城と会いそびれたという垣谷の愚痴は、やがてロサンゼルス・オリンピックの話になる。

「今年のロス五輪は、モスクワ五輪ボイコットの意趣返しで、共産圏の国が不参加を表明したため、またもや不完全なオリンピックになってしまいました。これではサッカー世界一という権威がなくなってしまいます」

「でも今大会は順当な国が優勝できそうだから、それでいいじゃないか」

「とんでもない。モスクワ五輪で優勝したチェコスロバキアが出ていないので、共産国から優勝はフェイクだなんて言われてしまいかねません。共産国のチームもちゃんとやっつけて、王座に就いてほしいんです。それが世界一ってもんでしょ」

「ふうん、そういうもんかねえ。文化系サークル出身の俺にはよくわからん気持ちだな。それより明日は学会最終日だが、俺はユトレヒトに行こうと思うんだ。垣谷は自由行動でいいぞ」

するると垣谷は一瞬、迷ったような表情を浮かべる。

「明日の演題でも二、三、気になっているものはあるんですけど……」

「別に無理して同行してもらう必要はないから、好きにすればいいさ」

「いえ、やっぱり俺も渡海先生にお付き合いして、オランダ観光と洒落込みたいです」

「それじゃあ決まり。明日はガイドを頼むぞ」

渡海は翌日は、地方都市のユトレヒトに行こうと考えていた。それは、学会発表を終えた後に読むようにと言われた、父の二通目の手紙を読んだからだ。

――日本の近代医学が確立したのは幕末、オランダから派遣された三人のオランダ人医師のおかげだ。三代にわたって軍医が、長崎医学伝習所で医学を教えてくれた。彼らはユトレヒト陸軍軍医学校出身で二代目ボードウィンが教官、初代ポンペと三代目マンスフェルトはその教え子だった。軍医学校は速成カリキュラムだが、初代のポンペはそこに、自分が学べなかったアカデミズムの大学の空気を持ち込もうとした。それが根付きかけた時に徳川幕府は倒れて、その系譜が途絶えかける。更にそこで明治新政府は蘭医学からドイツ医学を主流にするよう、舵を切った。このため日本の医学は発展したが、同時に軍国主義を基盤とする底の浅いものになってしまった。戒(いまし)めるため、時間が許せば是非ユトレヒトを訪問するといい。

しこたま飲んだ垣谷は、悔しさと興奮をないまぜにしながら一人で喋りまくる。

二年間の外部研修で外科医としての研鑽を積んだこと、そこで経験したことを一気に吐き出すと、べろんべろんになった。渡海は、酔い潰れた垣谷をホテルに連れ帰り、ロビーのソファに寝かせると、隣に腰を下ろし、吐息をつく。

するとロビーにいた男性が近寄って声を掛けてきた。

「よう、久しぶりだな、征司郎。元気そうだな」

シンプルなジーンズにジャケットを羽織った男性は、馴れ馴れしい口を利いて、サングラス越しに渡海を見つめ、にっと笑う。

きらりと光る銀のネックレスに一瞬、目を奪われた渡海は次の瞬間、驚いて目を見開く。

「亮(りょう)さんじゃないですか。どうしてこんなところに？」

目の前に立っていたのは、極北大の先輩で桜宮病院の御曹司、亮だった。

*

垣谷を部屋に送り届けると、渡海は亮と一緒にホテルを出た。

迷いのない足取りで賑やかな街角に向かった亮は、賑わうメイン通りから少し外れた場所にひっそり佇んでいるバーに、足を踏み入れる。

「亮さんは、相変わらずテキーラ一本やりですか」

「いや、最近はメスカルという、同じメキシコの酒だがもう少し安い酒を飲んでる。メキシコ以外ではあまり知られていないのが玉に瑕(きず)だがな」

そう言って亮は、テキーラのショットをぐい、と呷(あお)る。

「どうして亮さんは、ライデンなんかに来たんですか？」

「実は先週、ベルギーのブリュッセルのど真ん中、グラン・プラス（大広場）で開催された、音楽フェスに出演したんだ。グラン・プラスは十五世紀から十七世紀に地元の商人達が金を出し合い築き上げた壮麗な建築物が建ち並ぶブリュッセルのシンボルで、文豪ビクトル・ユゴーが『世界で一番美しい広場』と絶賛した場所だ。そこでプレイできて最高だったぜ」

「ベルギーで一発、カマしてきたんですね」

渡海が眩しそうな目で亮を見ると、亮はにっと笑ってうなずいた。

「そういうこと。でも会社がケチって俺の分しか旅費を出してくれなかったから、他のメンバーはパスした。仕方ないから俺ひとりでやって、フェスに爪痕を残してきたよ。あれはウケたぜえ。単身だからブリュッセルで人気のサクソフォンを演奏した。ベルギーはサクソフォンの発祥の地で、産みの親アドルフ・サックスは王立音楽院を卒業後、楽器の開発に取り組みクラリネットの先端部を改良して発明したんだ。そしたら隣のオランダで国際外科学会があって、征司郎が発表するっていうじゃないか。おまけにブリュッセルからライデンまでは電車でたった三時間。それならせっかくだから久しぶりに征司郎の顔でも拝んでおくかと思って、学会場に潜り込んでみたって寸法さ」

「え？　じゃあ俺の発表を見てくれたんですか？　でも、どうして俺が発表するなんてことを知ったんですか？　医学界とはとっくに縁切りしてるでしょうに」

「そりゃ、蛇の道は蛇、というヤツさ。それにしてもシャビイなシンポジウムだったよなあ。けど征司郎の発表はイカしてたぞ。お前も立派な外科医になったもんだ」

褒められた渡海は照れ隠しでビールを一気に飲み干し、次の杯を注文する。試しにメスカルがあるか聞いてみたら、さすがになかったが、地酒でジンに似たジュネヴァという酒があるというので、それを頼むと、渡海は言った。

「立派な外科医になんて、全然なれていませんよ。俺なんて、まだまだです。あの発表だって佐伯教授の研究発表の代行ですから。そう言えばひとつ報告があるんです。実は俺は今、桜宮病院で週一日、アルバイトをしているんですよ」

「その話は聞いてる。たまに葵が手紙を寄越すからな。極北大では俺が世話してやったから、今度はそのお返しに、お前が征司郎に面倒を見てもらえ、と返事を出しておいたんだよ」

『なるほど、それでか』と、渡海は葵の諸々の態度に納得する。

「そうだ、俺からも報告があるんだった。実は俺、ついこの間、改姓したんだよ。桜宮亮改め城崎亮ってんだ。城崎はお袋の旧姓なんで、一応礼儀としてお袋には伝えてある。でも親父には言っていないみたいだけどな」

「そりゃあ言えないでしょうよ。巌雄院長はおっかないですからね」

城崎亮は、ふん、と鼻で笑う。

「あんなのは虚仮威しだよ。何かと言えば南方戦線の話を持ち出して、ビビらせようとする。医者のたまごにもなっていない十五の小僧っ子が、いきなり戦場に放り込まれて何も出来ずに、おたおたして震えてたってだけだろ。得意げに何度も繰り返す話じゃねえよ」

「でも、巌雄院長の外科医としての腕前は本当に凄いですよ」

「それはそうかもしれないが、だからって他人の人生に触れるなっつう話だよ。もともと俺は医者に向いてないんだから、跡継ぎにしようだなんて、センスが悪すぎる。ところで征司郎は、明日はどういう予定なんだ？」

「ユトレヒトを訪問して、陸軍軍医学校の跡地を見学してこようと思っています」

「それならついでにハーグに寄ってみるといい。国際司法裁判所があるが、マウリッツハイス美術館も有名だ。フェルメールの『真珠の耳飾りの少女』がよく知られているけど、それと別に見ておけば親父を畏(おそ)れ入らせることができる絵もあるんだぜ」

「巌雄院長が畏れ入るなんて、一体どんな絵なんですか？」

「十七世紀の偉大な画家、レンブラントが、解剖の授業の様子を描いた絵だよ。親父は芸術音痴だから、オランダでレンブラントの解剖教育の絵を見た、と言えば何も言えなくなるぜ」

「そんなことをしても意味はないと思いますけど、旅程に組み込めそうなら、行ってみます。ところで最近、音楽の方の調子はどうなんですか？」

「ようやく最近、自分の才能がわかってきた。俺はアレンジの天才らしい。どんなショボい楽曲も俺がアレンジすると光り輝くらしいんだよ。プロダクションもそのことに気づいて今回、俺には渡航費を出してくれた。ヨーロッパで見聞を広げてこいってさ。とりあえず帰国したら『バタフライ・シャドウ』というグループを立ち上げようと思っている。まあ、見てろよ」

「それは楽しみです。そう言えば『バタフライ・シャドウ』って、『モナルカの影』という意味ですよね。死者の生まれ変わりと言われる『モナルカ』という蝶は、死をシンボライズしたものでしょう？ すると亮さんは『死』を、常に歌の主題にしているんですか」

「それは深読みのしすぎだな。『モナルカ』は『ムエルテ（死）』の象徴だが、シャドウを付けて意味を反転させ、『生』を歌ったんだ。『スカラベ』はプロになって『スカラベの涙』に進化させたが、『モナルカ』はまだ発展途上だ。今、他にも曲はある。仮タイトルは『ラプソデイ』だが、歌いこなせそうなシンガーがいないから、しばらくは保留だな」

亮の言葉は怒濤のように暴走してチンプンカンプンだが、昔から渡海は、そんな亮の言葉に耳を傾けることが好きだった。

「でも、『モナルカの渡り』って、調べてみてもなかなか出てこないんですけど」

「そりゃそうだろう。あれは現地でもあまり知られていないからな。俺たちが学生の頃、カナダの昆虫学者が論文発表したというニッチな知識だよ」

「亮さんは、どうしてそんなことを知っていたんですか？」

「ドラムをやってた蝦夷大の蝶オタクの大学院生が、論文を読んでたんだ。ソイツが熱心に推すもんだから、『モナルカ』というバンド名にしたんだよ」

「ああ、一年目で脱退された伝説のドラマー、吉沢(よしざわ)さんですね。俺が入部した時にはもう、いらっしゃらなかったので、面識はないんですけど、蝦夷大の方だったんですね」

そんなやりとりをしながら、渡海は、こじつけがましいことを考える。

「モナルカ」が死の象徴なら、「バタフライ・シャドウ」はその影だから死を反転させる、つまり医療の象徴ではないか。するとやはり亮は巌雄院長の嫡子なのだろう。

「こうして話していると、俺が一年生の時に開催された札幌五輪で、どうしてもジャンプ競技を見たくて部活をサボり、亮さんにこっぴどく叱られたことを思い出しますね」

「あれは怒られて当たり前だ。長いスキー板を履いたおっさんが、坂からダイブするのを見て何が面白いんだよ。神聖な軽音の部活をサボる理由として認めるわけにはいかないだろう」

「でも、日の丸飛行隊が金銀銅メダルを独占した伝説のジャンプですから、見に行って大正解、部活をサボって悔いなし、でした」

「まあ、いい加減な俺が創部した軽音だから、お前はなんとか卒業まで在籍できたんだぞ」

そんな風にして渡海と亮は、極北大時代の部活や音楽について、夜通し語り合った。

それはまるで、軽音部の部室で過ごした時間が、そのまま蘇ったようなひとときだった。

二人が店を出た時、東の空は白々と明るくなり始めていた。

＊

学会の最終日、渡海と垣谷は、ユトレヒトを訪問した。

前の晩、酔い潰れるという醜態を晒(さら)した垣谷だが、夜中に目を覚まし、オランダ観光について、『世界の歩き方』を突貫工事で読み込み、キャッチアップしたらしい。

今朝になったら、垣谷はしっかりした旅行計画を立てていた。

だが張り切り過ぎた垣谷は、とんでもないことを言い出した。

「ライデン―ユトレヒト間は、実はたった五十キロなんです。ホテルで貸し出してくれるそうなので、自転車で行ってみませんか？」

「冗談じゃない。俺は垣谷みたいな体力バカの体育会系じゃないんだから勘弁してくれ。それに俺は徹夜で呑んでたんだから、無理だよ」

だが垣谷はここぞとばかりに渡海を説得にかかる。

「でも、せっかくの機会ですから、やってみる価値はあると思うんです」

「それなら、垣谷は一人で行けよ。中坊じゃあるまいし、サイクリングなんて冗談じゃないぜ。途中で雨が降ってきたら、どうするんだよ」

「その時は、雨合羽を羽織ればいいだけです。でも不思議だなあ。こんなチャンスが目の前に転がっていたら、誰だって飛びつくはずなのに……」

それは脳みそが筋肉で出来ている、体育会系の連中の話だろ、と渡海は思う。

すると垣谷はおそるおそる訊ねる。

「そこまでして嫌がるということはひょっとして、渡海先生ってまさか、自転車に乗れないんですか」

「バカ言うな。普通に乗れるに決まってるだろう」

徹夜明けの渡海は必死に抵抗した。その時、亮に言われたことを思い出す。

「そうだ、医師なら一度は見ておいた方がいいと言われている、有名なレンブラントの絵があるそうだから、ハーグの美術館にも寄ってみようぜ」

「レンブラントと言えば、後世のドラクロワやゴッホを心酔させたという、オランダの至宝の画家ですね。特にゴッホは、レンブラントの絵を二週間、見続けていられるなら、寿命を十年縮めても構わない、なんて言っていたそうですから、それは一見の価値があるかも。ついでにアムステルダムにある国立美術館で、門外不出の傑作『夜警』も見ましょうか」

「いや、俺は別に、絵画に興味はないから、そっちはやめとくよ」

「そうですか、わかりました……」と少し残念そうな口調で言った垣谷は、新たなミッションを受けて、『世界の歩き方』をめくり始めた。

「ハーグは電車で十分で、確かに近いですね。九時に出発すれば楽勝で両方回れます。そうなると自転車は諦めるしかないですね。では今日は電車でハーグとユトレヒトに行きましょう」

未練ありげだった垣谷は、最終的には列車で行くことに同意した。

オランダは鉄道網が発達していて、外国人でも簡単に使いこなせる仕様になっている。

それはおそらく平坦な国土と、住民が多国籍の起源を持つ、多民族国家だからだろう。

ライデンからハーグまでは列車でほんの十分、ハーグからユトレヒトまでは一時間弱。そしてユトレヒトからライデンに戻るのも一時間足らずだ。

亮に教えられた通り、ハーグのマウリッツハイス美術館で「テュルプ博士の解剖学講義」を見た時は、垣谷に学識を感心され、渡海は居心地の悪い思いをした。

ハーグの観光客相手の店でバカ高いランチを食べてから、ユトレヒトに向かう。

ユトレヒトは、中世の面影を色濃く残した街だった。

渡海と垣谷は街の中央にある塔に登り、ユトレヒトの街の佇まいを眺めた。

ここが日本の近代医学の基礎を作ってくれた蘭医たちが、医学を学んだ土地かと思うと、感慨もひとしおだ。その時に渡海は、ユトレヒトについての蘊蓄(うんちく)を話したが、父の手紙で得た知識で垣谷も共有していたので、後ろめたくはならなかった。

教会に入ると、聖歌隊が賛美歌を歌っていた。
木の椅子に座り、ステンドグラスを見上げながら、透き通った美しい歌声を聞いた。
渡海は、あまりに美しいひとときに、却って胸騒ぎを感じた。
悪い予感は的中した。

その夜、ホテルに戻ると、渡海宛てに一通の電報が届いていた。
——チチシス。シキュウカエレ。
電報の文面を眺めた渡海は、その言葉の意味が理解できず、呆然と立ちすくんだ。

11章 葬送

一九八四年七月

成田空港に到着し、慌ただしく入国審査を済ませた渡海は、垣谷に言う。

「乗り継ぎ便を手配してくれて助かったよ。佐伯教授への復命の代役、よろしく頼むな」

「お父さまのことはご愁傷様でした。他のことは一切お任せください。教授からも、しっかり服喪して戻るように伝えろ、と言われていますので」

海外出張の直後なので、火急の病院業務がなかったのは不幸中の幸いだった。

渡海は垣谷と別れると、トランジットへ向かう。

乗り継ぎ便を待つ三時間、思いは千々に乱れた。

幼い頃、連れて行ってもらった動物園で、肩車をしてシマフクロウの巣を覗かせてくれたことを思い出す。父はシマフクロウを、神の化身だと言って崇(あが)めていた。

高校時代には登山の手ほどきもしてくれた。特に初めて父と一緒に登頂した大雪山の山頂から見た風景は、今も瞼に焼き付いている。

なので渡海は、大学に入ると北海道の名山をいくつも踏破していた。

胸ポケットに入れた手紙に、そっと手を触れてみる。

まさかこれが、父の最後の言葉になるとは思いもしなかった。

亡くなった詳細な状況もわからず、渡海は呆然としてしまう。

父が亡くなった時の状況を早く知りたいと思って気が急（せ）くが、今さら慌てても仕方がない、という諦念もある。

もう父は死んでしまったのだ。一刻を争っても詮ないことだ。

そんな相矛盾する気持ちに揺れながら、渡海はひとり、成田空港のロビーに佇んだ。

やがて国内便乗り継ぎの搭乗案内のアナウンスが流れた。

鉛のように重い身体を引きずって、搭乗口へ向かう。

千歳（ちとせ）空港行きの最終便に乗り、その夜は千歳空港の傍らのエアポートホテルに宿泊した。

翌日の早朝の汽車で札幌へ、そしてそこから稚内に向かう。

札幌を出た時は重苦しい曇天だったが、稚内に到着すると土砂降りになっていた。

駅前にタクシーはおらず、やむなく港まで歩いて行く。駅から港までは徒歩二十分の距離だが、傘を差しても横なぐりの雨で、身体と荷物はびしょ濡れになってしまった。

一時間の待ち時間の間、渡海は待合室でひとり黙然と座っていた。

定期船の出発時刻は午後三時。外は雨、港の風景は灰色に沈んでいる。

夕方の定期船が出発する時刻になり、乗船する。乗客はたったの三名だ。

三十分後、小型連絡船が神威島に到着すると、港ではふたりの島民が待っていた。

漁協役員の鯨井（くじらい）と診療所の田村（たむら）事務長だ。

顔なじみの鯨井が、傘を差し掛けながら、声を掛けてきた。

「このたびはご愁傷様です。まさか一郎が先に逝くことになるなんて、思いもしなかったよ。海外から帰国した足で来たそうだが、学会は大丈夫だったのかい？」

「発表は無事終えました。それより、いろいろ差配していただき、本当に助かりました」

そう言って渡海が頭を下げると、田村事務長が言う。

「渡海先生はこの島の診療所の先生ですし、網元のご親戚ですから当然です」

そんな風に言われても、渡海にはぴんとこない。

父の両親は父が若い頃に他界したため、顔も知らない。母方の網元の家も、母が死んだ後は跡取りもなく、一度会ったことがある祖父母も十年前に相次いで亡くなり、家は絶えていた。

父が死んで、自分は本当に天涯孤独になったのだな、と渡海は改めて思う。

土砂降りの雨の中、鯨井の車に乗り込む。父の自宅までは港から徒歩で十分なので、普段なら歩くところだが、今日は車を出してもらえて有り難かった。

車中では会話が途切れ、重苦しい空気に包まれた。

やがて運転していた鯨井が「着いたよ」と告げ、車が停まる。

渡海は車を降りると、雨を避けるように家の中に駆け込んだ。その後を田村事務長が渡海の荷物を持って続く。居間には祭壇が設置され、その前に父の遺体が横たえられていた。部屋の隅で遺体を見守るように正座している男性が会釈をしたので、渡海も一礼を返した。

渡海は、父の穏やかな死に顔を見て、両手を合わせる。

瞑目した彼の脳裏に、幼い頃の様々な記憶が、溢れるように蘇った。

居間でお茶を飲みながら、田村事務長がぽつり、ぽつりと語り始める。

「渡海先生がお亡くなりになったのは三日前の明け方と思われます。ほんに急な話でその朝、渡海先生がいつもの時間に診療所に姿をお見せにならないので、こちらの久世先生が不審に思い隣の寝室に見に行ったところ、渡海先生が亡くなられているのを発見されたのです。久世先生は二年前から、渡海先生と一緒にこの診療所で働いておられる方です」

三十代と覚しき初対面の男性は、頭を下げた。

「初めまして。久世敦夫と申します。極北大医学部の七四卒で、渡海先生は先輩です」

「実は俺も極北大出身なんです。俺は七八卒ですから、久世先生は俺の先輩ですね」

「あなたのことは在学中も知っていました。軽音でバンドをされていた有名人でしたから」

先輩の思わぬ返しに含羞んだ渡海は、話題を変えて質問をした。

「父の死因はわかったのですか？」

渡海の問いかけに、久世は医者の顔になって答える。

「残念ながら、よくわかりません。脳卒中か、心筋梗塞かと推測されますが」

「そう、でしょうね」と呟くように言った渡海の脳裏に、桜宮巖雄院長の言葉が蘇る。

――解剖率が低下している。医学がいよいよクソッタレの学問に成り下がる、危険な徴候だ。だからせめてCT撮影ぐらいしないと、ご遺体に申し訳がない。

その時、渡海はあることを思いついて、顔を上げた。

「久世先生、診療所にあるレントゲン撮影機で、父の遺体を撮影できませんか？」

渡海は碧翠院桜宮病院の死亡時画像診断のシステムについて説明した。黙って話を聞いていた久世は、渡海が話し終えると、大きくうなずいた。

「なるほど、ＣＴほどでなくても、Ｘ線撮影すれば多少は状態を把握することはできるかもしれませんね。指摘されて初めて気がつきましたが、僻地医療は画像診断を充実させる必要がありますね」

尻込みする鯨井に協力をお願いして、父の遺体を撮像することになった。抱き上げると、小柄な父の身体は驚くほど軽かった。

鯨井と渡海で両側から肩を貸すようにして父を立たせ、久世が手早く撮影を済ませた。

十分ほどして、現像を終えた久世が戻ってきた。

「驚きました。死因と直接関係するかどうかは不明ですが、渡海先生は進行した肺癌でした。胸水の貯留も相当量、認められます。思えば渡海先生は時々、息苦しそうにしておられました。私はお側にいたのだから、気づくべきでした。申し訳ありません」

「そう、でしたか」

渡海がぽつんと呟く。

渡海は四年前に会った時、父が咳き込んで、妙な痩せ方をしていたことを思い出す。

——あの時すでに、父さんは肺癌に罹（かか）っていたのかもしれない。

どうしてもっと早く気がつかなかったのか、と渡海の胸に悔恨の気持ちが溢れる。

診療所の田村事務長が葬儀場の手配から業者への連絡まですべて、段取りをつけてくれたので、渡海はいくつかのことを決めるだけで済んだ。

渡海の心情を思いやってか、集まった三人はその後、小一時間ほど葬儀の段取りについて事務的な打ち合わせをして、辞去した。

一人きりになると、渡海の胸は大きな悲しみに包まれた。

父の死に顔は微笑を浮かべ、一回り大きくなって帰国した息子を見て喜んでいるようだ。

なぜ、おかえり、と言ってくれないのだろう。なぜライデンの話を聞いてくれないのか。

話したいことがたくさんあるんだよ、と呟いて、渡海は拳を握りしめた。

そして父の遺体に、涙を一粒、落とした。


その晩の四人の打ち合わせを通夜にして、翌日に葬儀を行ない荼毘（だび）に付した。渡海の喪服など葬儀の一式は、全て田村事務長が手配してくれた。

葬儀には大勢の島民が訪れた。彼らは、父がどれほど島民のために尽くしてくれたか、口々に渡海に告げた。その言葉は、父を失って悲しむ渡海の心を慰めてくれた。

葬儀を終えて、骨壺を仏壇の前の祭壇に安置した。

父が毎朝、仏壇に線香を上げ、ご飯を供えていたことを思い出す。これからは自分が父母の位牌を守るのかと思うと、自分にはそんな律儀なことはできそうにないな、と心配になる。

ガラス戸を開けて、濡れ縁に出た。

月に群雲が掛かり、月光はその流れによって光の加減を変える。

庭を見ると、ホタルの弱々しい光が明滅している。

──母さんが、父さんを迎えに来てくれたのかな。

渡海の肩は、ほんの少し、軽くなった。


葬儀の翌日、診療所兼住居にいる渡海を、久世が訪れてきた。

祭壇に線香を上げ、両手を合わせると、渡海に向き合う。

「実は私は、渡海先生のおかげで救われたのです」

そう言った久世は、ぽつりぽつりと語り始めた。

「もともと私は、僻地診療志望で、いずれは無医村の医療に当たりたいと思っておりました。ただしそのためには医師としてのスキルを高めないといけないので、救命救急部に所属したのです。大学病院の医師はアルバイトをしなければ生計が成り立ちません。私のバイト先は、週一回の北森(きたもり)炭鉱の出張医務院勤務だったのです」

「四年くらい前に、大規模な落盤事故があったところですね」

「ご存じでしたか。まさにその落盤事故のせいで、私の人生は狂ってしまったのです」

「まさか、先生が落盤事故の対応の責任を問われた、なんてことはないでしょう?」

「もちろんそうではありません。でも同じようなことでした。私は余計なことをしたため、炭鉱会社の上層部に睨まれてしまったのです」

そこで久世は口をつぐんだ。時計の針の音が、静かな部屋に響く。

やがて久世は、意を決したように、口を開いた。

「四年前、落盤事故が起きた瞬間、私はたまたま現場の近くにいました。事故現場に駆けつけると、中に五人の炭坑夫がいることを聞かされました。そんな私の目の前に一瞬、鉱道の奥への道が拓けたのです。次の瞬間、無謀にも私は、再落盤の危険も顧みず中に飛び込んでいました。するとその直後、再び大規模な落盤が起こり、私は五人の炭坑夫と共に、暗闇の坑道に閉じ込められてしまったのです」

渡海は、そのニュースを、父と一緒にこの診療所の居間で見ていたことを思い出した。あの時、父の変調に気がついていたことも思い出し、胸が痛んだ。

炭鉱業は北海道の基幹産業のひとつで、中でも北森炭鉱は北海道一の生産量を誇っていた。

渡海は、うっすらと当時の新聞記事を思い出す。

「確か三日後、奇跡の生還を遂げたんですよね？　しかも一人は大怪我をしていたとか」

「概ねその通りです。でも大怪我をした炭坑夫は二名でした。腕の切創と腹部の切創です。幸い、私は救急医だったので応急処置をして、無傷の三人に交替で圧迫止血させました。そして三日後、救援隊に救出され、生還できました。坑内に細々とした水流があり、水を飲めたのが幸いしたのです」

「それなら英雄じゃないですか。でも直後に先生が姿を消したという報道がありましたが」

「自ら姿を消したわけではありません。炭鉱会社に放逐されてしまったのです」

「どうして、そんなことに……」

「救出直後、炭鉱会社の幹部に事情聴取された私が、余計なひと言を言ってしまったからです。炭鉱の坑道には要所要所に、落盤事故に備えて緊急食などを設置するのが義務だったのですが、それがなかったと指摘したのです。それは実際、命に関わる問題でした」

「それは指摘して当然ですよね」

うなずいた久世は、哀しげに言う。

「でも会社としては、落盤事故があった挙げ句、会社の不備を指摘されてはたまったものではない、と考えたのでしょう。私はその場で解雇されてしまったのです。私は週一回のバイト医でしたから、解雇は簡単でした。そしてご丁寧にも、私を派遣した救急部の部長に対して私の不始末をでっちあげ、解雇を正当化すると同時に、メディア等への発言も封じたのです。そのせいで私は極北大の救急部も解雇され、行き場をなくしてしまったのです」

「なんて酷い仕打ちを……」

「ええ。当時は私も世を恨み、絶望しました。その時、忘れていた初心を思い出したのです。自分は医者になった時、本当は僻地診療に携わりたかった、そのために救急部に在籍したのです。今なら僻地医療に携わることができる。でも極北大をお払い箱になった私に、働き口は見つかりませんでした。ところがそんな私に渡海先生が、診療所を手伝ってほしい、と声を掛けてくださったのです」

「そうだったんですね」

「渡海先生には本当に救われました。最初の三ヵ月、私は使い物になりませんでした。落盤事故に遭い、その後に酷い扱いをされたダメージが尾を引いていたのです。でも渡海先生は、そんな私を診療所に置いてくださったのです」

父の優しい眼差しが、目に浮かぶ。久世は続けた。

「ここに正式に勤めたのはその半年後です。私は、渡海先生に恩返しをしたいのです。差し出がましいですが、この診療所を私に続けさせていただけませんか」

「そういうことでしたら、俺からも改めてお願いしたいです。きっと父も喜ぶと思いますし、島民のみなさんもそうお望みでしょう」

「ご許可をもらえてほっとしました。明日、桜宮に戻られるとお聞きしたので、明日から診療を再開します。渡海一郎先生が築き上げた診療所を、守っていけるよう頑張ります」

「よろしくお願いします。俺は父から、東城大の総合外科に入局して佐伯教授の片腕になれ、と言われていました。東城大で修業中の身、今ここに戻るのは無理なので、大変ありがたいです。いつかはここに戻って来るかもしれませんが、もうちょっとだけ、東城大で頑張ってみようと思います」

「是非そうなさってください。それまでは、この診療所のことはご心配なさらず」

「先ほど久世先生は、父に救われた、とおっしゃいましたが、俺は、父も先生に救われたのだと思います。息子として感謝します。生前、父は俺にこう言っていました」

渡海は、祭壇の遺影に目を遣りながら、父の言葉を口にする。

——いつかお前がこの診療所を継ぐのなら、その前に神威島で冬を過ごさねばならない。神威島の冬は雪に埋もれてしまう。だが島を真に孤立させるのは、凍える寒風だ。島の人間は、その風を「海狼の遠吠え」と呼ぶ。それを知らずして島民の診療はできないんだ。

そう言った渡海は、久世を見つめた。

「久世先生はすでにこの島で二冬を過ごしています。神威島の冬、そして『海狼の遠吠え』を知っておられる先生は、この診療所の後継者に相応しい方です」

「そう言っていただけると嬉しいです。それにしても、まさかあなたとこんな風に語り合う日がくるなんて思いもしませんでした。渡海先生は、あなたがご自慢で、いろいろ話されていましたから。実は私も、学祭であなたの演奏を聞いたことがあるんですよ。有名な『モナルカ』というグループのベーシストでしたよね」

「ええ、あの頃の軽音は黄金期でした。キーボードの桜宮先輩が凄かったんです」

「彼は有名人でしたからね。今でも音楽活動を続けていますよね」

「実は先月、ベルギーのフェスに参加したんだそうです。それでライデンまで会いにきてくれて、旧交を温めたばかりです」

「そうでしたか。渡海先生は、今回のオランダでの学会発表の土産話を楽しみにしておられました。それだけは心残りだったでしょうね」

話が一段落して、二人の母校、極北大の話題になる。

極北大がある極北市も炭鉱の街であり、大学の街でもあった。久世が言う。

「極北市は極北大学の存在をさほど有り難く思っていないようです。なので隣の雪見市が極北大学の誘致活動をしているのを傍観しているらしいです」

「極北大が雪見市に移転するなんて、ありうるんですか？　そうしたらもう、名前は極北大ではなくなってしまいますよね」

「まあ国立大学だから、今さら雪見大学などと改称はしないでしょうけどね。でも移転はあり得ないことではないと思います。なにしろ極北市役所はいい加減ですから。国から炭鉱にじゃぶじゃぶ注がれる補助金の上に胡座をかいて、市民は手厚い福利厚生を享受しているせいで、極北市の赤字は膨れ上がる一方で、財政は危機的だという噂もありますから」

そこで久世は言葉を切った。そして口調を改めて訊ねた。

「ところで佐伯外科は大丈夫ですか？」

「は？　どういう意味ですか？」

「実は渡海先生が亡くなる前日、東城大から訪問した医師がいたそうでして」

渡海は驚いて思わず問い返す。

「東城大のドクターが父を訪問した、ですって？　一体誰が来たというのですか？」

「私にはお名前はわかりません。私はその日の午後、往診に出掛けていましたので。田村事務長がちらりと後ろ姿を見かけたそうですが、その先生は渡海先生と一時間ほど話して立ち去ったようです。そしてその翌朝、先生はお亡くなりになってしまったのです」

久世は、言いにくそうに続ける。

「私が往診から戻ると、渡海先生は大層腹を立てておられました。そして、私の顔を見るなり、『塩を撒いてくれ。佐伯外科の内情があんなとんでもないことになっているとは思わなかった』と息巻いておられました。渡海先生のあんなに怒った顔を見たのは初めてでした。事情を訊ねると、『今は言えない。だが、いつか息子に話さなければならないだろう』と、謎かけのような言葉をおっしゃいました。ところがその翌朝、先生は亡くなり、その真相はわからずじまいになってしまったのです」

渡海は腕組みをして考え込む。

久世の話が本当だとすると、佐伯外科からの訪問者は、渡海が海外に出張して連絡がつきにくい時を狙いすまして、父を訪ねてきたことになる。

東城大を辞めて十年以上経つのに、なぜ今、誰が父を訪問する必要があったのだろう。

渡海が日本を留守にしている間に、佐伯外科で何か不穏な出来事でもあったのか。

薄気味悪く思いながら、渡海はお茶を飲み干した。

その晩、遺品を整理していた渡海は、診療室の机の抽斗(ひきだし)の中に、便箋(びんせん)を見つけた。

何気なく便箋をめくった渡海の手が凍りつく。

それは、書きかけの手紙の冒頭部分だった。

征司郎へ
ここに東城大を辞めた経緯を記そうと思う。だが佐伯教授を責めてはならない。なぜなら

手紙はそこで途切れていた。渡海は残された白紙の部分を、呆然と見遣る。
この後、父は何を書こうとしたのだろう。
それは渡海が長年、ずっと知りたいと思っていたことだった。
だが今となっては、永遠にわからなくなってしまった。
渡海は診療室の窓から、夜の闇を見つめた。
今夜の夜空には、月の光も星の瞬(またた)きもなかった。

翌日、四十九日に戻ってくると久世に告げて、渡海は神威島を後にした。
連絡船に乗った渡海は、小さく霞(かす)んでいく神威島を見遣った。
だが彼はきっぱりと前に向き直る。その視線は遠く、桜宮の空に注がれていた。

12章 暗転

一九八四年八月

東城大に戻った渡海は、渡航前とどこか違う、ぎくしゃくした空気を感じた。

渡海を見つけた垣谷が、午前中で人がいないカンファレンスルームに引っ張り込む。

「どうしたんだ、コソコソして。何かあったのか？」

「ええ、どうも教室内に、きな臭い動きがありまして」

渡海は、神威島にやってきた教室員のことを思い出しながら、空っとぼけて訊ねる。

「きな臭いって、ひょっとして教室の分裂騒ぎがあったとか、かな？」

すると垣谷は、ぎょっとしたように目を見開く。

「ご存じだったんですか？　どなたが先生にご注進したんですか？」

「垣谷、まだ時差ボケしてるのか。そんなの、当てずっぽうに決まってるだろう。俺に教室内のことを報告してくれる奴なんて、いるわけないんだから。まあ、あえて言うなら今、垣谷がこんな風にご注進してくれてるんだろうけどな」

垣谷は素直にうなずく。

「それもそうですね。だとしたら渡海先生はやっぱり慧眼です。実はオランダから戻ったら教室内では、高野先生と小室先生が、それぞれ脳外科と小児外科として、総合外科から分離、独立するかもしれない、という噂で持ちきりでした」

渡海は「なるほどねえ」と答えるが、その情報にはさしたる驚きはない。

四年前、佐伯教授と個人的に食事をした際、渡海は佐伯教授から、将来は総合外科を大きく変革するつもりだ、と聞かされていたからだ。

佐伯教授がついに、以前から温めていた計画に着手したのであれば、今回の噂は驚くに値しない。だがこのタイミングで医局の誰かが神威島を訪れたことを考え合わせると、渡海は何やら不穏なものを感じてしまう。

「黒ナマズや木村さんは、独立するつもりはないのかなあ」

ぽつんと呟くと、垣谷は、いよいよ声を潜めた。

「馬鹿なこと言わないでください。跳ね返りの木村先生はともかく、佐伯教授に絶対の忠誠を誓っている黒崎先生が、独立なんて画策するはずがないでしょう」

「それもそうだな。高野先生や小室さんの独立とは、性質が違うからな。脳外科は教授の本丸と部位が全くカブらないし、小室さんに至っては外科病棟に患者がおらず、佐伯教授も症例にノータッチだしな。だが黒ナマズも木村さんも、担当する領域は佐伯教授の手が及ぶ体幹部だ。そこが分離、独立するとなると、造反と思われてしまうかもしれないよな」

「そんな風に見ると、今回の騒動もなんだか納得できる気がします。渡海先生ってホントにいろいろ、教室の事情が見えているんですねえ」

そんな風に垣谷におだてられても、ちっとも嬉しくない。むしろ、それくらい気づかなくてどうするんだ、と思ってしまう。

渡海は改めて、佐伯外科の現状について思いを巡らせる。

教室員は現在五十名弱。大雑把には一年生が十名で、二年目と三年目は外部出向して不在、外部に出向せずに医局に留まっていた渡海は、きわめて例外的な存在だった。

残りのシニア医局員は四十名で今回、分離、独立するのでは、と言われている脳外科の高野グループは六名、小児外科医の小室グループは四名と少数だ。

心臓血管外科の黒崎グループは十二名、肺外科の木村グループは八名、両者を併せると佐伯外科の半数近くを占める。残りは渡海を含め、腹部外科を専攻する者が十名になる。

彼らは佐伯グループとは呼ばない。だがもし消化器外科グループを佐伯派と見做すと、黒崎派と木村派の独立を許したら佐伯派は少数派に転落し、教室は空中分解してしまいかねない。

これは由々しき事態だな、と渡海は改めて危機感を持った。

そしてそんな医局内事情を考えているのに気づいて、自分でも驚いてしまう。

——こんなの、ちっとも俺らしくないぞ。

そう思った渡海は話を変える。

「ところで佐伯教授に、国際外科学会の報告をしておいてくれたか？」

「もちろんです。帰国して真っ先に伺いました」

「教授はなんて言ってた？」

「特に何も。詳しくは渡海先生に直接聞くからいい、と言われました。ただ演題をドタキャンした天城先生について、ちょっとだけ聞かれました」

「ふうん、西崎教授の発表じゃなくて、そっちか。ま、そういうことなら、とりあえずボスに帰朝報告をしてくるとしよう」

渡海はそう言って、病院の五階へ向かうため、階段を駆け上った。


教授室の扉をノックすると、低い声で「どうぞ」と返事があった。

扉を開けると、文献を読んでいた佐伯教授は、寄せられていた白眉を開いて微笑した。すぐに真顔に戻る。

「この度はお悔やみ申し上げる。渡海先生がおられなければ、今日の私はなかっただろう。以前、一度、神威島の診療所を訪ねたことがあるが、もっと頻繁に伺っておけばよかったと、今さらながら悔やんでいる」

渡海の脳裏に、父が残した遺書のような走り書きが浮かんだ。

——佐伯教授を責めてはならない。

あれはどういう意味なのだろう、と思うが今、この場で問い質せるわけもない。

そこで話を変えて、一番気がかりなことを訊ねた。

「そういえば父が亡くなる直前、総合外科学教室のドクターが神威島にやって来て、父と話をしたんだそうです。一体誰が何しに来たのか、佐伯教授はご存じですか？」

すると佐伯教授は、すい、と視線を逸らして、呟くように言う。

「いや、知らないな。そんなことより国際学会はどうだった？　シンポジストは無事にやりこなせたのか？」

「答えはイエスであり、ノーです。垣谷からも報告があったと思いますが、発表自体はつつがなく済ませることができました。でも周辺事情があまりにも微妙で、教授がお考えになったような意義はなかったと思います」

そう前置きした渡海は国際外科学会のシンポジウムの様子について詳しく説明した。

「しかし西崎教授のせいで酷い目に遭いましたよ。俺、というか、佐伯教授の発表とほぼ同じ内容の上に、帝華大はこちらより症例数は少ないわ、リーク率は高いわ、と明らかに劣化版だったのに、先に発表されたので、こちらが二番煎じみたいになってしまいました。おまけに発表を取りやめた天城先生のせいで、座長が臍（へそ）を曲げてしまい、シンポジウムの体を成さないわ、座長には八つ当たりされるわ、ともう散々でした」

すると佐伯教授は、楽しそうに呵々大笑（かかたいしょう）する。

「いかにも西崎君らしいな。私が気になって仕方がないようだな。六歳も下なんだから、時が経てば、いずれ覇権は自ずと手元に転がり込んでくるというのに、ほんの少しの間でも、自分の上に誰かがいることが我慢できないんだな。ところでお前は、発表をキャンセルした天城と直接話をしたそうだな。どうだった、天城の印象は？」

「日本ではお目に掛かれないタイプの、ダンディな人でしたね。そう言えば伝言をお伝えするのを忘れてました。『ムッシュ佐伯に心からの感謝を捧げます』だそうです。でも一杯奢ってもらっただけなので、人柄についてはなんとも言えませんね。ただし凄く優秀な外科医だという雰囲気が漂っていました。オリジナルの術式を開発して、モナコのモンテカルロ・ハートセンターの外科部長に就任したそうです。佐伯教授にくれぐれもよろしく、とも言われました。でも抄録には詳しい医学情報が載っていなかったので、同行した垣谷もどんな術式か、皆目見当がつかないと言ってました」

「そうか。私には大凡（おおよそ）の想像はつくがな。いずれにしても世界が瞠目（どうもく）するような、画期的な術式であることは間違いないだろう」

渡海は、天城の発表がなくなったと聞いた途端、会場に詰めかけた聴衆が半減した光景を思い出す。欧州の循環器外科界隈（かいわい）では、すでに相当の有名人なのかもしれない、とふと思う。

「ずいぶんお気に召しているようですが、天城先生のことはよくご存じなんですか？」

「天城と接触したのは、彼が研修医だった頃の、ほんの一ヵ月ほどだ。だがその短い時間でも、ヤツの才能は匂い立つようだった。ヤツは渡海、お前と合わせ鏡のような存在だよ」

「はあ？　何ですか、それ？」

「手術に対するストイックな求道精神は瓜二つだ。だが違う点もある。お前は医療事情に配慮しない近視眼だが、天城は未来を見通す千里眼を持ち合わせているように思えたものだ」

「へえ、べた褒めですねえ。まさか天城先生をリクルートするおつもりだとか？」

冗談のつもりだったが、佐伯教授は、にっと笑い、その問いには答えなかった。

「ところで俺の留守中に、なんだか教室がざわついているようですが、いよいよ外科学教室の専門科を創設するため、動き始めたんですね」

佐伯教授の白眉が、ぴくり、と上がる。

「そうか、帰朝直後のお前にも、噂が伝わっているのか」

「そりゃあそうですよ。悪事、千里を走るって言いますからね」

「これは悪事ではない。脳外科の高野と、小児外科の小室に独立を促したのは事実だよ。だが小室の反応は鈍いのに、まだ独立を打診すらしていない肺外科の木村の方がやたら前のめりになってしまって、少々困っておる」

「木村先生は娑婆っけが強いですからね。でも、木村先生の独立はダメなんですか？」

「アレは口先だけで突っ走る傾向がある。だからもう少し鍛えてから独立させようと考えているんだが、私の思いは伝わっていないようだ。むしろ私が不当に独立させまいとしている、という被害妄想を抱いて、反発する気配もある。人事とは思うに任せないものだ」

鼻っ柱の強い、木村助手の顔を思い浮かべる。教室内で佐伯教授何するものぞ、という態度をあからさまにして憚(はばか)らない、唯一の人物だ。

「まあ、奴が暴発しないよう、気に掛けておいてくれ」

「承知しました。改めて国際学会に派遣していただいたことに御礼を申し上げます。医史学に深く関係するライデンやユトレヒトを訪問できて、医史学研究の励みにもなりました」

「それは結構なことだな。佐伯図書室の一層の充実を頼んだぞ。ところで高野が独立すると、スタッフの席がひとつ空くんだが、お前は助手になる気はないか？」

「俺が、ですか？　冗談言わないでください。無理無理、絶対に無理です。俺が助手になったら阿鼻叫喚、教室が崩壊してしまいますよ」

「それはそうかもしれんな。だが試しに下級生を指導してみたらどうだ？」

「それも無理です。俺が最初に指導した戸倉は今でも、最初の指導者の俺がトンデモだったから初期研修は酷かった、とあちこちで吹聴しまくってますから。新人にそこまで恨みを買うなんて、俺くらいのもんです。そもそも天才には凡人の指導は出来ませんし」

一昨年、二年間の外部研修の年季が明けて医局に戻った戸倉は、木村グループに所属しているが、ことあるごとに渡海の悪口を言いふらしていた。

「それなら佐伯外科の四天王を育てた私は、指導者向きの凡人というわけだな」

「とんでもない。佐伯教授は天才を超えた『医神』ですよ」

「柄にもない世辞なんか、言うもんじゃない」

「本音ですよ」と真顔で答えた渡海は、小声で付け加える。

「近衛兵として、俺は佐伯教授を身を挺してお守りします。つまるところ当面は、高野先生と小室先生の独立は進め、木村先生の独立は押さえ込めばよろしいんですね」

「まあ、概ねそんなところかな。だが無理することはないぞ。どうせこの世はケセラセラ、なるようにしかならないからな。いずれにしても今回の海外学会参加で私の代役、ご苦労だった。四十九日が済むまで渡海先生の喪に服するがいい。それは私の気持ちでもある」

「わかりました。ではお言葉に甘えて来月、四十九日の際に三日ほど、有給休暇を頂戴します。それまではペースダウンして仕事をさせていただきます」

「何を言う。お前は普段から、手術以外ではペースダウンしてスローモーだろうが」

そう言った佐伯教授は、目を細めて微笑した。


久々に手術室に顔を出した渡海は、看護婦控え室を訪れ、オランダ土産のチョコレートを渡した。医局や外科病棟へは、一足先に戻った垣谷が渡海の代わりに渡してくれていた。

「あら、珍しい。渡海先生が看護婦控え室に差し入れをするなんて、初めてじゃない？」

受け取ったチョコレートをテーブルの上に置くと、藤原副婦長は憎まれ口を叩く。

渡海と同い年の彼女は、職場では渡海の三年先輩で去年、副婦長に昇格していた。

「まあね。実は俺は必要ないと思ったんだけど、一緒に行った垣谷が絶対に買った方がいい、と言い張るもんでね」

「どうせそんなことだろうと思ったわ。だとしたら垣谷先生に感謝した方がいいわ。こういうのは形が大切なんだから。あ、こら、ネコ、ちゃんと御礼を言ってからいただきなさい。いくら相手が渡海先生でも、最低限の礼儀は守るべきよ」

話をしている二人の間から、こそっと手を伸ばし、紙包みを開けかけた新人の猫田は、ぺこりと頭を下げ、「いただきます」と言い、小ぶりなチョコを口に入れる。

「非常識な俺の土産だから、非常識に御礼なしで食べて構わないさ。こんなものでネコちゃんを手懐けられるとも思ってないし」と言って、渡海は微笑する。

猫田はにっと笑うと、黙って部屋を出て行った。

「やれやれ、相変わらず愛想のない娘だな」

すると藤原副婦長が、チョコを一口食べながら言う。

「ところで渡海先生、佐伯外科って最近、雰囲気がおかしくない？　佐伯教授がいない所では、教室員が妙にそわそわして、落ち着きがないのよね」

渡海はぎょっとしながら、素知らぬふりをする。

「そうなのかな。もともと俺は教室の空気を読もうとしないし、ついこの間まで海外出張してたから、最近のことは浦島太郎で、さっぱりわからんよ」

「それもそうよね。変な質問をして悪かったわ」

「いいってことよ。俺と真琴ちゃんの仲だろ、細かいことは気にするなよな」

藤原副婦長はイヤそうに顔をしかめる。そうは言ってみたものの、そんな話を聞いた渡海は、本腰を入れて医局内の動きを探ってみないといけないかな、と思った。


桜宮病院で土産のチョコレートを渡すと、手術室と全く同じような反応をされた。

普段、自分がどんな目で見られているのかがわかって、渡海は少しへこんだ。

だが、そんな渡海の気持ちを和らげてくれる女性がいた。一昨年、東京の花菱女子医大に入学して、二年生になった桜宮葵が夏休みで帰省していたのだ。

「ややあ、名門女子医大の医学生になったお嬢さま、ご気分はいかがかな？」

「茶化さないでよ、セイ兄。せっかく人が素直に感謝の気持ちを伝えようとしてるのに……」

「ごめんごめん。つい、いつものクセでね。では改めて真面目に伺おうかな。医学生になった気持ちはどうだい？」

「思っていたより悪くないわ。少なくとも医者になりたいという気持ちになってきてるもの。この病院を継ぐかどうかは別にして、だけどね」

「それでいいんだよ。そういえば先日、久しぶりにお兄さんと会ったぞ。驚くなかれ、なんと国際学会が開催されたオランダで、だぜ。なんでもたまたまベルギーの音楽フェスに参加したから、ついでに俺の発表を見に来てくれたんだって」

「そうなんだ。亮兄さんは私の手紙をちゃんと読んでくれたのね」

「え？　葵ちゃんが亮さんに伝えてくれたのかい？」

「ええ。父からセイ兄がオランダに行く日程を教えてもらったから一応、ダメ元で亮兄さんに手紙を書いたの。読むかどうかはわからなかったんだけど」

「おかげで久しぶりに亮さんと徹夜で飲んじまったよ。翌日は体育会系の元気溌剌(はつらつ)な後輩が、ユトレヒトまでサイクリングしたいなんて言い出したもんで、焦ったよ。そんなことになったら、死んじまうところだった」

「セイ兄は文化系の軟派野郎だもんね」

「そう言えば、亮さんは葵ちゃんのことを気にしていたぞ」

「そりゃあ可愛い妹なんだから、少しは気に掛けてもらわないと、ね。でも医大に入学してわかったことがあるわ。ウチの病院は地域にとって大切なことをしているということ。そして父の口癖の、『医学はクソッタレの学問だ』という言葉の真意もなんとなくわかった気がするの」

「そりゃ大したもんだ。そんなことを医学生の分際で悟っちゃったら、葵ちゃんの人生は大変なことになっちまうぞ」

「それもこの家に生まれた宿命かも、と諦めているわ」

そう言って淋しそうに微笑する葵の横顔を、渡海は美しいと思った。

そこへ満を持したかのように、巌雄院長が登場した。

「久しぶりだな、渡海。海外の学会に行って、ひと皮剝けたか？」

「ええ、たぶん。レンブラントが描いた解剖の授業の絵も、バッチリ見てきました」

巌雄院長の表情は変わらないが、何も言わない。亮さんが言った通り、このことは巌雄院長のウィークポイントにばっちりヒットしたのかもしれないな、と渡海はほくそ笑む。

すると巌雄院長は、真顔になって言う。

「お父上のことは清剛から聞いたよ。改めてお悔やみを申し上げる。渡海一郎先生は素晴らしい内科医で、外科医に必要なことを全て整えてくれた。儂も清剛も、渡海先生のおかげで手術の技術が一段上がったような気がしたもんだ。これは少ないが香典だ」

遠慮する渡海の手に、巌雄院長は無理やり押しつけた。

「ほんの気持ちだから受け取ってくれ。香典返しはいらんぞ。面倒だからな」

そう言われて渡海は、神威島の葬儀では、そうしたことを一切考えなかったな、と気づいた。たぶん、久世先生や田村事務長が対応してくれたのだろう。

四十九日の時に御礼を言って、諸々清算しなくては、と思う。

巖雄院長は続けて訊ねる。

「それで、初めての国際学会はどうだった？」

「シンポジウムは散々でしたが、面白いことを聞きました。ついに真行寺外科の伝説の手術、心臓バイパス術の真相を聞いたんです」

「何だと。なぜオランダでそんなことを……」

そう言ったきり、巖雄院長は絶句した。

「発表をドタキャンして、シンポジウムを滅茶苦茶にした天城先生という方が教えてくれました。その手術を見学してインスパイアされ、天城先生が樹立したオリジナルの術式のおかげでモンテカルロ・ハートセンターの外科部長に抜擢されたそうです。佐伯教授に、感謝の言葉を伝えるよう頼まれたんです」

「なんと。あの手術は大失敗で、総合外科学教室では封印したんだが、まさかオランダでその封印が解かれたとはなあ。渡海、お前ってヤツはつくづく難儀な奴だなあ。しかし、天城という医師は記憶にないんだが」

「短期間、チリから研修医のお客様扱いで一ヵ月、自由に手術見学していたそうですけど」

「待てよ、そう言えばそんな青年がいたな。派手な奴でオペ場の看護婦にキャアキャア言われていたような記憶がある」

「間違いなく、その人でしょうね」

「ふうむ。言われてみれば、確かにあれは世界初の、動脈をバイパスに使おうとチャレンジした、画期的な手術だったのかもしれん。惜しむらくは、それがミスを取り返すため真行寺教授が無理やり捻り出した奇手で、しかも手術自体は失敗に終わったから、とても発表できるような代物ではなかったということだな」

「もうここまでわかっちゃったんですから、どんな手術だったのか、そろそろ教えてくれてもいいんじゃないんですか？」

「まあ、やむを得ん。清剛の懐刀になるのであれば、総合外科学教室の落ち度も把握しておいた方がいいだろう」

　そう言って遠い目をした巌雄院長は、意を決したように口を開く。

「当時、手術下手の大林教授を罷免して手術の名手、真行寺教授をトップに据えた我々教室員は意気軒昂だった。向かうところ敵なしで連戦連勝、新しい術式も積極的に試みた。その頃に開発された心臓バイパス術にトライしたのも、その勢いを駆ったものだ。だが真行寺教授は、手技は素晴らしいが学術的な裏付けを重視しなかった。ふくらはぎの大伏在静脈をバイパスに使う、という最先端技術に飛びついたが、あまりにも準備不足で、第一例目の手術では失敗を繰り返し、静脈のグラフトを使い果たしてしまったんだ」

「げ、重大なトラブル発生ですね。それでどうしたんですか？」

「真行寺先生は苦し紛れに、心臓の側の内胸動脈を使うことを思いついた。だがこれまた吻合に失敗してしまった。もともと患者の徳永さんは心臓血管の三枝全て九〇パーセントの閉塞という苛酷な状況で、もはや生命維持は不可能に思われた。だが同僚の鏡が緻密な術後管理で患者を生かし、奴はその患者の管理のため、総合外科を辞め市民病院の外科部長になった。徳永さんは現在も、鏡の厳重な管理の下で生き永らえている。だから儂も真行寺元教授も、鏡には頭が上がらないんだ」

「そういうことだったんですか。それなら天城先生のオリジナルの術式が、内胸動脈に関係したものだということは納得できます。でも動脈バイパスはそろそろあちこちで実施され始めているらしいので、それだけならあそこまで注目される代物でもないと思うんですけど」

「その辺りは儂にもよくわからん。だがその手術は、真行寺教授が術者で儂が前立ち、黒崎助手が第二助手を務めた。詳しい内容を知っているのはこの三人だけで、清剛や鏡も知らない。黒崎はあの失敗を糧に、その後もたゆまず研鑽し、心臓バイパス術の名手になったんだ」

「黒ナマズは真面目で義理堅いですからね。でも佐伯教授は黒ナマズを、あまり買っていないようにも見えるんですけど」

「黒崎はクソ真面目で不器用なヤツだから、あまり清剛の好みではないのだろう。だが、だからこそ清剛が必要とする右腕になっているわけだ」

「ふうん、そういうものですか」と呟いた渡海は、ふと閃いた。

それほどまでに佐伯教授に忠誠を誓っている黒崎講師から見れば、渡海は目障りな存在に違いない。いつも渡海に反感をぶつけてくる理由もわかる。

——ひょっとして、黒ナマズが俺を排除しようとして、神威島に使者を派遣したのかな？

思いついてみると、あながちあり得ない話ではなさそうにも思える。

佐伯教授が各科の分離、独立を推進するつもりならば、佐伯教授の直系の後継者候補は今のところ、黒崎講師か、独立を焦る木村助手、もしくは無役の渡海の三者になるだろう。

これまでは単に目障りな存在にすぎなかったが、今回の国際学会での発表は、大抜擢だ。

今回の件で黒崎講師は渡海を、目障りな跳ね返りから、本気でライバルだと見做したとしてもおかしくない。

黒崎講師が、渡海を排除しようとする動機は十分すぎるほどあるわけだ。

——やれやれ。佐伯教授が黒ナマズを後継者に指名したら、全力でサポートするのになあ。

そう考えて渡海は、やるせない思いに肩をすくめた。


翌日。

渡海が久々にオペ室の根城に入ると、机の上に白い封筒が置かれていた。

レコードを掛けて、ソファに沈み、封を切ると、中から一葉の写真が出てきた。

どこか見覚えがある風景だと思ってよく見ると、神威島の診療所の写真だった。

後ろ姿の男性が、診療所の門をくぐろうとしている。

顔は写っていないが、後ろ姿の佇まいで、その男性が誰かは一目でわかった。

それは佐伯教授だった。

写真の裏に、殴り書きの一文が書き添えられていた。

――親の仇に尽くす戯け者。いい加減に目を覚ませ。

その一文が、渡海の目を鋭い矢のように射貫いた。

渡海は一瞬、頭が真っ白になったが、すぐに冷静になり改めて写真を確認する。

日付けは父が亡くなる前日だった。

だがこの写真にはあまりにも謎が多すぎる。

もしこれが本当なら、そして本当なのは間違いないだろうが、それならなぜ、佐伯教授はこのことを渡海に隠したのか。そもそも、この写真を撮影したのは誰なのか。

「親の仇」とは、なんのことなのか。

その時、桜宮病院の、あの患者のカルテが頭に浮かんだ。

手元にある東城大の飯沼達次のカルテを取り出し、めくってみる。

最後のページに書かれた、丁寧な記載を改めて見直した渡海は、愕然とする。

見覚えがあるのは当然だった。それは父・一郎の筆跡だった。

佐伯外科の汚点に父が関わっていた？　それを佐伯教授は知っていた？

なぜ佐伯教授は、渡海がいない時を見計らって神威島を訪れたのか？

そしてなぜそのことを渡海に隠すのか？

そうした疑念を晴らす一番の早道は、佐伯教授にこの写真を見せて、真相を直接問い質すことだ。それはわかっている。だが渡海にはどうしてもできなかった。

怖かったのだ。父を失った今、そんなことをしたら、自分が守ってきた全てが、崩れ落ちてしまいそうな気がした。加えて、佐伯教授に嘘をつかれたとしても、それに反駁する手立てはなく、鵜呑みにさせられてしまう。

そうなると匿名の告発者が言う通り、「親の仇に尽くす戯け者」になってしまい、二度とその牢獄から脱け出せなくなってしまう。

そう言えば飯沼達次は、あれ以来一度も、渡海の外来に来ていない。そう考えると巌雄院長もグルだと考えるのが妥当だろう。

真行寺外科の三羽烏と呼ばれた二人の結束が固いことは、容易に想像がつく。

そこまで考えた渡海は、佐伯教授に直接問い質すことができなくなってしまった。

佐伯教授を信じ切って辿ってきた、真っ直ぐに光り輝く道が突然、曲がりくねった泥濘道に変貌して、周囲が暗転していく。

渡海の孤独な部屋に、医学の世界から逃れた御曹司の作った旋律が、頭上から煌めくように降り注ぎ、彼の胸を切り裂いたのだった。

第3部　そして僕は途方に暮れる

1985年（昭和60年）

13章 不羈

一九八五年一月

年が明けて一九八五年。

年明け早々のある夜、渡海(とかい)は、精錬(せいれん)製薬のプロパーの高橋(たかはし)から新年会に誘われ、蓮っ葉(はすっぱ)通りのバー「シャングリラ」にいた。そうした行事には無関心な渡海だが、ライデンでの国際学会の慰労会だと言われて、断れなかった。

それに「シャングリラ」は気に入っていて以前、連れて来てもらった後、自腹で来たこともある。それからは足が遠のいていたので実のところ、嬉しいお誘いだった。

当然垣谷(かきたに)も誘ったが、それは大失敗だった。のっけからノロケ話を延々と聞かされる羽目になったからだ。

「ついに俺は、運命の女性を射止めたんです。去年のクリスマス・イブにディズニーランドに一緒に行って、スペース・マウンテンで貴子(たかこ)ちゃんの手をぎゅっと握りしめたら反応がよかったので、勢いで降りた直後にプロポーズをしたら、一発ＯＫだったんです」

二年前に開業した東京ディズニーランドは、今や若者の聖地になっていた。

幸せいっぱいの垣谷に、渡海がうんざり顔をして、言う。

「そのためにわざわざ東京まで行くなんて、奇特なヤツだなあ。ところでスペース・マウンテンって何なんだ？」

「渡海先生の流行音痴もここまでくると、天然記念物ものね。ディズニーランドで一番人気のジェットコースターよ。垣谷先生のご婚約を祝してみなさんで乾杯しましょう。ほら、渡海先生、乾杯の音頭を取って」

ホステスの美香（みか）はそう言うと、シャンパンを四つ、オーダーする。

「ありがとう、みなさん。俺は幸せ者です」とご機嫌の垣谷は陽気に言う。

「垣谷の婚約祝い乾杯の音頭取りは、心血管グループのボス、黒ナマズの役割だろ」

渡海はぶつぶつ言うが、乾杯をした後に、話題の矛先がいきなり渡海に向けられた。

「ところで渡海先生は、まだご結婚されないんですか」

上の空で垣谷ののろけ話を聞き流していた渡海は、ぶっと吹き出し、あたふたする。

「いきなり何を言い出すんだよ」

「おかしいなあ。渡海先生は看護婦さんたちに人気なのに。小まめに差し入れすれば、絶対にモテますよ。そうだ、手近なところで、手術室の藤原（ふじわら）副婦長なんてどうです？」

「げ、何て恐ろしいことを言うんだ。よりによってオペ室の女軍曹と付き合ったりしたら、寿命が縮んじまうぜ。たとえ冗談でも、やめてくれ」

「それじゃあ、猫田（ねこた）さんは、どうです？」

「ネコちゃんねえ。ま、悪くないけど、あっちが俺を相手にしてくれないよ」

するると美香がさりげなくそっと渡海に身を寄せた。

「垣谷先生、いくらそんなことを言っても渡海先生はダメね。側にこんないい女がいるのに、全然気がつかないいんだから」

「勘弁してくれよ、美香ちゃん。ここに通い詰めたら、俺は破産しちまうよ」

「それは心配いらないわ。高橋ちゃんが何とかしてくれるもの。ねえ、そうでしょう？」

高橋は能面のような無表情でうなずく。

「もちろんです。今夜はお好きなだけ召し上がってください」

ご機嫌の垣谷は、これから婚約者と会うのだと言って一足先に店を出た。

「あーあ、垣谷もすっかり、トレンディドラマの脇役みたいに舞い上がっていやがる。あれでも一応、いいとこのボンボンなんだけどなあ」

垣谷を見送るため美香が離席すると、渡海と二人になった高橋が言う。

「ライデンでウチの駐在員が渡海先生に大変失礼な応対をしたということで、佐伯教授からお叱りを受けました。お詫びの印として今後、この店での飲み代はウチで持たせていただきます。美香さんにもそう伝えてありますので、いつでもお好きな時にどうぞ」

その申し出に渡海は驚いた。特に佐伯教授がヒラの医局員にそこまで気を遣っていることは、不自然な感じがした。

父の死の直前の神威島訪問を秘密にしていたことと併せて考えると、何か後ろ暗いものがあるのではないか、と勘ぐってしまい、胸の曇りは濃くなっていく。

「佐伯先生は、どうしてそこまで俺のことを気に掛けてくれるのかなあ」

ひとり言のように呟くと、高橋は即答した。

「渡海先生が優秀だからです。佐伯先生は、渡海先生をとても高く買っていらっしゃいます。いずれは後継者に指名したいようですよ」

「止めてくれよ。高橋さんに真顔でそんなことを言われると、冗談に思えなくなってしまうよ」

「冗談を言っているつもりはありませんが」

だがいくら高橋に褒められても、渡海はその言葉を素直に受け取れなくなっていた。

実は年明けのその時、佐伯教授は、長年温めていた大勝負に打って出ることを決断していたのだが、この時、渡海はまだそのことを知らされていなかった。

そんな渡海だが、精錬製薬の応対がモラルに反しているとは思わなかった。

製薬会社のプロパーは、何でも言うことを聞いてくれる召使いのような存在で、医師は人命を救うという崇高な使命に励んでいるのだから、それくらいはお願いしてもいい、という甘えが教室内に蔓延していた。渡海もそんな空気に知らず知らずに染まっていたのだ。

この日以後、渡海は足繁くシャングリラに通うようになった。

東城大学医学部の最高意思決定機関である教授会は毎月、月末の金曜日に開催される。

ただし病院長選や新教授の決定後など特別な場合は、臨時教授会が招集される。

教授全員が顔を揃える数少ない機会で、医学部や大学病院の重要な案件が協議される。

教授会の議長は、基礎医学系の指導者の医学部長か、臨床部門のトップの病院長というツートップのいずれかが務めるのが通例だ。どちらになるかはその時のパワーバランスで決まる。

現在のツートップは、医学部長が病理学教室の溝呂木（みぞろぎ）教授、病院長が産婦人科の師岡（もろおか）教授である。この二人は対照的だった。

謹厳実直が服を着て歩いているような溝呂木教授は、高潔な人格者で外連味（けれんみ）や面白みはない。病理の教授なので服装は質素だが、いつも清潔な白衣を着ている。顔のパーツで目立つのは大きな眼で、癌細胞を決して見逃さない顕微鏡の接眼レンズのようだ。

一方の師岡病院長は、娑婆っ気と毒気の塊（かたまり）のような俗人だ。禿頭（とくとう）で十徳（じっとく）を羽織り、江戸時代の御典医の家の出身であることを誇示している。陰で生臭坊主と呼ばれることを気にとめない鉄面皮で、酒と女と金に汚いという三拍子揃い踏みで、本人も評判の悪さを自覚している。だから二期目の病院長は狙っているものの、教授会の議長の座は端から諦めている。

そうしたこともあって現在の教授会の議長は、基礎系の医学部長の溝呂木教授が務めている。溝呂木教授は議長を務めて五年、堅実に教授会を運営していた。

頭数では、基礎部門の教授と臨床部門の教授は同数だ。溝呂木教授が議長になれたのは、佐伯教授の支持があったからだ。

病理医は「医師の中の医師」と呼ばれ、権威が高い。診断によって手術の可否が決定するというキャスティングボートを握っており、外科医に尊敬されている。加えて佐伯教授は博士号取得の際、大学院で溝呂木教授の指導を受け、その人徳に心服していた。

なので基礎系の教授を教授会の議長として支持した佐伯教授の意向に、多数の臨床系の教授も同意したのだった。独断専行の風に見えるが、実は佐伯教授は風を読む達人でもあった。

一九八五年一月。その年最初の教授会は、無難に終わる気配が漂っていた。

ところが、そんな森の中の静かな湖のように穏やかだった教授会に、いきなり大岩を投げ込んだのは、教授になって七年目、今や柱石の域に達した総合外科学教室の佐伯教授だった。

「本日は、教授会のみなさんにお諮りしたいことがあります。お手数ですが、少々お時間をいただきたいのですが」

「もちろんですよ、佐伯教授。この会はそのためにあるのですから。しかしかつての大林教授の交代といい、総合外科学教室はいつも物議を醸す議題を出してくるから、ちょっと心配です」

医学部長の溝呂木議長はそう言って大らかに笑う。

佐伯教授は周囲を見回すと、白眉を上げた。

「現在、総合外科学教室の改組を検討しています。来年度、脳外科学部門を単独の教室として分離、独立させ、現在担当している高野助教授に、教授に就任してもらおうと思っています」

ざわざわと雑談にさざめいていた場が、水を打ったように静まり返る。

その沈黙を破ったのは総合内科学教室の神林三郎教授だった。リウマチ治療の大家で、二年後には日本内科学会総会の大会会長を務めることが決まっており、教授会では勢力を佐伯教授と二分する巨頭だ。二人は三年後の病院長選で激突することが確実視されていた。

「ただ今の佐伯教授の発言は、一教授の則を超えておる。新しい教室を立ち上げ、新たな教授を増やすなど言語道断、一教授が独断で行なっていいことではない」

「おっしゃる通りです。ですのでこうして権限を有する教授会に諮っているのです」

「自分の教室を掌握できなくなったツケを、教授会に持ち込まないでいただきたいものだ」

「とんでもない。私は教室の現状を的確に俯瞰した上で、東城大学医学部の将来にとってプラスだと思い、こうした提案をしているのです。自ら提案したのに、教室を掌握できていないという評は、的外れも甚だしいですね」

一瞬、言葉に詰まった神林教授は、直ちに反撃に転じる。

「今、脳外科学教室をあえて独立させるメリットは何もないように思えるのだが」

「神林教授は、内科の教授ですから、外科の実情の理解が難しいのかもしれませんね。頭部手術は胸腹部の手術と共存し得ないのです。領域が異なる外科が同じ教室にいるメリットは、ほとんどないのです」

理路整然とした佐伯教授の説明に、他の教授があっさり納得しているのを見て、神林教授は苛立った表情になる。

「理屈はわかるが、新しく教室を立ち上げるとなるとスペースの問題がある。現在の病院棟に新たな部屋など確保できはしないだろう」

「おっしゃる通りです。ところが、今は千載一遇のチャンスなのです。十四階建ての新病院が四年後に竣工予定で、その部屋割りはこれから病院全体運営会議で決定します。ただしスペースに相当の余裕ができるのは確実ですので、脳外科独立の余地は十分あるのです」

「なるほど、理屈はわかった。だがそれなら総合外科学教室が内包している心臓血管外科、肺外科、小児外科も分離、独立させないと整合性が取れないだろう。しかし、もしそんなことをしたら総合外科は瓦解してしまいかねない。そんな自殺行為は実現するはずがない」

「そんなことはありません。可能であれば、他の部門も独立させる方向を模索したいと思っています。因みに脳外科の次は小児外科を独立させます。ただしスケールメリットが小さいので、新しい枠組みは小児科と小児外科の共同運営という形式を採りたいと思っています」

「そんな話、小生は全く聞いておりませんが」

震え声で言ったのは小児科の石川（いしかわ）教授だ。佐伯教授は微笑してうなずく。

「それはそうでしょう。まだ誰にも言っておらず今、初めて口にしたことですから。でも現状は小児外科の術後ケアは小児科の奥寺（おくでら）講師が対応してくれており、小室（こむろ）助手とは良好な関係を築いています。私の提案は、そうした実態に合わせて運営したら合理的だ、と考えてのこと。もちろん、この場で即決していただこうというつもりはありません」

気弱な石川教授は黙り込む。すると佐伯教授に対抗心を燃やす神林教授が、再び口を開く。

「脳外科と小児外科を独立させるなら心臓血管外科と肺外科の独立はどうお考えかな？」

「扱う臓器は違いますが、クロスオーバーする領域なので、当面は総合外科の本体として扱い、分離、独立については時機を見て判断したいと思います。ただしその二分野の分離は私の代ではなく次か、その次の世代にした方がよさそうだと思っておりますが」

「それは単に佐伯教授の個人的な願望にすぎないではないか」

その言葉は、精一杯弱点を突いたつもりらしい神林教授の一撃だった。

だがその攻撃は、微笑した佐伯教授の言葉を前に、空しく空を切った。

「私には個人的な願望などありません。東城大の発展を思えば、個人の思惑などどうでもよいことです。それよりも問題なのは、こうした私の提案の本意を理解しながら、ご自分の教室について顧みようとしない神林教授の視野の狭さなのではないでしょうか。私が脳外科の分離を検討したと聞いても、総合内科学教室について思いを馳せないのですから」

「な、何が言いたいのだ」

神林教授の言葉には動揺がありありと見て取れた。

佐伯教授は静かに言う。

「神林教授はリウマチ治療の大家ですが、循環器領域でも権威かといえば、そうではありますまい。総合内科学教室には六年前に米国留学から帰国した江尻講師がおられ、血管造影検査を一手に引き受けています。江尻講師が診察する患者数は今や、大学病院でトップクラスですが、この六年間、助教授にすら昇進していません。それは神林教授が、江尻講師を昇進させたくないからではありませんか？」

「江尻君は、時機が来たら昇進させようと思っているが、タイミングが合わなかったのだ。だがそれはわが総合内科学教室の内部事情であり、総合外科の教授に指摘されることではない。内政干渉も甚だしい」

「これは内政干渉ではありません。江尻講師は帰国直後は友好的で、総合外科の心血管外科部門とアンギオ（血管造影）の検査枠を分け合っていました。ところが帰国二年目にアンギオ枠を独占して以後、ウチの医師が検査に携（たずさ）われない体制にされてしまいました。このため手術時期の決定が遅延してしまうという、わが教室の実害にもなっているのです」

そこで言葉を切った佐伯教授は、挑発的な視線を神林教授に投げかける。

「なぜ江尻講師が、そんな偏屈になってしまったのか、つらつら考えますに、いつまでも昇進できず、神林教授に飼い殺しにされているという鬱屈が蓄積してしまった結果ではないか、と推測しておりまして」

「それこそまさしく邪推だ。私はそんな小人物ではない」

「そう思いたいところですが、この話を聞けば臨席されている教授の方々は、誰もが私の仮説に心中で同意されるのではないでしょうか」

「佐伯君のたわ言に、いちいち付き合っている暇はない」

神林教授が憤然と言い放つと、佐伯教授は微笑する。

「結構です。神林教授が東城大学医学部の発展のための提案に対し、全く聞く耳を持たないということがはっきりしましたので。私は教授会の同意があればいいので、改めて提案します。今日の教授会で私の提案を通すのはさすがに無理でしょうから、二ヵ月後、今年度最後の三月の教授会での議決を提案します。よろしいでしょうか、溝呂木議長」

当惑顔の溝呂木議長は周囲を見回す。他の教授たちは互いに相手の顔色を窺っている。

彼らの視線は、佐伯教授と神林教授の顔の上で、慌ただしく交錯した。

すると思わぬ方向から、若々しい、張りのある声がした。

「二ヵ月後に議決する、という提案は受け入れても差し支えないでしょう。脳外科の独立を承認しろ、とおっしゃっているわけではなく、単に議決しようというだけですから。それ以上の中身については、次の教授会で徹底的に議論すればよろしいのでは」

発言の主は、昨年四月に教授になったばかりの整形外科の野本教授だった。新参者の彼は、白衣の下に常にネクタイを締め、ぱりっとした背広を着込んでいる。

他の教授と違い、しがらみがない彼だからこそ、成し得た発言だろう。

妥当な提案を聞いた議長の溝呂木医学部長は、ほっとした声で言う。

「では、ただ今の野本先生の提案に従い、二ヵ月後の本会にて佐伯教授が発議された脳外科学教室の独立について議決したいと思います。反対の方は挙手して、意見を述べてください」

教授達の視線が一斉に集中する中、神林教授は腕組みをして目を閉じ、黙り込む。

その様子を確認した溝呂木医学部長は、宣言した。

「では二ヵ月後の教授会にて本案件を議決することと決定します。他にこの場で話し合っておきたい問題はございますか？　なければこれにて一九八五年の最初の教授会を閉会します」

教授達は一斉に立ち上がると、そそくさと部屋を出て行く。

部屋には佐伯教授と神林教授が残った。

だがどちらも口を開こうとせず、壁の掛け時計の秒針が時を刻む音だけが、静まり返った部屋に響いていた。

二ヵ月後。

三月末の金曜日の教授会での議決は、驚くべき結果になった。

佐伯教授が提案した脳外科学教室の独立は、全会一致で可決された。それは想定内だったが

この時、誰も予想していない事態が起こったのだ。

神林教授が開口一番、近日中に総合内科学教室を第一内科と改称し、来年度に循環器内科学

教室を分離、独立させ、江尻講師を教授に昇格させたいと提案したのだ。

普通ならばその場で議決できる案件ではない。だが総合外科学教室の脳外科学教室の分離を

容認するのなら、神林教授の提案を拒否する理由はどこにも見当たらない。

このため神林教授の提案は直ちに議決に付され、これも全員の賛成で可決されたのだった。

こうなると、神林教授のしたたかさが際立った。彼は自分の科の分離、独立は、教授会で新

たな教授を手駒にできる、勢力拡大の機会だと捉え直したのだ。

その路線変更は、見事に図に当たった。

この一連の議決で、溝呂木医学部長は、臨床系の教授の力が増したことに気がついた。

だがそれは議決の結果が学内に公表され、大いなる反響が巻き起こった後のことで、その時

には後の祭りだった。この時から、教授会のパワーバランスの天秤は、臨床系の教授陣の方向

に、大きく傾いたのである。

＊

一九八五年四月。

新年度を迎えた総合外科学教室で、臨時の医局会が開催された。

その日は手術日だったが、年度始めなので手術の予定はなかった。

そのため教室員の全員参加を義務づける医局会が開かれ、正式に脳外科学教室の分離、独立が発表された。

司会の黒崎(くろさき)医局長からハンドマイクを渡された佐伯教授は、朗々と宣言する。

「本日は、医局員諸君に重要な報告がある。先週の教授会で脳外科学教室の創設が認められ、高野助教授が教授に就任することとなった。これは高野君の日頃の研鑽(けんさん)の賜物である。高野君は今日まで、わが総合外科学教室の発展に多大な貢献をしてくれた。本日以後、脳外科学教室の新教授となる高野君には、総合外科学教室に比肩する教室を作り上げてほしい。なお新病院が完成した暁(あかつき)には占有スペースを得るが、今の病院では余地がないため、総合外科学教室と同居する形になる。要するに独立してもしばらくは、これまでと変わらない。他の医局員は、以前と同じように対応してほしい」

医局員は、互いに顔を見合わせる。やはり噂は本当だったんだ、という囁き声の中、渡海だけは平然として、心中で『とうとう教授は勝負に出たんだな』と呟いた。

「それでは脳外科学教室の高野新教授から、ひと言頂戴したいと思います」

黒崎医局長はそう言って、高野新教授にマイクを手渡した。

高野教授が緊張した表情で立ち上がる。

「本日はこのような機会を与えていただき、佐伯教授ならびに総合外科学教室の医局員のみなさんに深く感謝いたします。まさかこのような日が来るとは、夢にも思いませんでした。独立せよ、と佐伯教授から言われた時は、高揚すると共に、底知れぬ恐怖に襲われました。佐伯教授が果たしていた役割を担うことを、私のような浅学(せんがく)非才な者にできるだろうかと思い、悩みました。しかしながら脳外科は、今の総合外科学教室の業務と融和し難いではないか、と言われて踏ん切りをつけました。私についてきてくれる六名の諸君と共に、脳外科学教室を立ち上げ、総合外科学教室に負けない教室に育てていきたいと思います。けれども我々が総合外科の一員であるという気持ちは微塵も変わりません。新病院が完成してこの医局を離れる日まで、総合外科学教室の一員として過ごさせていただく所存です。また同門会にも参加させていただきたい、という希望も佐伯教授にお伝えし、ご許可をいただいております」

続いて脳外科学教室の新たな講師と助手を紹介した。助教授はしばらく空位にするという。

新講師と助手は頬を上気させ、挨拶をした。

彼らには、自分にそんな出世ができるなどとは、夢にも思っていなかったという素振りがありありと見えた。実際、佐伯外科の序列からすれば相当下位なので、講師どころか助手すら高嶺の花だと思っていた者たちばかりだった。

そんな彼らは、他の医局員から見れば、たまたま買った宝くじが大当たりしたように見えた。

医局員が羨望の眼差しで見つめる中、佐伯教授が再びマイクを求めた。

「さて、高野助教授の転出に伴い、空位になった助教授の席には黒崎講師が昇格し、講師には木村(きむら)助手が昇進する。だが医局長は今しばらくの間、引き続き黒崎助教授にお願いしたい」

助教授に昇格した黒崎はうなずいた。

もともと佐伯教授の一番の腹心だと自任していた黒崎医局長は、こうして名実共に佐伯外科のナンバー2になったわけだ。

隣で木村講師が不服そうな表情を浮かべている。医局長は講師か助手が務めるのが佐伯外科の不文律だったからだ。

黒崎助教授が、引き続き医局長を務めるという人事は、黒崎助教授への佐伯教授の絶対的な信頼か、木村講師に対する佐伯教授の不信感、あるいはその両方の表れだと、多くの医局員は認識した。

黒崎医局長が、佐伯教授の顔色を読み取って、宣言する。

「以上で臨時医局会は終了します」

だが医局員はその場に留まり続けている。佐伯教授は首を傾げて言う。

「どうした？　今回の分離、独立に関連した医局人事は以上だ。解散しろ」

すると医局員の目は一斉に渡海に集まった。空席になった助手には当然、渡海が任命されるものだと誰もが思っていたからだ。

小室助手が昇進しないのは、近日中に分離、独立することが確定しているからだ、と医局員は理解していたし、その推察は正しかった。

すると渡海に昇進の声が掛からなかったのは意外だった。

医局員は、釈然としない表情で、散会した。

その後、教室内では、渡海が何かとんでもない不始末をしでかしたのではないか、というひそひそ話が飛び交った。

だが当の渡海はそんな噂はどこ吹く風とばかりに淡々と手術をこなし、終わると手術室内の居室に籠もり、音楽に浸った。

このようにして、一九八五年の新年度は激動の中で幕を開けたのだった。

14章 望蜀

一九八五年四月

一九八五年の新年度は、学内が落ち着かない雰囲気の中で幕を開けた。病院棟の改修工事が終盤を迎えていたが、今度は医学部本館の後方で新病院の建設工事が着工して本格化し、医学部の敷地内では工事車両が激しく往来して作業員も大勢出入りしたためだ。

それは脳外科を独立させた佐伯外科において、一層強く感じられた。

毎年、二桁を維持してきた新入医局員が一桁の九人になり、医局に危機感が漂っていた。

もっとも、それを危機と認識していたのは、黒崎医局長や直属の垣谷医員など、教室への忠誠心が格別強い一団だけだったとも言える。

そんな忠義心あふれる家臣団からすると、佐伯教授に特別目を掛けられているように見える渡海が相変わらず無役のままで、しかもそんな危機感を微塵も感じさせず、のほほんとしている様子は、腹立たしかった。

そのことを渡海に、面と向かって強く訴えたのは垣谷だった。

新入医局員が二桁を切ったことへの危機を訴える垣谷に、渡海は平然と言い放つ。

「人間万事塞翁（さいおう）が馬、面倒な新人教育の手間が減ってオペに集中できるから、いいことずくめだと思うんだけどなあ」

「冗談じゃありませんよ。新人は貴重な実働部隊の戦力、戦（いくさ）で言えば歩兵のようなもの。歩のない将棋は負け将棋、その減少は即座に勢力の低下につながってしまいます。うかうかしていたら、関ヶ原で大軍を率いながら敗北した、石田三成（いしだみつなり）のような憂き目に遭いますよ」

「たかが一地方大学の、一外科学教室の消長を、戦国の世になぞらえるなんて、垣谷は相変わらず大袈裟なヤツだなあ。それに冷静に考えてみろ。今年は脳外科に二人入局したから、昔の枠組みで考えれば新入医局員は十一名という勘定になる。ほら、二桁は維持してるだろ」

「う。それはそうなんでしょうけど……」

「そんなことより問題視すべきは、研修から戻ってきた医局員の去就の方だろう。試しに研修四年目の、外科医としてやる気に満ち溢れている中堅の医局員十二名が、どのグループに属しているのか、言ってみろよ」

垣谷がしぶしぶ指折り数えながら答える。

「佐伯教授の消化器グループが五名、黒崎助教授の心血管グループが三名、木村先生の肺外科グループが四名です」

すると、渡海は鬼の首を取ったように勝ち誇って言う。

「ほらな、黒ナマズは既に、木村さんの後塵を拝しているんだよ。それにこれは佐伯外科の内部の勢力争いが露骨になってきていることの表れでもある。どのグループに属するかは外部研修から戻ってきた時に決める。その勢力図こそが教室の現状の反映だろうよ」

垣谷の顔は次第に青ざめていくが、渡海はおかまいなく続ける。

「だが木村さんは一歩先を見越しているように見える。これまでは新入医局員がどの研究室に入るかは、一年生の時には決めず、二年後か三年後、外部研修から戻った時に決めていたが、今年は木村さんが新入生を自分のグループに囲い込もうと、あの手この手で勧誘して早くも内約を取りつけているようだぜ」

「ええ、それは俺もうすうす感じていました」

「手術は下手クソなのに、やたら教室内政治には積極的な戸倉(とくら)が、番頭役で張り切っているからな。戸倉は、黒ナマズのグループで言えば垣谷に相当する立場だろう。つまり垣谷がもっとしっかりしないと、黒ナマズは木村さんに食われちまうぞ」

垣谷は憮然とする。

渡海に奮起を促すつもりだったのに、いつの間にか、自分の非力さを責められてしまっている。おまけに反論もできないので、忸怩(じくじ)たる思いになる。

「確かに俺は力不足です。でも、だからこそ渡海先生に期待を込めて、こうして奮起を促しているんです」

「ああ、やめやめ。俺にそんな甲斐性がないことは、垣谷が一番よくわかっているだろうが。だいたい戸倉がどんな風に一年坊を勧誘しているか、知ってるのか?」

そう言うと渡海は咳払いをして口調を変えた。

——僕が一年生の時の渡海先生の指導は最悪だった。だけど木村先生に救われた。おかげで、外科医として蘇生できたんだ。僕は遠回りしたけど、最初からきちんと研修できた方がいいに決まってる。佐伯教授は素晴らしい外科医だけど、教育面は最低で、僕の研修をボロボロにして以後、新人の教育担当から外されている渡海先生を、ちょっと小器用に手術できるからという理由で未だに重用している。大きな声では言えないけど、そんな人を重用していること自体が、佐伯先生の最大の欠点だ。もし君たちが真っ当な外科医になりたいなら、独立が確実視される肺外科で活躍されている木村先生のグループに入るのが一番いい選択だよ。

そう言うと、渡海はウインクをした。

「どうだ、戸倉の言い方にそっくりだろ？」

「ええ。でもどうしてそんなことを……」と垣谷が驚いて訊ねる。

戸倉がそうした言い方で渡海を批判していることは、垣谷も聞いたことがあった。

「最近の新人は新人類というのか、恐れ知らずでな。戸倉先生にこんなことを言われたんですけど、それって本当ですかと、俺に面と向かって質問した奴がいたんだよ」

垣谷は呆然としたが、すぐに問い返す。

「なんとまあ、とんでもないことを……。でも渡海先生は、それに対してきちんと説明して、誤解を解いたんですよね？」

「ああ、もちろんさ。『戸倉が言っていることは概ねその通りだが、佐伯教授が俺を重用している、という点は間違いだから、そこは正しておくように』と、ちゃんと言っておいたぜ」

「渡海先生、あなたって人は……」と言ったきり、垣谷は絶句してしまう。

「まあ、俺の評判なんてこの際どうでもいい、瑣末なことだ。それより問題は、教室内にこんな不協和音が響いていることだろう。佐伯教授は総合外科学教室を分離、独立させて行く方針を正式に打ち出し、小児外科の小室さんも独立させると公言している。ということは、とりあえず自分の治世の間は、黒ナマズの心血管外科と木村さんの肺外科は抱え込んでおこうという腹づもりだろう」

「おっしゃる通りだと思います。つまり渡海先生が率いる消化器外科との三本立て、ということですね」

「俺は消化器外科を率いてなんていないけど、そこは佐伯教授がボスだから問題はない。ただ木村さんは独立志向が強いから、このままでは収まりがつかないだろう。この枠組みが納得できず、弾ける可能性がある。するとと垣谷の大好物の勢力図は、とんでもないことになってしまうぞ。今年の新人の九人が消化器グループ二、黒ナマズグループ二、木村グループ五なんてことになったら、佐伯外科は木村さんに乗っ取られてしまうからな」

「そんなこと、黒崎助教授が絶対に許しませんよ」

「その通り。黒ナマズは佐伯外科の最後の防波堤だ。でもさっき、垣谷が言ったように、教室内の勢力は抱えた医局員の数に依存する。少数派になったら黒ナマズの力は減衰してしまう。それに今は一刻も早く医局長を交替した方がいいという、木村さん推しの声が高まりつつある。それはもっともで、普通は医局長は講師か助手がやることになっているのに、助教授であらせられる黒ナマズが、いつまでも医局長の座に収まっているのはおかしいという批判は的を射ている。俺の目には、木村さんはしっかり全体像を見据えて、着々と謀反の計画を立てているように見えるよ」

「そこまでわかっているなら、佐伯教授の懐刀の渡海先生が率先して動くべきでしょう。わがまま一杯に振る舞いながら、誰も諫言できない渡海先生が医局長になれば、木村さんの暴走も少しは抑えられるでしょうから」

「だーかーらー、そういうのは俺の役目じゃないんだってば。それに助教授の医局長はおかしいけど、ヒラの医局長なんてもっと変だろうが」

完全に論破されてしまい、垣谷は黙り込む。

さすがに少し言い過ぎたか、と反省した渡海は、口調を変えて言う。

「まあ、垣谷が心配しているということは、よくわかった。そんな気持ちの医局員がいることは、佐伯教授にお伝えしておくよ」

そう言ったものの、いつもの渡海と違い、歯切れは悪い。

佐伯教授に対して不透明な疑惑を持つ今の渡海は、以前のような、全力を傾注して佐伯教授に仕えようという意欲が減退していた。

それでも一医局員の心配を伝えるくらいの忠誠心は、まだ渡海にも残っていた。

「……なんていう風に、垣谷が心配しているんですけど、実のところ佐伯教授は教室の現状をどのようにお考えになっているんですか？」

教授室のソファに座り、そう訊ねた渡海は、自分らしくないもの言いにうんざりする。
——俺は佐伯教授の手術の奥義を会得したくて近衛兵になったのに、実際にやっていること
は教室内政治のことばかりじゃないか。
おかしな話だ。そうしたパワープレイは、全く関心がない領域なのに……。
そんな渡海の煩悶など思いもしない佐伯教授は、鷹揚に言う。
「なるほど、木村が叛旗を翻そうと、新入医局員の獲得に走っている、というわけか。それは
それで結構なことではないか」
「ということは教授は、佐伯外科が割れても構わない、と思っていらっしゃるんですね」
うすうす予想はしていたが、渡海はあえて言葉に出して確認する。
「それは言わずもがな、だろう。総合外科は東城大の先輩たちが打ち立てたオベリスクであ
り、私の所有物ではない。『天下の佐伯外科』などとは笑止千万、片腹痛い。できるなら配下
の精鋭が私を打ち倒し、ひとつ歩を先に進めてもらいたい、と願っているんだ」
そんな言葉を発せられる人物こそ、仕える価値がある、と渡海は思う。
同時に、その言葉を全面的に信じられなくなっている自分が悲しい。
ところが、続いて佐伯教授が発したのは、思いもよらないひと言だった。
「私は、お前からこんなチャチな話を聞きたくなかったよ、渡海。教室内の小さないざこざを
耳に入れておこうなどとは、お前はいつから私の小姓(こしょう)に成り下がったのだ。私がお前を懐刀
に任じたのは、お前が教室内の勢力争いに一切、無関心だったからだ。それはよかったのだ

が、残念ながらお前は、自分の技術の向上にしか興味のない、小さきエゴイストだった。いくら優れた技術があっても、それでは高みに達することはない。正直、失望したよ」

その言葉は、渡海の肺腑を射貫(いぬ)いた。

指摘されてみれば全くその通りだ。相手を信頼できなくなっているということと、その人物から今の自分が見限られそうになっているということは、全く別のことだ。

見限るとしたら自分からであって、相手に見限られるのは我慢ならない。

渡海は、掠(かす)れ声で言う。

「佐伯教授を失望させて、申し訳ありません。でも俺はそういう性質なので、むしろその評価は光栄です。でも教室には黒ナマズや垣谷のように、教授への忠誠心を持って活動している者もいます。そんな人たちを一顧だにしないのは可哀想です」

「お前からそんなウェットな言葉が出てくるとは驚いたな。では訊ねよう。例えば黒崎を後継者に任じたら、教室は繁栄すると思うか？」

いきなりそう問われ、渡海は言葉に詰まる。

「即答はできまい。組織には『七掛けの法則』というものがある。凡庸なトップは後継者に、自分が安心できる、七割の力の人物を任じる。彼を選べば寝首を掻かれずに済むからだ。すると次のボスはその七割掛けの後継者を選ぶので、掛け合わせると四九パーセント、つまり半減する。そうなると三代目には三割ほどになって、崩壊してしまうだろう」

「黒ナマズがダメだというのなら、木村さんを後継者にするおつもりですか？」

「前にも言ったが、木村には難がある。目立ちたがりで他人に配慮が欠けるアイツが率いたら、教室は確実に衰退してしまうだろう」

「そのお二人が不適合だとすると、後継者は不在になってしまいます。まさか、先生の代で総合外科学教室を店じまいするおつもりですか？」

「まさか。そんなことは、考えるはずもなかろう。それにしても、こんな簡単な理屈がわからないとは渡海、お前も存外、鈍いヤツだな。本当はお前が後継者の第一候補だったのだが、残念ながらあまりにも瑕疵が大きく、後継者にできない。つまり、内部に後継者がいないわけだ。それなら、外部に人材を求めるしかない。世界は広い。佐伯何者ぞという気概を持つ者が、どこかに必ずいるはずだ。私はこれからそうした人材を捜し求めていこうと思っている。具体的には消化器外科を主宰できる人材と、心血管外科を率いることができる人材だ。そうした猛者がこの教室に集い、互いに切磋琢磨すれば、総合外科学教室は一層、繁栄を続けていくことになるだろう」

佐伯教授のその言葉に驚いた渡海は、思わず訊ねる。

「黒ナマズを切り捨てるおつもりですか？」

「そんなことは言っていない。新参者と切り結び、黒崎が勝てばいい。若くして教授になった私は任期がまだ十年近くある。外科学教室の主宰者になった今、私がやるべきことは外科技術の更なる研鑽と、東城大学医学部ならびに大学病院を向上させることだ。今の教室内に私を脅かす存在はいない。お前を近習に指名した時、私の首を取るのはお前ではないかとも思ったが、期待外れだったようだ」

　渡海の胸中に苦い思いが浮かび上がる。佐伯教授は、淡々と続ける。

「私は、東城大付属病院の覇権を手中に収めるため、次の病院長選に打って出るつもりだ。その闘いに勝利した暁には大学病院をドラスティックに改革する。それは凄絶な抗争になり、返り血も浴びることになるだろう。お前を近習に命じたのは、その日を見据えてのことだった。そうした時の護衛としてなら、まだお前にも使い道がある。だから今一度、お前にチャンスをやろう。腑抜けた自分を直視して鍛え直せ。そうしたら今の地位のままにしておいてやろう。それが無理なら、お役御免を申し付ける」

　その言葉に、脳天を叩き割られるような衝撃を受けた。

　渡海は、突き放されそうになった相手にしがみつこうとしている自分に気づいて、いつから佐伯教授にそこまで依存していたのだろう、と愕然とする。

　しばらく黙り込んでいた渡海は、やがて意を決して口を開く。

「ただ今のご指摘、返す言葉もありません。確かに俺の牙は折れていました。近衛兵を解任されても文句は言えません。でも許されるならば今一度、自分を鍛え直し、教授の遠大な構想を実現するため、力を尽くしたいと思います。でもその前にひとつ、教えていただきたいことがあります。教授が最終的に目指している教室、あるいは東城大の姿を教えてください。そうすれば俺も独自の判断ができますので」

　腕組みをして目を閉じ、渡海の言葉に耳を傾けていた佐伯教授は、おもむろに口を開く。

「ふむ。確かに一介の手術職人に過ぎぬお前に、医療の全体像を俯瞰しつつ先回りして考えて動け、というのは酷な注文だったかもしれん。素直に自分の欠点を認めるあたり、まだ見込みはありそうだ。よかろう、では今回は手取り足取り教えてやろう。まず私が、医師として目指している、目標はなんだと思う？」

「目の前の患者を治し、生命を永らえさせることだと思います」

「正解だ。それはお前の目標でもあるから、わかるな。ではそれを医学部の教授という現在の私の立場で、最大の成果をあげる形にするためには、どのような目標を設定すればいいか、わかるか？」

渡海はしばらく考えて、「わかりません」と首を横に振る。

「まあ、そこはお前が軽視している領域だから、思考の断崖を渡るのは、今のお前には無理だろう。だから答えを教えてやろう。それは『教育の変革』だよ」

「はあ、確かにそれが答えなら、俺は永遠に正解にたどり着けませんでした」

「だから私は、お前を引き上げるのを断念したのだ。教育は何よりも重要だ。今、こうしてお前に話すのも、教育の一環だからな。それに私はお前が、教育に不適切な人材だとは思わない。ただ、教室の秩序を守るための教育に不向きなだけだ」

「俺、褒められているんですか？」

「ああ、褒めている。だから一度は見放そうとしたお前にこうして手間を掛けて、何とかモノになるようにしてやろうとしているんだ。教育とは枠組みの設定が九割を占める。だが東城大の、いや日本の医学教育は全くなっていない。それを根底から見直すために、東城大モデルを構築して、日本の医学教育、ひいては医療を変えて行く。こうやって嚙み砕けば、お前にもわかるだろう。教育方針などと堅苦しい言葉で考えるからわからなくなるのだ。シンプルに聞こう。世に役立つ外科医を育てるには、どういった仕組みが必要だと思う？」

「素晴らしい手本を見せてくれる優秀な指導医に実地の手ほどきを受けながら、手技を裏付ける医学的知識を学ぶこと、です」と、自分が受けてきた教育を思い出しながら渡海は答える。

「うむ、完璧だ。それはオペ職人のお前でもわかるだろう。それなのに後輩を指導する立場に就くことを拒否するとは、許し難いエゴイストだな」

「それは仕方がないんです。技術を教えたくても、俺には他の連中が、どうして俺のように出来ないのかが理解できないんですから」

「それこそが、今の医学教育システムの弊害だ。ここで理想の医師像に立ち返れば、最終目標は簡単にわかる。どんな疾患にも、取りあえず初期対応できる医師を作り上げることだ。すると理想に近い形態は救命救急医だ。そこから導き出した解答、それは全ての新人医師が、初期研修の二年間を、救命救急センターで受ける形にすることだ」

渡海は、佐伯教授の言葉に啞然とする。

「はあ？　それは今の救命救急部では百パーセント不可能でしょう。ウチの救命救急部は創設されたばかりで、スタッフは少なく、ＩＣＵは手術室に併設され手術部の看護婦が兼任しているという現状ですから、新人医師の百名超を一括して受け入れるなんて無理ですよ」

「現状はお前の言う通りだろう。だから医学部と大学病院を大改革する必要がある。まず新しい研修救命救急部を創設するため、臨床各科から優秀なスタッフを数名召し上げる。そうして新人を救命救急部で徹底的に鍛え上げれば、東城大の医師はだれでも全員が基本的な救急対応ができるようになるわけだ」

「うーん、理念には大いに賛同しますが、実現は難しいでしょう。こんな下っ端の俺にすら、それが各科の猛反対に遭うだろうなんてことくらい、想像がつきます」

「その通り。そのために私は、東城大医学部の教授会で絶大な権力を握り、病院長になる。私は強欲で、ひとつが叶えばまた次を望む、望蜀の念が強い。時に身の丈を超えた欲望に呑み込まれ、自分を見失いそうになる。だがそれくらい貪欲でなければ、大事は成し遂げられない、と肚を括ったのだ」

そう言うと佐伯教授はソファから立ち上がり、窓際に歩み寄る。

渡海は傍らに従う。佐伯教授は横に佇む渡海をちらりと見遣ると、続けた。

「病院長は二期六年を務めるのが慣例だ。現在の産婦人科学教室の師岡教授は、いろいろな問題があるものの、病院長としては格別の落ち度もなく、引きずり下ろすのは難しい。加えて私の方も教室の内部事情が固まっていないので、今年の秋の病院長選は立候補を見送ることにする。勝負はその次、三年後の病院長選だ」

「なるほど。その手の荒事なら、こんな俺でもお役に立つかもしれません。でもひとつ疑問があります。改革は医療を統合する方向を目指しているのに今、総合外科学教室では分派を促しています。それは方向性が真逆で、支離滅裂ではありませんか？」

「そうではない。医療の高度化、精緻化を目指すと、ある局面では逆に見えてしまうのだ。それは視点の置き方による。たとえば私は助教授時代には、脳外科の減圧開頭術くらい易々とこなしていた。だが、今は脳外科の最先端の手術にはもう対応できない。今は対応できている心血管外科や肺外科領域も、いずれ対応できなくなるだろう。そこで臓器単位に教室を分けておけば、各々の手術技術の習熟度は上がっていく。これが分化の方向だ。その上で腹部臓器の外科、内科、基礎の三部門を統合する。これが今後の基本的な方針になる」

「外科、内科、基礎の臓器単位の統合ですって？　それこそ実現不可能な夢物語でしょう」

「そうかもしれない。だが夢物語だからこそ、やり甲斐がある、と考えるのが無頼というものだ。そうではないかな、無頼漢気取りの渡海君よ」

渡海は心の底から震えた。そして自分でも気がつかないうちに、敬礼していた。

「渡海征司郎（せいしろう）、佐伯教授の経綸（けいりん）に心の底より感服いたしました。もとより自分の身など微細なもの。これからも粉骨砕身し、教授のビジョンの達成に尽力いたします」

「ああ、よいよい。そんなしゃちほこばるような、大仰な話ではない。これは私の道楽だから、そんなにしゃかりきになられては、息苦しくてたまらんよ。この方針は医学と診療を徹底的に合理的に考えた結果、行き着いた結論だ。私と同じように考える人物が、この世界のどこかにきっといる。そうした人物こそ私の後継者に相応しいのだ」

肩の力の抜けた言葉に、渡海は器の違いを見せつけられた。

だが同時に渡海は気がついた。

佐伯教授は、今の医局員の中に、共に語るに足る者がいないと嘆いている。

だが本人はそのことを自覚していない。

そんな隙があれば、すかさず切り込んで行くのが無頼漢・渡海の真骨頂だ。

「では俺から、佐伯教授にひとつ提案があります。患者への癌告知を、佐伯外科の標準としたいのですが、よろしいでしょうか？」

「癌告知だと？　そんな無茶が通ると思っているのか？」

「これは佐伯教授らしからぬ、旧弊なお考えですね。患者のための医療を目指すのであれば、患者に病名を告げて治療法を説明し、同意の下で手術に臨むのは必須のことです。患者を騙し打ちで手術するような輩が、患者を第一に考える名医になれるはずがないでしょう」

佐伯教授は腕組みをして目を閉じた。しばらくして目を見開くと、にっと笑う。

「なるほど、確かに私のスタンスならば即座に許可しなければならない提案だな。これは一本取られた。さすが、無頼の徒だけのことはある」

そう言って佐伯教授は腕組みを解いた。

「癌告知は世界的な趨勢に合っている。実際、全米病院協会は一九七三年に『患者の権利章典』で普遍化を試みている。だが日本の医療界の反応は鈍い。その意味で世の先駆けとなる、画期的な試みになるだろう。だがこうしたことは、私の目指す改革と同様、一足飛びには実現しない。そのために現状と折り合いを付けながら、少しずつ推し進めていくしかない」

そう言った佐伯教授は、渡海を真っ直ぐに見て、告げた。

「よかろう、渡海の提案を部分的に受け入れよう。今後、お前の受け持ち患者に限り癌告知を許す。そして告知によって患者や家族の反応がどう変わるかを検討するテストケースとする。お前の言い分が正しければ、お前のやり方は患者や家族に支持されるだろう。そうした実例を積み重ねていけば、いずれはわが総合外科の標準となり得る。それでいいな？」

その提案に、渡海に異存があろうはずもない。

大きくうなずいた渡海は、このような奇襲にも即座に応じる佐伯教授に、覇者としての懐の深さと度量の大きさを見て、改めて敬服させられた。

その感動はこの瞬間、渡海の心中に生じていた疑念を上回った。

この時二人は、同じ方向を見て、共に歩んでいこうとしていた。

だが後に振り返ると、それはこの師弟がかろうじてその気持ちをひとつに合わせることができた、最後の幸せな時間だった。

15章 顕示

一九八五年九月

総合外科学教室の朝は早い。

特に水曜日は朝一番で症例検討カンファレンスが行なわれるため、ジュニア医局員だけでなく、シニア医局員も朝早くから顔を揃えている。

九月初旬。教室では教室員が順番に一週間程度の夏休みを取るが、そんな休暇ループが一段落して、誰もが夏休み気分を引きずりながらも、正常の勤務に復帰しようと、リハビリに励んでいた。

その日のカンファも、いつものように淡々と終わろうとしていた。

分離、独立した脳外科の症例提示がなくなり、形式的だった小児外科症例のプレゼンも消滅したため、以前よりも時間が大幅に短縮していた。それに加えて症例提示の手順も固まり、佐伯教授グループの消化器外科症例、黒崎助教授グループの心血管外科症例、木村講師グループの肺外科症例の順で、最後に医局長が総括して手術室に提出するスケジュール表を作成するという形式が定着していた。

東城大の付属病院には手術室が七室あるが、争奪戦が激しい。

佐伯外科はこれまでの実績から、月、水、金の手術日は七室のうち三室を優先的に使えることになっていた。一番大きい第一手術室でその日のメイン手術が行なわれ、やや小ぶりの第二手術室ではそれに準ずる手術が、一番小さな第五手術室では全身麻酔が不要な、局所麻酔の小手術が実施される。

ごく稀に他科から手術室の交換を要請されるケースもある。そうした要請はよほどの切羽詰まったケースなので、その場合には佐伯教授は交換を快諾した。

九月最初の症例検討カンファの目玉は、最初にプレゼンした下部食道癌患者の手術だった。最近は渡海が術者を務めることが増えていたので、久々に佐伯教授自らの執刀となり、教室の空気は高揚していた。

二例目は渡海が術者を務める胃・噴門部癌の手術で、難易度は下部食道癌に匹敵する。

黒崎グループも派手な症例を提示した。大伏在静脈をグラフトに使う心臓バイパス術の術者に、グループの番頭役で六年目の垣谷が初めて抜擢された。他にも大動脈瘤のグラフト置換術が三例、と大手術が続く。

最後の木村グループの症例は地味だったせいか、プレゼン役の戸倉は小声で症例提示する。

「松野泰蔵（まつのたいぞう）さん、七十歳の男性です。健康診断の胸部X線撮影でシャッテン（陰影）を指摘され当院を受診されました。断層X線撮影では肺癌疑いが濃厚で、手術適用としました。右肺下葉の辺縁部という、最も侵襲の影響が少ない部位で、腫瘍径も五ミリと早期と思われますので、ペッツを用いて右肺下葉の楔状（けつじょう）切除を行ないたいと考えています」

ペッツとはハンガリーの外科医ペッツ氏が一九二四年に開発した、自動縫合器とも呼ばれる手術器具である。胃の切除術など消化管の切離に使われる器具を、木村講師は肺葉の部分切除に応用した。その術式は、木村講師の名刺代わりになっている。

侵襲性が低いため患者の回復が早く、木村講師は三十四歳の若さで、肺癌手術の名手として世に知られつつあった。それが木村講師の鼻息が荒い理由でもある。ただし患者への癌告知はタブーなので、手術の適用理由として結核病巣の摘出という名目が使われている。

「腫瘍の生検は実施してあるのか？」と黒崎助教授が質問する。

もともと黒崎助教授が木村講師の症例に疑義を投げかけることは多かったが、最近はとみに厳しくなっている。それは木村講師が、医局長の座を虎視眈々と狙っているという風聞、もとい、事実を、黒崎助教授が不快に思っていることの表れでもあった。

木村講師は一瞬顔をしかめたが、すぐに気を取り直して説明する。

「黒崎先生もご存じの通り、末梢部の病巣は気管支鏡では届きません。ですので経皮的針生検になりますが、それは気胸を起こす可能性もあるので、私は末梢部肺癌については画像での診断で手術適用を決定しています」

「その肝心の画像だが、このコイン・リージョン（円形陰影）は辺縁が比較的円滑だし、影も薄い。私の目には肺癌ではなく、結核病巣の可能性が高いように見えるのだが」

「それは見解の相違ですね。この胸部断層撮影では肺癌の可能性が高い、というのが私が読影した結果です」

そんな風に激化しそうな議論に、意外な声が割り込んできた。

「もし癌だとしたら、ペッツによる部分切除を適用するのは、いかがなものでしょうか」

そう指摘したのは渡海だった。渡海が症例検討会で発言するのは珍しく、場がざわつく。

木村講師は、これまでと打って変わって、ぞんざいな口調になる。

「何が言いたいんだ？」

「つまり結核病巣であれば部分切除は適切な術式ですが、癌の場合は肺葉切除と関連するリンパ節郭清(かくせい)を併用するのが近年のスタンダードになりつつあるようなので……」

「ふん、相変わらず、論文は書かないくせに、症例報告はよく勉強しているようだな。だが患者の治癒には体力温存も重要なファクターになる。短時間・低侵襲の手術によって、リカバリー力を最大限にする、というのが俺の方針でね」

木村講師の返答を聞いて、渡海は口を閉じた。

他に異論が出なかったため、黒崎医局長がメモを取りながら言う。

「では来週の手術の執刀者は、月曜の第一オペ室が佐伯教授、第二オペ室が木村講師、水曜の第一オペ室が渡海、第二オペ室が私、金曜の第一オペ室は垣谷、第二オペ室は渡海、と決定する。垣谷、手術予定表を手術室に届けておくように」

手術予定表を垣谷が受け取ると、木村講師が声を上げる。

「お待ちください。一点、変更のお願いがあるのですが……」

黒崎助教授はむっとした表情になるが、佐伯教授が鷹揚に言う。

「なんだ、言ってみろ」

「月曜のオペで、佐伯教授と私の手術の部屋を入れ替えてほしいのです」

「な、何をバカなことを。そんなことが許されるわけがなかろう」

黒崎助教授が怒号を上げる。だが木村講師はどこ吹く風で平然としている。

「まあ、そんなに怒るな、黒崎。とりあえず木村に、事情を聞いてみようではないか」

佐伯教授が取りなすように言うので、黒崎助教授はしぶしぶうなずく。

「はあ、まあ、教授がそうおっしゃるのであれば……」

勢いづいた木村講師は、颯爽と立ち上がる。

「急な話なのですが、サクラテレビの『医療最前線』という特別番組で、私のペッツを用いた肺の楔状切除術を取り上げたいというオファーがありました。サクラテレビのディレクターは大学のサークルの後輩で、拝み倒されてノーと言えず、受けることにしたのです」

黒崎助教授の顔が真っ赤になる。

「ちょっと待て。佐伯外科の手術をテレビ放映するなど、誰が許可したんだ？」

「後輩のディレクターは、内科の神林教授に病院の許可をもらったそうです。本来であれば病院全体運営会議に掛けるべき案件ですが、大学の広報担当を務めていらっしゃる神林教授のご英断で許可が下りたそうです。そこで神林教授から実際に術者を務める私に、撮影は可能かどうか、問い合わせがあり、可能だとお答えしたところ、私の知らないところで話が進められてしまいまして」

「仮にそうだとしても、打診があった時点で佐伯教授にお知らせしてしかるべきだろうが」

「その点は申し訳ありませんでした。確かに筋としては黒崎医局長のおっしゃる通りですが、何しろ期限が切羽詰まっていて、直接私に依頼が来た時には既に、神林教授が依頼を受けていたとのことでしたので、うっかり、ご報告を失念してしまいまして」

口先で巧みに言い抜けたつもりでも、木村講師が佐伯教授を軽んじていることは誰が見ても明白だった。黒崎助教授なら、間違いなく佐伯教授への報告を優先しただろう。

医局員の視線が一斉に集中する中、佐伯教授は平然と言う。

「黒崎、そうムキになるな。木村も、しがらみがあって大変なんだろう」

「は、ですが、手続き上で佐伯教授のご判断を蔑ろにした上に手術室の交換まで申し出るとは、あまりに身の程知らずかと」

「それは仕方がなかったんです。検討したら、テレビカメラを入れるには、ある程度の広さが必要で、そうすると第一オペ室でしか対応できないことが後から判明したのです」

「それはお前の調整ミスだろう。佐伯教授に礼を失するような変更を強行する理由にならん。ましてこの患者は、一刻を争うほど急ぐ手術ではない。ならば二日後の水曜に渡海が術者予定の手術で手術室を交換すればよかろう」

「それだと製作が間に合わず、番組に穴が空いてしまうそうなんです。月曜の撮影がマストだそうでして」

「そんなことは、総合外科学教室の与り知るところではない」

断固として退（ひ）こうとしない黒崎助教授を見かねたように、佐伯教授が口を開く。

「まあ、手術室の交換くらい、よいではないか。マスコミに協力しておけば、将来の貸しになるかもしれんし、な」

「ご理解、ありがとうございます、佐伯教授」

すかさず木村講師が礼を言い、確定事項にしてしまった。

黒崎助教授は憮然としたが、なおもぶつくさ言う。

「だがそれなら、診断は徹底しておいた方がいい。せめてＣＴ撮影をしたらどうだ」

「黒崎さんは慎重居士ですねえ。そこまで徹底しなくても、肺の末梢部位にある直径五ミリのコイン・リージョンなんて、摘出してしまえばどっちだって一緒ですよ」

「いや、万全を期するべきだ、と言っているんだ」

「私はその必要はない、と申し上げているんです。さて、こんな議論は水掛け論ですね。こういう場合は厳正中立な第三者の意見を聞いてみたらよろしいかと。さて、君はどちらの論が正しいと思うかな、渡海君？」

いきなり話を振られた渡海は、驚いて木村講師と黒崎助教授の顔を交互に見た。

「俺ならＣＴは撮影しておきます。切る前にやれることをやり尽くしておきたいので。でもこのケースには別の問題があります。さっきの検討で手術自体はゴーとなったのに、テレビ放映が入ったから検査を徹底しろというのは、筋が通らないんじゃないんですか？」

予期せぬ渡海の発言に、黒崎助教授はむっとしたが、次の佐伯教授の言葉に矛を収めざるを得なくなる。

「この件に関しては、これ以上議論しても不毛だろうな。要は手術はやる方向だから、今回は木村の顔を立て、特別なケースとして扱うことにしよう」

「重ね重ね、ご配慮ありがとうございます。かくなる上は、佐伯外科の声価を高められるよう、精一杯尽力いたしますので」と木村講師は喜色満面で言う。

「ああ、よいよい。気にするな。そんな風に肩肘を張っていると、うまくいくものもうまくいかなくなってしまうぞ。佐伯外科の看板など忘れ、木村外科の旗揚げのつもりでやるがよい」

そう言って立ち上がり、部屋を出て行こうとする佐伯教授に、木村講師は主君を見送る武将のように、深々と頭を下げる。

後に続いた黒崎助教授は、扉のところで振り返ると、捨て台詞のように一喝する。

「芝居がかったことをするな。あまり調子に乗るなよ、木村」

佐伯外科のツートップが退出すると、木村講師はようやく頭を上げた。

「ぷはっ。ああ、息苦しかった」

それから部屋に残った若手に向かって、笑顔で言う。

「聞いたか。教授の許可が出た。木村外科が天下を取る日が近づいたぞ」

木村講師が拳を突き上げると、おお、と歓声を上げ、若手の医局員が立ち上がる。

彼らは木村講師の取り巻きで、茶坊主の戸倉が筆頭の番頭役だ。

戸惑いつつ周囲を見回していた他の医局員も、最後には七割近くが立ち上がっていた。

驚いた垣谷は、度肝を抜かれた表情になる。

隣では渡海が、「いやあ、熱いねえ」とにやにやしながら呟いた。


月曜朝八時。

大学病院の手術室は、異様な熱気と緊張に包まれていた。東城大の長い歴史の中で、初めて手術室にテレビカメラが入ることになった、記念すべき日だ。

患者の気持ちに配慮し、テレビカメラが設営されたのは麻酔が掛けられた後だった。

ドタバタ騒ぎの中、隣の第二手術室では佐伯教授の執刀による下部食道切除術の準備が粛々と進められていた。

「渡海先生、お隣のあんなお祭り騒ぎ、許しちゃっていいの？」

佐伯教授専用の、ブラックペアン一式を並べながら、手術場の藤原副婦長が言う。

「それは俺みたいな下っ端に言うことじゃない。神林教授がテレビカメラが入ることをＯＫしちゃったんだから、仕方ないだろ」

「でもオペ室が浮ついちゃって、困るわ」

「だからちょっとやそっとじゃ動じない、大物のネコちゃんを器械出しに抜擢したクセに」

「あら、よく見てるわね。テレビカメラが入ること以外はごく初歩の手術だから、任せたのよ。あの娘は技術的には全く問題ないし、度胸も満点ですからね」

「まあ、意識する必要はないさ。それよりこっちも急がないと、教授の雷が落ちるぞ」

「大丈夫、あたしはもう準備は終わってるわ」

「それだけ喋りながら、手は動かし続けていたなんて、大したおなごだねえ」

「あら、そう言う渡海先生だって、準備完了してるじゃない」

その時、第二手術室の扉が開いた。

ディスポの手袋を嵌めた手を、肩の高さに上げた佐伯教授が、威風堂々と入場してきた。

四十分後。第二手術室の扉が開き、術着姿の木村講師が誇らしげに部屋に入ってきた。

「ご報告します。先ほど右肺下葉の楔状切除術を終え、撮影もつつがなく、終了しました。手術室を交換していただき、ありがとうございました」

「それは何よりだ」と言って術野から顔を上げた佐伯教授は目を細める。

ちょうど、食道切除術で一番デリケートな、食道と胃管の吻合が始まるところだった。

佐伯教授は、両手を術野の上に置いて無影灯を仰ぎ見る。それは佐伯教授が、重要な吻合に入る前に見せる所作で、神々しさに満ちた姿だった。

そこへ術衣姿がぎこちない、場違いな雰囲気の男性が入室してきた。

その男性は、業界人らしい、軽い語調で挨拶した。

「初めまして。僕はサクラテレビのディレクターの播磨と申します。本日は手術の撮影に対応していただき、ありがとうございました。全学のサークルで二年後輩だったご縁で、木村先生にはいつもお世話になっております」

そう言いながら播磨ディレクターは、物怖じせずに術野を覗き込む。

「これから吻合ですね。実は僕は半年に一度、今回の『医療最前線』というシリーズの特集を担当していまして、そのご縁でいろいろな名医の先生方の手術も拝見しています。差し支えなければ、日本一の名手と名高い佐伯教授の手技を撮影させていただけませんか」

佐伯教授は一瞬、苛立ちの色を見せた。だが向かいに立っている渡海と、術野の外から見ている木村講師の視線に気がつくと、表情を和らげた。

「本来であれば教授会の許可がいる案件だが、これも何かのご縁だろう。患者の素性に一切触れないならば、吻合時の撮影を許そう」

許可を得た播磨ディレクターは喜色満面で「ありがとうございます」と声を上げる。急いで隣室にいたカメラマンを呼び、手持ちカメラで吻合部を撮影するよう指示した。

佐伯教授は普段と全く変わらない様子で、淡々と食道下部と胃管の吻合を開始する。

決して急いでいるように見えないのに、吻合はするする進み、三分ほどで一周十二針の縫合を終える。最後に吻合した糸を十二本まとめ、「ブラックペアン」と言う。

藤原看護婦がブラックペアンを差し出すと、結紮(けっさつ)糸をまとめて把持し、一気に糸を切る。

そして膿盆(のうぼん)に、からん、と黒いペアンを投げ捨てる。

カメラが回り始めてからその間、わずか五分ほど。

虚脱した視線でブラックペアンを見遣った佐伯教授は、しばらくしてぽつりと言う。

「閉腹は渡海に任せる。その前に吻合部がカメラからよく見えるよう、術野を作ってやれ」

手術室を出ていく佐伯教授の後ろ姿を、テレビカメラが追った。

渡海がハーケンを掛け撮影しやすいよう術野を整えると、播磨ディレクターはカメラマンに命じ、手際よく撮影を済ませる。そして渡海に礼を言い、第二手術室を出て行った。

置き去りにされそうになった木村講師は憮然として、播磨ディレクターの後を追う。

祭りの後の気の抜けたソーダ水のような空気が漂う中、渡海は四年目のシニア医局員の第二助手を相手に、淡々と閉腹作業を始めた。

一週間後に放映された特別番組「医療最前線」の反響は大きく、メインで取り上げられた木村京介（きょうすけ）講師は、たちまち時の人となった。三十四歳という若さが彼の評価を一層高めていた。だが番組で一番インパクトを残したのは、佐伯教授だった。

木村講師の手術が番組のメインだったので、吻合の一場面しか使われなかったが、ほんの数秒の鮮やかな手技の映像と、手術室を立ち去る後ろ姿のワンショットで、視聴者の心を鷲摑みにしてしまったのだった。

番組の放映後、木村講師は宿願だった医局長に任命された。彼の評判はうなぎ登りで、得意の絶頂にあった彼は、独立に向けてますます鼻息が荒くなっていった。

二週間後。急転直下、木村講師の評価が急落する事態が起きた。

手術検体を病理検査した結果、松野さんの病巣は、肺癌ではなく結核だと判明したのだ。

この事態を受けて、緊急に医局の上層部会議が開催された。こうなると会の進行を受け持つ医局長になったことは、木村講師にとっては針のむしろとなってしまった。

佐伯外科の上層部によるスタッフ会議に、脳外科の高野教授は顔を出さなくなり、小室助手も出なくなっていた。その代わり、無役の渡海が参加させられていた。佐伯教授、黒崎助教授、木村講師、渡海の四人が参加したスタッフ会議で、口火を切ったのは黒崎助教授だ。

「肺癌だと診断して手術した患者が、結核だったとは明らかな誤診だ。どうするつもりだ」

いつもは黒崎に対する反感を隠そうとしない木村講師も、さすがにしゅんとして神妙な表情になる。すがるような目で佐伯教授を見た。

「私はどうすればよろしいでしょうか。いかようなりとも、佐伯教授のご判断に従います」

腕組みをしていた佐伯教授は、白眉を上げた。

「確かに今回の件は大失態だが、教室としてはさほど問題にはなるまい。もともと患者には結核と告知していたわけだし、結核病巣の摘出も手術適応はあるからな」

ほっとした木村講師に、佐伯教授は冷ややかに続ける。

「だが問題は残る。木村、お前がこの手術のテレビ放映を許可してしまったため、総合外科学教室で肺癌の手術をしたということは公知の事実になっている。すでに番組が全国放映されてしまった以上、今さらあれは結核の手術でした、などと言えるはずがない」

「おっしゃる通りです。だからこそ、どうすればいいのか、教授のご指示を仰ぎたいのです」

「木村は少し浮かれ過ぎたな。上手く行っている間は問題ないが、一度コケたら取り返しがつかなくなってしまうぞ。はしゃぎたくなる気持ちを抑えて、足元を固めることだ」

「わかりました。お言葉、肝に銘じます」

木村講師の殊勝な言葉に、佐伯教授は渋面になる。

「済んでしまったことは仕方がない。この問題はやり過ごすしかなかろう。真実を伝えても、誰一人幸せにならないから、これにて一件落着とする。もっとも何ひとつ決着はついていないのだが。この一件は総合外科学教室の失態として受容するしかない。私はお前に多くを強要せず、好きなようにさせてきた。患者への対応が粗雑だという姿勢も黙認してきた。だがこの患者については私の指示に従い、これから一年間、お前自身が外来できちんとフォローしろ」

傍らで興味がなさそうに壁に寄りかかっていた渡海は、思わず顔を上げる。

彼の脳裏には、桜宮（さくらのみや）病院に外来通院している飯沼達次（いいぬまたつじ）のことが浮かんだ。

『医療ミスを犯した場合、一年間は外来でフォローするのが佐伯ルールなのか？』

だが佐伯教授は、怪訝（けげん）そうな表情になった渡海に気づかず、続けた。

「医療ミスはあってはならないが、神ならぬ身である人間にミスはつきものだ。患者は迷える子羊のようなもの。事実を伝え謝罪する誠意が必ずしもいい結果に結びつくわけではない。羊飼いは、羊の群れの運命に責任を持つ。だからこそ今回はやり過ごす道を選ぶが、謝罪の気持ちはその後、手厚くフォローすることで示すしかないぞ」

力なくうなずいた木村講師は立ち上がると、すごすごと部屋を出て行く。

続いて黒崎助教授も何か言いたげに口を開いたが、何も言わずに退出した。

後には渡海と佐伯教授が残った。

「お前が残るとは珍しいな。何か言いたいことでもあるのか？」

渡海は一瞬躊躇った後に、口を開く。

「先ほど教授がおっしゃった、医療ミスを起こした患者は手厚くフォローしろ、という教えには感銘を受けました。大林教授時代に、佐伯先生が打ち立てたルールなんでしょうけど、これまで何例くらい、そういう症例があったのかなあ、とふと思いまして」

佐伯教授は、白眉を上げて、微笑する。

「たとえ懐刀のお前にも、それを話すわけにはいかないな。お前の忠誠心は黒崎のそれとは全くの別物だ。いつ寝首を掻かれるかわからない相手に、自分の弱点を晒すわけにいかんからな。そうしたことは、秘すれば花、だ。黒崎がその症例について一部は知っているが、それは対応した時にたまたまその場にいたからに過ぎない」

その言葉を聞いた渡海は、大きく伸びをする。

「佐伯教授も、ご自分のミスは隠すのですね。でもその判断基準は、不幸を最小値にする方向だということは、わかりました。それは俺の流儀ではありませんが、特段反対もしません。ただ佐伯教授といえども、必ずしもいつも患者主体の医療を守れるわけではないのだとわかり、がっかりしたのと同時に少しほっとしました」

「仕方がなかろう。世の中、綺麗事では済まないことがたくさんあるのだ」

「ええ、それは理解できます。では失礼します」

そう言って教授室を出て行った渡海は、表面上は佐伯教授の判断を容認したように見えたが、内心では、以前生じた不信感がいよいよ増していた。

佐伯教授は保身を考えず、自ら思うところを突き進む傑物だと、渡海は思っていた。そして何より患者を第一に考えている医師でもある、と信じていた。

だからこそ渡海は佐伯教授に心服したのだ。

だが今回の判断では、そうした無私公平さが影を潜め、教室の防衛を第一にしているように見えた。木村講師への甘い処分といい、テレビカメラの手術室への導入といい、佐伯教授の中に、これまでと違うブレのようなものが生じ、大きくなっているように思われた。

こうした渡海の疑念は大きく膨らんで行き、やがて破断点を迎えることとなる。

その端緒となったのがこの症例だった。

だがこの時、後にこれが、更に大問題に発展するとは、総合外科学教室の誰一人、思っていなかったのである。

16章
乱麻
一九八五年十一月

十一月某日。深刻な表情をした上層部スタッフが、再び教授室に集まった。

世の中にはとことんツキから見放された患者がいて、そうした患者にはどこまでも災難がつきまとう。ほんの些細な出来事がトラブルになり、負の連鎖に嵌まり込んでしまうのだ。

肺葉楔状切除術をテレビで放映された松野さんが、そんなツイていない患者だということは、誰の目にも明らかだった。ただしそれは、患者本人にはとても言えないことだった。

術後の病理検査で、肺癌だと考えていた病巣が実は結核病巣だったと判明したが、教室の上層部は合議の上で、患者には真相を告げずにやり過ごすという判断を下した。

そのわずか二ヵ月後、またしても松野さんに問題が生じた。

なんと、松野さんに本当に癌病巣が発見されたのである。

松野さんが、しつこい咳嗽(がいそう)を訴えたのは術後一ヵ月が経った先月のことだった。

外来でフォローしていた木村講師は最初、その訴えを聞き流した。だが血痰(けったん)が出たため、念のため胸部レントゲン撮影をしてみたところ、肺尖部に二センチ大の病巣が見つかったのだ。

前回とは違い、今回は誰が見ても、ひと目で癌だとわかる陰影だった。

テーブルの上に、追加で撮影した胸部CT写真のフィルムが投げ出されている。

「今度こそ、由々しき事態だぞ、木村」

ここぞとばかりに、黒崎助教授が責め立てる。

身を縮めた木村講師は、亀が甲羅から顔を出すようにして、黒崎助教授を見ながら言う。

「でも手術前の胸部断層撮影は、今見返しても肺尖部の腫瘍像は不鮮明でして」

そう言って、別の袋からレントゲン写真を取り出す。黒崎助教授は写真を一瞥もしない。

「それは言い訳だ。だからあの時、CTを撮っておくべきだ、と言ったのだ」

木村講師は唇を噛みしめる。さすがに言い返す術がない。

手術前に撮影した胸部断層X線写真では、確かに腫瘍像ははっきりしない。もともと肺尖部は断層撮影での診断が難しい領域なので、木村講師にも同情の余地はある。

それにしてもその増殖のスピードは、あまりにも異常だった。

「迂闊に手を出したから、癌が怒ったんだろうな」と佐伯教授がぼそりと言う。

実証医学をベースにする合理主義者の佐伯教授が、癌に関して擬人化したイメージを持っているのが、渡海には奇異な感じがした。案外、迷信家なのかもしれないぞ、と他愛のないことを考えていたら、佐伯教授はいきなり渡海に水を向けてきた。

「さて、いつも患者の利を第一に考える渡海君、君ならこの件はどう処理するかな」

「うーん、難しいですね。まず俺なら手術時に癌を見落とすなんてミスはしません。でも仮に見落としてしまったら全部ありのままに話し、患者と話し合って善後策を講じます」

佐伯教授は、微笑する。

「いかにも渡海らしい答えだが、それでは私の問いに対する答えになっていない。最初の手術のミスを誤魔化したことを前提として、患者にとって一番いい解決策を考えろ、と言っているのだ。ただし、その条件を加味しても今の答えと同じだというのなら、それはそれでよい」

渡海は考える。

なるほど、今の単純な答えなら、わざわざ佐伯教授が自分に問う必要はない。無駄を何よりも嫌う佐伯教授のお眼鏡に適う回答ではなかったな、と反省する。

——だとすると俺は、何を考え、どう答えなければならないのか？

渡海は、近衛兵としての資質を問われているのだ、と悟った。

もはや佐伯教授に対する執着が薄れている身としては、懐刀がお役御免になるのなら、それはそれで構わないという、捨て鉢な気持ちになっていた。

だが、それなら首にされるのではなく、自分から辞めたいものだと思う。

しばらく腕組みをして考え込んでいた渡海は、やがて顔を上げた。

「ではこういうのはいかがでしょう。俺はもともと、こうした事態を隠蔽することは反対の立場ですし、俺自身は癌告知をしているのでこんな問題は起こらないのですが、前回、教授が判断された枠組みの下では、そもそも問題がなかった案件だと考えます」

「それは意外だな。わかりやすく説明してみろ」

白眉の下、目を細めた佐伯教授は、先を促す。

「松野さんは初期の肺癌と考え肺葉の部分切除術を行ないましたが、実は結核でした。でもそのことは、松野さん本人には結核病巣と告知し、ご家族には癌と告げています。つまり前回の誤診はご家族相手だけに生じた齟齬です。そして教授の裁可で原病巣の誤診は伝えずに済ませていますので、今は本人は結核、ご家族は癌と認識している。そこに今回、新たな癌病巣が発見された。医学的には原発巣です。ならばご本人には新たに結核病巣が発生したと告げ、ご家族には今回の病巣は、術後に急激に増殖した転移巣で、摘出する必要があると説明すれば、従来の説明と矛盾せず、事態は丸く収まるでしょう」

木村講師が驚いたような表情になる。まさか渡海が、こんな助け船を出してくれるとは夢にも思っていなかった、という顔だ。

「ほう、渡海も大人になったものだな。木村の顔も立てた、なかなかいい案ではないか」

佐伯教授の言葉に、渡海は顔をしかめて首を横に振る。

「冗談じゃない。こんなもの、患者のメンタルを損なわないようにするための弥縫策にすぎません。木村先生の面子なんて、どうでもいいことです。俺が患者にやっているように癌告知をしていれば、こんなややこしいことは考えなくて済んだんです」

木村講師は、むっとした表情で渡海を見上げた。

「惜しいなあ、渡海。言わずに済ませられることも言わずにおられないという、お前の青臭さ。世の中は建前だけでは動かないものだ。まあいい。渡海の方針はいかがかな、木村君」

佐伯教授が、微笑して問いかけると、木村講師は、絞り出すように言う。

「素晴らしいシナリオですが、ひとつ問題があります。今回の腫瘍巣は肺尖部に胸壁浸潤が認められ、合併切除が必要ですが、私はその領域のオペには不慣れで、自信がありません。ここは是非、佐伯教授にリカバリーしていただけるとありがたいのですが」

「お前ってヤツはどこまで図々しいのだ。佐伯教授に後始末を押しつけるなど、医局員の風上にも置けないヤツめ」

例によって黒崎助教授が、佐伯教授への忠誠心を真っ直ぐに表すが、佐伯教授は微笑する。

「まあ、よいよい。木村が自分の限界を認めたのは、一歩前進だろう。これで私が木村の独立に待ったを掛けた理由はわかっただろう。だが安心しろ、黒崎。私はこの手術に入るつもりはない。自分の不始末は自分で処理すべきだから、この手術の術者を木村にすることは譲れない。ただし、この場で辞表を提出すれば私が代わりにやる。当事者が逃げ出したら、教室の責任者である私が対処せざるを得ないからな。どうだ木村、今、ここで辞表を書くか？」

「いえ、それだけはどうかご勘弁を……」

「ふむ。不始末の後始末はしてほしい、だが教室も辞めたくないとは、わがまま千万なヤツだなあ。はてさて、どうしたものか……」

そう言って宙を彷徨った佐伯教授の視線が、ぴたりと渡海の顔に注がれた。

「おお、ここに患者のために常に目一杯、献身してくれる渡海がいるではないか。ではこうしよう。私の名代として渡海を今回の手術に派遣する。木村が執刀するもよし、渡海が主導してもよし。いずれにしても渡海と手術しろ。これがぎりぎりの妥協案だ。これを呑むか、教室を辞めるか、二つにひとつだな」

渡海は驚いたが、木村の驚きの方が数倍大きかったのは当然だろう。

「待ってください。私ですら数例しか経験がない肺尖部の胸壁合併切除術を、後輩で肺領域では素人の渡海がやれるはずがありません。それは助力ではなく足を引っ張るようなものです」

「渡海、木村はこう言っているが、どうだ？　お前はこの手術、やれるか？」

佐伯教授の、挑発的な視線を見て、渡海は悟った。

──佐伯さんは全てお見通し、か。そうだろうな、巌雄(いわお)院長とはツーカーなんだから。

「やれ、と命じられたら、やりますよ」

「そうか、ではやれ」

「お引き受けしても構いませんが、わずか三ヵ月の間に二度目の手術となると、素人の患者や家族にも手術の必然性が納得できるような説明が必要になります。それに今後のこともありますので、松野さんには、俺から癌告知をさせてもらいたいのですが」

木村講師は眦(まなじり)を決し、真っ赤な顔になる。

「バカ野郎。そんなバカげた条件、呑めるか」

「ですよね」と言って、渡海はにっと笑う。

木村講師は憤怒の勢いそのままで、佐伯教授に言う。

「下っ端の渡海にここまで言われたら、私も黙っていられません。渡海を助手で手術をせよ、というご指示には従いますが、術者は私が務めます」

「よかろう。だがどうせやるのなら早い方がいい。明後日の金曜、第一手術室で術者は木村、第一助手・渡海、第二助手・戸倉だ。いいか、今度は絶対に失敗は許されないぞ」

「承知しております」と震え声で言った木村講師は、渡海に向かって言う。

「今から術式を検討するぞ、渡海」と木村講師が渡海を追い立て教授室を出て行った。

閉まった扉を眺めた黒崎助教授が言う。

「どうしてこんな無茶な差配をされたのですか。木村に責任を取らせるため、術者をさせることは譲れない、というのはわかりますが、渡海は肺外科手術の経験は皆無でしょう。失敗した時の言い訳にされかねませんよ」

佐伯教授は白眉を上げ、目を細める。

「いやはや、木村のふてぶてしさには感心したよ。私に術者を依頼し、責任を押しつけようというんだからなあ。木村を術者にして、私が第一助手に入ってもよかったのだが、ここは近習と言いながら、ろくに働かない渡海に対応してもらうのが一番かと思ったのでな。黒崎の心配を解消するため、いいことを教えてやろう。渡海はバイト先の桜宮病院で、あらゆる手術の原型を途方もない数、経験している。おそらく肺葉切除術も百例は下るまい。まあ、お前には、私が何を言っているのか、さっぱりわからないだろう。だが理解する必要はない。要は渡海が失敗するようなら、私も失敗するということだから、あとは彼らに任せよう」

黒崎助教授は、途方に暮れた表情で、佐伯教授の顔を見た。

その頃、カンファレンスルームでは、木村講師が渡海を大声で詰り倒していた。

「どうしてお前は、あんな安請け合いをしちまったんだよ」

「教授のご命令でしたから」

「冗談じゃないぞ。手術が失敗したら俺は破滅だぞ。適当なことをされたら困るんだよ。なのにあんな大口を叩きやがって。本当に手術できると思っているのかよ」

「ええ、まあ……。でもそんなに気に障ったならあの場で、俺の助力は不要で自力で執刀する、とはっきりおっしゃればよかったのに。俺はどっちでもよかったんですから」

渡海にもっともな指摘をされた木村講師は、言葉に詰まる。

あの場で渡海の助力を受け入れたのは、失敗した時の責任逃れを考えてのことだ。

実は木村講師も何例か、胸壁合併切除を経験している。

だが百パーセント成功させる自信はなく、むしろ失敗する確率の方が高いと自覚していた。

だからこそ佐伯教授に代行をお願いしたのだが、まさか自分よりも経験の浅い渡海を押しつけられるとは、考えもしなかったのだ。

けれども目の前で飄々としている渡海を見ているうちに、失敗を押しつけるのなら、佐伯教授よりも渡海の方が好都合かもしれない、と思い直した。

「確かに佐伯教授の決定だから仕方がないよな。教授の手前、俺はああ言ったが、俺だって胸壁合併切除術は数例経験しているし、成功もさせている。こうなったら俺が執刀するから、せめて足を引っ張らないでくれ」

「わかりました。俺は患者の病気を治せればそれでいいんで、なんなりと申し付けてください。あ、でも戸倉みたいにおべっか言ったり、ご機嫌を取ったりはできませんけど」

不遜な渡海の言葉に、木村講師は不快そうな表情を浮かべたが、何も言い返せなかった。


二日後の金曜日。

第一手術室は厳戒態勢で、手術に入るメンバー以外の立ち入りは禁止された。

だが医局員は、興味津々だ。肺外科グループの手術で、消化器グループの渡海が前立ちを務めるという異例さが、人目を惹かないわけがない。

松野さんの第一回の手術に関しても厳重な箝口令（かんこうれい）が敷かれていた。だがいくら隠蔽しようとしても、半年も経たないうちに二度目の手術となれば、最初の手術で何らかの問題があったのだろう、という程度の推測は誰でもできる。

この件は、スキャンダル好きで虚実取り混ぜた情報をまき散らすスピーカー役の戸倉医員も、ボスの木村講師の醜聞だったため沈黙を守った。そのため厳しく追求する者がおらず、誰もがろくな情報を持たないまま、遠巻きにして眺めていた。

そんな医局員たちの注目を一身に浴びた渡海が、手洗いを終えて手術室に入ると、器械出しの看護婦が淡々と器具を準備していた。小柄な猫田は、器械台にちょこんと手を添えて道具を並べている。その様子はおままごとのように見えて、渡海は微笑ましく思う。

「お、ネコちゃんが、俺の手術で手洗いしてくれるのは初めてだな」

話しかけた渡海の顔を見ずに言う。

「私は渡海先生の手術じゃなくて、木村先生の手術に入るんです」

「そんなツンケンしなくてもいいじゃないか」

「別にツンケンなんてしてません」

「そういうのをツンケンって言うんだぜ」

そこに眉間に皺を寄せ、気難しい顔をした木村講師が入ってきたので、会話は中断された。

「木村先生、左側臥位で、よろしいですね。もっとも準備したのは戸倉ですが」

「ああ。ありがとう。では、消毒をしよう。渡海も手伝ってくれ」

その言葉を聞いて、患者の体位を取った戸倉は、入れ違いで手洗いのため部屋を出て行く。

消毒用のイソジン綿球をミクリッツ鉗子で摑んだものを受け取った渡海は、患者の身体を丁寧に消毒する。患者の身体全体がイソジンの茶褐色に染め上げられる。

そこに急ぎ足で戻ってきた戸倉が、患者の覆布を受け取り、木村に一端を手渡す。

そして自分は反対の端を摑んで手術布を広げ、患者の身体に被せる。

木村と戸倉の二人の息はぴったりだ。その様子は、渡海の手助けは不要だ、と言わんばかりの反感をあからさまに漂わせている。

術野が整い、メンバーが一礼する。木村講師が第四、第五肋骨の間の肋間筋にメスを入れ、胸郭をざっくりと開くと、第一助手の渡海が出血点をペアンでつまんで一人で結紮する。

「開窓器」と木村が命じると、戸倉が金属製の枠を手に持ち、切り拓いた肋間に差し込む。

キリキリとネジを回すと肋間が広がり、ピンク色に黒い斑点がある肺臓が現れた。

木村がぐい、と右手を胸腔に突っ込む。しばらく肺尖部を手探りしていたが、やがて絶望的な目をして手を引き抜くと、弱々しい声で状況を説明した。

「癒着が強すぎる。ゲバルティヒに剝離したら肺の損傷、腫瘍の残存を避けられない。あるいは鎖骨下動脈を損傷し、大出血を誘起しかねない。万事休す、だ。このまま閉胸する」

すると、じっと術野を見つめていた渡海が言う。

「それなら俺に術者をやらせてもらえませんか？　胸壁合併切除にトライしてみます」

「バカな。そんなこと、認めるわけにはいかない。渡海は肺外科手術の未経験者だからな」

渡海は顔を上げると、木村講師を凝視して言う。

「そんなことないです。実は俺は、桜宮病院で五十例を超える肺葉胸壁合併切除術を経験しているんです」

「何をバカげたことを言っているんだ。桜宮病院では、今は手術はしていないだろう」

「今、詳しく説明している暇はありませんが、俺は肺尖部に侵襲した肺癌切除術を、あの病院で何例も経験しています。先年、父が亡くなりましたが、進行肺癌を患っていました。肺尖部の胸壁浸潤を伴う癌でしたが、俺は全く気がつきませんでした。それが悔しくて、父の癌病巣を摘出する手術のシミュレーションを繰り返していたんです」

木村は黙り込み、しばらく考え込んでいたが、やがて口を開く。

「わけがわからないが、お前がそこまで言うなら術者を交替してもいい。だがそうしたら今後の患者の一切は、術者であるお前の責任になるんだぞ。それでもいいのか？」

「もちろん、それで結構です。このまま閉胸したら、患者がよくなる要素はゼロ。でもここでトライして首尾よく腫瘍を取り切ることができたら、治癒する可能性もありますから」

「わかった。ここから先、手術を渡海に委ねよう」

木村講師はあっさり術者の座を譲り渡した。ポジションを入れ替わると渡海は、木村と同じように右手を胸腔に潜らせ、指先で様子を探る。

しばらくして渡海は顔を上げると、外回りの藤原副婦長に命じる。

「真琴ちゃん、ストライカーを持ってきて」

「ストライカーだと？　骨を削るつもりか？」と言う木村講師に、渡海は短く説明する。

「鎖骨を外して胸腔上部を露出し、腫瘍を胸壁と共に摘出後、右肺の上葉切除術をします」

外回りの藤原副婦長が走って姿を消すと、渡海は手際よく鎖骨を露出し始める。

やがて藤原副婦長が、別の部屋から滅菌パックに収めた電動ノコギリを持って戻って来た。

渡海が受け取り、ストライカーを起動する。唸りを上げ、骨片が飛び散る。

五分後、鎖骨が外された。続いて渡海は第一肋骨も砕いた。

これで癌病巣が広い視野の下に露出し、術野は一気に広がった。

渡海は、病巣が癒着している肺の上葉と一塊にして授動すると、術野をのぞき込み、気管支、肺動脈、肺静脈を次々に結紮、切断していく。

こうして肺門部の処理を終えた渡海は、さらりと言う。

「ついでに肺門部のリンパ節も郭清しちゃいますね」

その素早く鮮やかな手さばきに、手術室は寂として声もない。

三十分後、右肺上葉の塊が渡海の手中に収まった。銀色の盆に、いくつかのペアンを付けた病巣が、ごとり、と音を立てて投げ出される。

「病理検査室にゲフリールをお願いし、切除断端の浸潤の有無を確認してもらってくれ」

外回りの一年生が、膿盆の上の検体を持って、脱兎の如く部屋を出て行く。

病理検査の結果が戻ってくるまでの間、渡海は破壊した胸腔上部の修復に入った。断端浸潤の有無に拘わらず、これ以上の拡大手術は不可能なので、診断結果を待つ必要はない。

第一肋骨の欠損部はパッチを当て、外した鎖骨を再建する。それらの手技が一段落したのは、腫瘍が摘出されてからわずか三十分後だった。

まさに、鬼神が快刀乱麻を断つが如き、鮮やかなメス捌きだった。

そこにゲフリール（迅速組織診）の結果を携えた外回りの一年生が戻ってきた。

「切離断端の癌浸潤はマイナス、病巣は取り切れているそうです」

手術室に、安堵の吐息が漏れた。

渡海は小声で呟く。

——碧翠院の解剖遺体で何例も経験していなければ、とてもトライできなかったな。

実は渡海は、鎖骨を外して上葉を切除する術式を、桜宮病院で何度も繰り返し試みていた。

それは亡父の肺癌に適用する術式を模索した結果だった。

医師は医学生時代、最初に解剖実習を経験する。だから知識としては当然、この辺の構造は理解している。だが死体を自在に分解する経験は解剖実習でたった一度やるだけだ。

それではとても実戦には応用できない。

だが渡海は、実際の手術と並行して解剖による裏付けを行なっていた。しかも入局八年目、気力も体力も充実し、実力も備えた中堅外科医は、手術を想定した解剖を更に進化させた。

解剖体による疑似手術は今や肺葉切除術、肺門部リンパ節の郭清、心臓バイパス術、胃・食道切除術、肝臓摘出術、膵頭十二指腸切除術、直腸切除術、大動脈瘤のグラフト置換術というように、多領域における難手術を同時に行なえるようになっていた。

それを一体あたり三時間で完遂しろ、という無茶な指令を課せられても、今や悠々と、その難題をこなしていた。

肺尖部の切除術を実施するため、鎖骨を外し術野を広げるという乱暴な発想は、まともな外科医には思いつかない。それは外科手技を実際にトライする前に、遺体の解剖というタブーなき素材で、ストレスなく思うがままに鍛錬したことにより生まれた発想だった。

渡海が木村講師に言う。

「残るは閉胸ですが、佐伯外科の慣例にしたがい、第一助手の木村さんにお任せしたいのですが、よろしいでしょうか」

不遜なもの言いだが、もはや木村講師は渡海に逆らうことはできない。

「わかった。後は任せてくれ。ＩＣＵに入室したら、状態を報告する」

「ありがとうございます。後はよろしく」

渡海は術衣の裾を翻し、大股で手術室を出て行く。

その颯爽とした後ろ姿を、手術室の看護婦たちがうっとりと見送った。だが、外回りの藤原副婦長と器械出しの猫田は、無表情のままだった。

渡海は手術室内にある自分の根城に入った。

扉を閉めて、レコードに針を置く。

スローでメロウな旋律が流れると、渡海は深く吐息をつき、ソファに身を沈めた。

今回の症例は、桜宮病院で経験したとはいえ生体では初めてで、さすがの渡海も疲弊困憊(こんぱい)していた。そんな彼の疲労を、「モナルカ」のメロディが優しく解きほぐしていった。


術後、松野さんは順調に回復し、翌日にはＩＣＵを退出し、外科病棟に移された。

一週間後に退院し、以後は桜宮病院で渡海がフォローすることになった。

後に木村講師は、「生意気な渡海に術後管理の大変さをわからせるため、途中で術者を交替した方がいいと判断したのだ」とあちこちで吹聴して回った。垣谷経由で、その噂を聞いた渡海は、「転んでもタダでは起きない、しぶとい人だなあ」と、しみじみ呟いた。

だが木村講師がまき散らそうとしたデマは、思うように拡がらなかった。手術に入った看護婦たちが、笑ってその話(こと)を否定したからである。

こうして口先で失敗を糊塗するという、木村マジックは破綻(はたん)した。

労せずして悪い噂は払拭できたが、渡海の胸中には苦いものがあった。

それは、曖昧な形で手術を強行させた佐伯教授の差配に対する不信感と嫌悪感だった。

渡海を信頼して任せたといえば聞こえはいいが、術者や第一助手を指名せずに手術させたのは、教室の主宰者として無責任の誹り(そし)を免れない。もしあの時、木村講師の判断が違ったら、あるいは渡海が術者を引き受けると申し出なかったら、患者の生還は覚束なかっただろう。

そんなリスクを回避するには、絶大な権力を持つ佐伯教授が、手術前にきっちり木村講師に引導を渡しておくべきだった。

松野さんが無事に生還したのは、僥倖(ぎょうこう)にすぎなかった。

渡海が佐伯教授に抱いていた無条件の崇拝は、更に急速に冷え始めた。それは彼が胸の内に抱いていた疑惑と相俟って、巨大な偶像に大きな亀裂を生じさせていた。

17章 粛清

一九八五年十二月

一九八五年の師走の街は、例年よりも華やぎが増しているように思われた。

身近なアイドルが出現し、「一億総アイドル時代」と評され、この年にデビューしたおニャン子クラブの『セーラー服を脱がさないで』がヒットしていた。

アイドルの中のアイドル、小泉今日子が『なんてったってアイドル』という挑発的なタイトルの楽曲を発表し、それらが忘年会の出し物を席巻したのもこの年の暮れである。

世情も大きく揺れ動いていた。

対日貿易の赤字の拡大に苛立つ米国は、日本の市場開放の遅さを糾弾し、米国議会は日本製品に対する輸入制限決議案として対日報復決議案をほぼ全会一致で可決した。これに恐れをなした中曽根首相が外国製品の積極的な購入を訴えたため、年末にはあちこちの百貨店で、にわかごしらえの輸入品フェアが実施され、街角の華やかさに一層の彩りを添えた。

その三ヵ月前の九月には、日本経済の大いなる分岐点となる、プラザ合意が成立していた。

ニューヨークのプラザホテルで開催された五ヵ国の蔵相会議で、米国の貿易赤字を解消するため、ドル安円高を提案、これを日本政府も是認した。このためプラザ合意前の為替レートは一ドル＝二四〇円前後だったのが、一気に二〇〇円台の円高に振れた。

この急激な円高で輸出は減少し、国内景気は低迷期に入る。だが日銀は低金利政策を継続したため市場に現金がダブつき、行き先を失った資金が不動産業界へ流れ込み、地価は天井知らずで暴騰していく。これを受けて地上げも始まった。

こうして華やかな祝宴の時代、バブルの幕開けの号砲が鳴り響いたのだった。


そんな風に世の中が浮かれていたこの時期、東城大学病院では例年のように忘年会や、年末年始に向けてタイトな手術スケジュールの調整で、通常の時期より多忙を極めていた。

年末年始は入院患者にも、自宅で過ごさせてあげたいという配慮もある。

そうした手続きや下準備は煩雑で、病院全体がどことなく浮き足だって見えるのも、毎年この時期の恒例の風景だ。

十一月の病院長選は無投票で、産婦人科の師岡教授が二期目を務めることになった。

病院長が二期六年務めるのは通例で、これまで破られたことはない。なので今回は出馬を見送った佐伯・神林の両雄が激突する本番は、三年後の病院長選だと目された。

そんな風に一九八五年の後半は、べた凪(なぎ)のような穏やかな日々が続いた。

ある晩、渡海の姿は蓮っ葉通りにあった。今やすっかり馴染みの常連客になったジャズバー「シャングリラ」を訪れ、精錬製薬の高橋と二人で店の隅で密談をしていた。

「最近、医局にどことなく不穏な空気が流れているんだけど、高橋さんは何か聞いてる？」

高橋は誠実なプロパーで、上層部に手厚くしながら、下っ端にもそつなく対応するため、医局員の間で絶大な信頼を勝ち得ていた。だから医局事情を聞くには格好の相手だった。

「相変わらず、渡海先生は浮世離れしていらっしゃいますね。あんなあからさまな動きが見えないとは。それで佐伯教授の懐刀が務まるんでしょうか」

「おっしゃる通りだよ。だからこうして頭を下げて、高橋さんに訊ねているんだ」

「それはそうなんでしょうけど……。教室内で不穏な動きをするとしたら、それは木村先生しかいらっしゃらないでしょう」

「もちろん、それくらいはわかってる。木村さんが子分を集めて、これ見よがしに気炎を上げている様子は目立ちまくって、イヤでも目に入ってくるからね」

「そこまでわかっているなら、後は簡単でしょう。木村先生は独立したいのに、佐伯先生が認めようとなさらない。だから強行突破を図ろうとしているんです」

「つまり謀反を企てているわけか。一体、どんな手を考えているんだろう」

渡海の呟きに、高橋は無表情で反応しない。

ちょうどその時、美香が席に就いたため、生臭い話はそこで終わった。


翌日。

大学病院の三階会議室では、一九八五年最後の教授会が開かれていた。

通例では月末の最終週の金曜日に開催される教授会も、十二月に限っては第三金曜日に開かれる。そして年末の会では、重要案件を避けるのが慣例だった。

平穏に進行していた今年最後の教授会に爆弾を投げ込んで、そんな慣例を破ったのは、何かにつけて佐伯教授をライバル視している総合内科学教室の神林教授だった。

それは今年冒頭の教授会をかき回した、佐伯教授への意趣返しのようにも思われた。

本年度の始め、総合外科学教室から脳外科が分離した際、同時に総合内科学教室から循環器内科が独立した。その提案時に神林教授は、総合内科を第一内科と改称すると宣言した。

ただし神林教授は時期を明言しなかった。おそらく佐伯教授が総合外科学教室という看板を下ろす時に合わせようと考えているのだろう、という憶測が流れた。

教授会を構成する重要な要素だが、内実はどうでもいい通例の業務連絡が終わり、いくつかの審議事項が決議された後、神林教授が満を持したかのように口を開いた。

「今年最後の最後で、重要案件の提案をする不躾をお許しください。しかしながらこれは、佐伯教授の分派提案で幕を開けた本年の掉尾を飾るに相応しい提案であると自負しております。来年度、総合内科学教室から呼吸器内科を独立させようと思います。総合内科学教室は第一内科と改称し、循環器内科を第二内科、新たに立ち上げる呼吸器内科を第三内科とします」

唐突で一方的な宣言に、教授会の席がざわついた。

だが神林教授の発言には、続きがあった。そしてそれこそが爆弾だった。

「これに伴い、総合外科学教室から来春、独立が予定されている肺外科学教室と、呼吸器内科との緊密な連携を図るため、呼吸器診療ユニットを形成したいと考えております」

白眉を上げた佐伯教授は、珍しく驚きの表情を露わにした。

「木村講師の独立の件は、ウチではまだ検討しておりませんが」

「そうでしたか。実は先週、木村講師が私のところにやって来て、『佐伯教授から肺外科独立の旗揚げをせよと下知されたのに、一向に事態が進展しないのです。佐伯教授には教授会までに自分の意志を伝えておくので、教授会でこの件を取り上げてほしいのです』と頼まれたのです。でも木村講師は、まだ佐伯教授に自分の意志を伝えていなかったようですね。とんだ勇み足、大変失礼しました」

佐伯教授は、普段の平静さを取り戻し、微笑して言う。

「どうも木村君は、神林教授をお慕いしているようですね。いつぞやのテレビ番組への協力も、私に相談する前に神林教授と二人で、決定していましたから。いえ、私を蔑ろにしたことなど個人的で些細なこと。本来であれば教授会か病院運営全体会議で議決すべきことを、その二人の密議で決定した例の件では、我々教授陣が蔑ろにされたわけですからね」

思わぬ佐伯教授の反撃に青ざめながらも、神林教授はすぐさま態勢を立て直す。

「思い返せばいろいろなことがあった一年でした。けれどもこれは絶好の機会です。本年初め、佐伯教授によるわが総合内科学教室への内政干渉、もとい、新たなパラダイムの構築のご提案は、伺った時はさすがにむっとしましたが、その提案を仔細に検討してみたところ、なるほど確かにこれは東城大学の未来の指針になるものだ、と佐伯教授の慧眼に感服させられました。そんな佐伯先生も、いざご自分の身内のこととなると慧眼が曇るのでしょうか。そう思えば私の勇み足はむしろ、佐伯教授への真摯な進言になる気もいたします。というわけでこの提案を教授会で審議していただきたいと思いますがいかがでしょう、佐伯教授？」

教授会の面々の視線が一斉に、佐伯教授に注がれる。

佐伯教授は腕組みをして、黙然と瞑目している。

やがて目を開けると、静かな声で言った。

「神林教授のご提案は、教授会で審議されるべき本筋の議案です。特に総合内科学教室の再編に関しては、私は無関係ですのでこの場で個人的な意見を述べることは差し控えます。ただし私は木村君本人の気持ちを確認しておりませんので、連携に関しては、今はお答えのしようがありません。その件に関しては次回、来年一月の教授会までに総合外科学教室としての意見を取りまとめ、改めて教授会に提案させていただきたいと思います」

教授会議長の溝呂木教授は周囲を見回し、佐伯教授の提案に反対だという顔色の教授がいないことを確認する。

「では神林、佐伯、両教授の提案を教授会で審議することを決定します。総合内科学教室の分派については来年一月の教授会で議決し、呼吸器内科と肺外科の協調体制については来年一月の教授会で佐伯教授のご報告を伺った後、二月までに議決いたします。いずれにしても本案件は、どんなに遅くとも今年度中に決着をつけることを目指したいと思います」

溝呂木教授は、他に意見や提案がないことを確認し、閉会を宣言した。

教授たちは、佐伯教授と神林教授をちらちらと見ながら、そそくさと退室する。

最後に溝呂木教授が後ろ髪を引かれるような様子で部屋を出ていくと、後には佐伯教授と神林教授のふたりが残った。

柔らかい午後の陽射しが、東城大の双璧を照らす中、神林教授が口を開く。

「先ほどは失礼しました。てっきり木村講師が筋を通していると思ったものでして。それにしても以前、私の教室では意思疎通に欠けているのではないか、という厳しいご指摘をいただきましたが、今回は佐伯先生のところも似たようなもので、教室の適切な運営とは難しいものだな、とつくづく実感させられましたよ」

「それは何よりですが、私へのお気遣いは無用に願います。総合外科など、さほど大層な教室ではありませんから」

「また、心にもないことをおっしゃる。あなたがそんなだから人々の心が惑うのです。しかしお互い似てくるものですね。外部からは私が江尻君を飼い殺しにしているように見えたようですが、私から見ると木村君が佐伯教授に飼い殺しにされているように見えます」

「そう見えるかもしれませんが、内実は全然違いますよ。木村君は臨床教室を率いるには難があると判断したので、もう少し手元に置いて矯正しようと思っていたのです」

「どうも当人はそうは思っていないようですよ。メディア露出も東城大ナンバーワンで、自分が東城大を牽引していくんだ、と意気軒昂ですからね」

「そのあたりは認識が食い違うところですね。いずれにしてもこの後、本人と話し合い、教室内の論議を経て決定します。年末年始を挟んで一ヵ月ほど、お時間をいただきます」

そう言うと佐伯教授は立ち上がり、部屋を出て行った。

教授室に戻った佐伯教授は、黒崎助教授に電話をした。

「直ちに臨時スタッフ会議を開く。木村と渡海を呼べ」


一時間後。

教授室に黒崎誠一郎(せいいちろう)助教授、木村京介講師、渡海征司郎の三人のスタッフが集まった。

正確には、渡海は役職のないヒラなので、オブザーバー扱いだ。

佐伯教授が一人掛けのソファに座り、右手と左手の長ソファに、黒崎助教授と木村講師が陣取っている。渡海はソファに座らずに、佐伯教授の正面の壁に寄りかかり、白衣のポケットに手を入れて、突っ立っている。それは、スタッフではない自分は着座する資格がないという、渡海なりの筋の通し方だった。

高野前助教授と小室助手が参加していた頃は、スタッフ会議には正三角形のような安定性があった。だが、今は二等辺三角形を逆さにして、その上をヤジロベエのように渡海がふらふらしているというような不安定な印象だ。

木村講師は平然としているが、精一杯虚勢を張っているようにも見える。

三人が揃っても、佐伯教授はひと言も発しない。

いつもは上機嫌で饒舌な佐伯教授にしては珍しい。そうした態度が、この会合にかつてない重苦しい雰囲気をもたらしていた。

「あの、そろそろ、この会合を緊急招集した理由を、ご提示願います」

沈黙に耐えきれなくなったように、黒崎助教授が恐る恐る口火を切った。

黒崎助教授は、木村講師に医局長の座を譲り、会の進行役を降りていたが、この会合は、自分が仕切らなければ二進も三進もいかないだろうと察しての発言だ。

「うむ。緊急招集を掛けた理由を、今から説明しよう」

そう切り出した佐伯教授はつい先ほどの、教授会での神林教授の爆弾発言を繰り返した。

そして白眉の下の鋭い眼光を、ぴたりと木村講師に向けた。

「これは一体、どういうつもりだ、木村？」

木村講師は深々と頭を下げる。その仕草は大仰で芝居がかり、肝心の誠意がすっぽり抜け落ちている。木村講師に、役者の素質がないことは間違いない。

「ご報告が遅れたことはお詫びします。手順前後となってしまいましたが、いずれ神林教授のご協力の下、東城大を代表する呼吸器ユニットを構築したいと思っておりました」

「なぜ、またもこんな重要なことを、佐伯教授に事前に相談しなかったのだ。これではテレビ撮影の時の再現ではないか。神林教授にべったりとは、見下げたヤツめ。そんなに神林教授に心酔しているのなら、いっそ今すぐ、さっさと総合内科学教室に移籍したらどうだ」

黒崎助教授が激しい口調で木村講師を詰る。鬼軍曹の怒りはもはや止めようがない。

だが、蛙の面に小便の木村講師は、いけしゃあしゃあと答える。

「佐伯教授に言えなかったのは、反対されると思ったからです。佐伯教授は、同期の小室に独立を勧めながら、私には未だに正式な独立話がありません。せっかくサクラテレビが取り上げてくれて知名度が上がっている今、独立すれば、注目を集めることは間違いありません。この絶好機を逃したくないんです。このままでは飼い殺しです」

佐伯教授は、穏やかな声で言い含める。

「木村が独立を焦る気持ちはわからないでもない。だが、お前が脚光を浴びたあの手術は、世に誇れるものではない。今、木村が独立したら必ずや、あの手術が引き合いに出されるだろう。それは眠れる疫病神を叩き起こすようなものになりかねないぞ」

「ええ、もちろんわかっています」

木村講師は平然と嘯（うそぶ）いた。もはやそこに、部下としての気配りはなかった。

「それがわかっていてなお、今すぐ独立をしたいというのか？」

佐伯教授の問いかけに、大きく頷いた木村の顔を見て、佐伯教授はしばし考え込む。

やがて顔を上げると、白眉を開いた。

「わかった。いずれは独立させようと考えていたのだから、予定が早まったと考えよう。木村の独立を承認する。時期はお前が神林教授に伝えた通り、来年四月とする」

「ありがとうございます。例のオペは、後輩のディレクターに強く申し入れ、封印させました。今後、再放送でも取り上げられることはありません。幸い渡海先生が桜宮病院でフォローしてくれているので、今後は私の患者と認識されることもないと思われます」

「それは根本的な解決とはほど遠い。渡海、お前はそれでいいのか？」

「術者は俺ですからね。松野さんの状態がすこぶる良好なことが救いです」

渡海は肩をすくめて答えた。佐伯教授は、うなずく。

「渡海がそれでいいのなら、問題はなかろう。では本件はこれで決着とする。次回、来年一月の教授会で、肺外科学教室の独立を議案に上げる。おそらく即日、決定されるだろう。その前に来週の二十五日の水曜、今年最後の症例検討カンファの後に医局員に告知する。進行役を務める医局長の木村君本人の口から直に伝え、抱負も語ってもらうので、準備しておくように」

黒崎助教授は納得できない、と憮然とした表情を浮かべるが、当事者の木村講師と渡海が納得し、教室の最高決定権者の佐伯教授が決定してしまえば、今さらどうもならない。

渡海とほっとした表情の木村講師が、連れ立って部屋を立ち去った。

二人を見送った黒崎助教授は、佐伯教授に何か言いたげな様子だった。だが結局、何も言わずにすごすごと部屋を出て行った。


翌週の二十五日水曜日。年末に向け手術件数を抑制していたため、症例検討カンファは一例しかなく、あっという間に終わってしまった。

すると進行役を務める木村医局長が立ち上がり、周囲を見回して言う。

「他に連絡事項がなければ、私からみなさんにご報告があります」

目を細めてうなずく佐伯教授をちらりと見た木村講師は、咳払いをして話を続ける。

「来年度、木村グループは総合外科から独立し、肺外科学教室を立ち上げることとなりました。先日、佐伯教授からご許可をいただきましたので、ここにご報告させていただきます」

事前に木村講師から知らされていた医局員の一角から歓声が上がる。

木村グループの四天王と呼ばれる者と、彼らを取り巻く数名のシニア医局員たちだ。

木村講師は微笑を浮かべて、続ける。

「総合外科学教室は佐伯教授のご指導の下、今日まで発展してきました。しかしながら、世は専門科へ細分化し、現在のような大教室制は患者のニーズに応えられない時代になりつつあります。それは今春、高野先生が総合外科学教室から独立し、脳外科学教室を立ち上げたのと同じ時流に乗ったものです。肺外科学教室を立ち上げることで、より精緻な対応が可能になります。すなわち世のニーズに応え、総合外科学教室の声価を一層高めることになるわけです。我こそは、と思う者は、私と共にわが肺外科学教室へ集ってください」

誇らしげな木村講師の演説を、熱い視線で見つめる医局員は少なくない。

黒崎助教授が、その様子を苦々しげに眺めている。

両者の顔を見ながら渡海は、木村講師が着々と医局員の間で勢力伸張をしてきた抜け目なさにつくづく感心していた。ここで木村講師が蒔いてきた種子が、一気に芽吹いて大樹になるのか、と思うが、教室内の権力闘争に本来関心がない渡海には特段の感興は湧いてこない。

すると佐伯教授がおもむろに口を開いた。

「木村君の申し出を受け、私もいくつかの変更を決断した。まず木村君に労を執ってもらった医局長の任を本日を以て解き、後任に渡海を充てたい。引き受けてくれるな、渡海？」

いきなりの無茶振りに、渡海は驚いて目を見開く。

まったく冗談じゃないぜ、と思うが、ここで即ノーと言ったら教室がガタガタになってしまいそうだ。一瞬、逡巡した渡海だったが、すぐに穏当な逃げ道を見出した。

「慣例では、医局長は講師か助手の先生が務めています。俺は無役なので無理です」

佐伯教授は、すぐさま言う。

「ならば渡海を講師に任命しよう。木村が辞め、講師が空位になるからちょうどよかろう」

佐伯教授は目を細めて微笑する。そんなことを言われて、逆に渡海の心は決まった。

「では、はっきりお断り申し上げます。俺は肩書きのある役職は真っ平御免なんです。それに、教室がどうなろうが、俺の知ったこっちゃないですし」

「なんとまあ、きっぱりと拒否するものよ。木村といい渡海といい、教授としての私の権威は地に落ちたようだな」

激怒と自嘲をないまぜにしたような言葉だが、佐伯教授の目は笑っている。

「さて、医局員諸君。これが現在の総合外科の実情だ。今春、脳外科が独立し、いずれ小児外科も分離する。私は体腔内臓器の外科を統合し、胸腹部の総合的な外科学教室を構築しようと考えていた。だが木村講師が自ら旗揚げする道を選択し、私はそれを許容した。残るは心血管外科と消化器外科だが、いずれこれらも分離、独立する可能性はあるだろう」

「冗談をおっしゃらないでください。私にそんな野心はありません」

打てば響くように、黒崎助教授が言う。

「ああ、黒崎ならきっとそう言ってくれるだろうと思ったよ。だが消化器外科の腹心である渡海は先ほどのていたらく、将来の消化器外科を背負って立つという気概は微塵も持ち合わせていない。ひょっとしたら総合外科はこのまま空中分解してしまうかもしれない。というわけで現時点で木村君と一緒に肺外科に移りたいという意志がある者は、この場で起立してほしい。それは残された総合外科学教室の立て直しのためにも、必要なことなのだ」

居合わせた医局員は一年生が九名、シニア医局員は三十名。そのうち木村グループは、最低でも七名はいるだろうと目されていた。

その中から一人が立ち上がる。木村グループの番頭格の戸倉だ。

彼に続いて三人のシニア医局員が立ち上がった。常に木村講師と行動を共にしている四人を、木村講師は「木村四天王」と呼んでいた。

ただし、他の医局員がそう呼ぶことはなかったのではあるが……。

ところが、その四人に続く者はいなかった。

「飯田（いいだ）、金森（かなもり）、鈴木（すずき）、お前たちはどうするんだ？」

焦って木村講師が名指しすると、三人はうつむいてもじもじしている。

やがて顔を上げたその中のひとりが、意を決したように言う。

「私は、木村先生のグループに所属して一年になりますが、未だに博士論文の課題を決めてもらっていません。また将来、開業を考えていますが、肺外科に特化すると間口が狭く、患者を集めにくくなります。ですので佐伯外科に残留させていただこうと思います」

すると他の二人もうなずいた。佐伯教授は楽しげに微笑して、言う。

「おやおや、木村君と共に新天地でひと暴れしてやろう、という気概がある者はたったの四人なのか？　総合外科にいるよりも出世は早いぞ。一年生はどうだ？　木村君にいろいろと面倒を見てもらっていたようだが」

佐伯教授の言葉に、九人の一年生は顔を見合わせるが、誰も何も言わない。

「新人は総合外科の外部研修を終えた時点で所属グループを選ぶことになっているから、今すぐ決めろと言うのは酷かもしれんな。シニア医局員ですら決めあぐねているくらいだからな。だが来年度の一年生は最初から肺外科に入局する。それを思えば、我こそはと思う者はこの場で名乗りを上げた方がいいぞ。そうすれば義理人情に篤い木村君が優遇してくれるだろう」

それは佐伯教授が木村講師に投げかけた、痛烈な毒を含んだ言葉だった。だがそこまで促されても、一年生の中からは誰一人、声を上げる者は出なかった。

「まあ、将来に関わる重大事を今、いきなり決断しろと言われても困るかもしれないな。ならば肺外科学教室への移籍希望者は後ほど、私か木村君に申し出るように。期限は今年いっぱい、大晦日を締め切りとしよう」

「それはあまりにもタイトすぎるスケジュールなのでは……」

うろたえてそう言った木村講師を、佐伯教授はじろりと睨みつける。

「木村君にしてはおかしなことを言うものだ。佐伯外科からの離脱を、まだ早い、と忠告して押しとどめようとした私にひと言も相談せず、神林教授に内密に話を持ちかけて強引に独立を敢行しようとした木村君なら、スケジュールの前倒しは望むところだろう」

　唇を嚙みしめた木村講師に、佐伯教授は追い打ちを掛ける。

「そうそう、言い忘れていた。四月に独立した高野教授は当初、症例検討カンファやスタッフ会議への参加を申し出ていたが、夏には参加をやめ独自に教室行事を運営するようになっている。そうした前例を考えると、独立後は総合外科の行事に参加することは、無意味と思われる。なのでこちらも前倒しにして、来年一月より肺外科のメンバーは、総合外科の行事に参加しなくてよいこととする。それと先ほどからもじもじしている一年生に伝えておくが、肺外科に移った場合、四月からの二年目の研修先は木村君に紹介してもらうように。総合外科の医局員でないのだから、研修先をウチが紹介できないのは当然だからな」

「そんな……」と言ったきり、木村講師は絶句した。

　それは致命的な一撃だった。

　独立を焦った木村講師は、都合のいい部分は総合外科学教室に依存できるだろう、という虫のいい考えを持っていた。だが佐伯教授は問答無用で、その命綱をあっさり断ち切った。

　このため、移籍を公言していた四人のシニア医局員にも動揺が走る。

　その様子を見て、佐伯教授は続けて言う。

「木村君について行く四名のシニアに関しては、現在のバイトは一年間、猶予しよう。さすがに四月から自分で食い扶持を探せ、というのは酷すぎるからな。この温情の一年の間に、自分たちで新たなバイト先を開拓しなさい」

佐伯教授の硬軟取り混ぜた通告の嵐に、木村講師は蒼白になり唇をわなわなと震わせる。

佐伯教授は、ふう、と吐息をつくと、木村講師に語りかける。

「最後に、わが総合外科を後にする元講師に、餞の言葉を贈ろう。世の中が、医療の細分化、精緻化を求めているのは確かだ。しかし患者の願いはいつの時代もシンプルで、身体の不調に対し、なんでも相談に応じてくれる総合的な受持医を求めている。総合外科の入局者の大半は将来、開業する意向を持っている。だから精緻化と総合化を同時に推進しなければ世のニーズに応えられない。木村君はそこのところを思い違いしているように思われるので、若干の修正を加えておいた方がよかろう」

場が静まり返った中、佐伯教授は、咳払いをする。

「さて、ここら辺りで医局カンファを終わりにしたいのだが、渡海が医局長就任を断ったため議事進行役がいなくなってしまった。医局長は雑用係で身代わり地蔵のような役職だ。ここは教授の指名を断った渡海君に、最初で最後の臨時医局長の業務として、次の身代わり医局長を指名してもらい、収拾をつけてもらおう。それくらいは私の顔を立ててくれ」

渡海はしぶしぶ立ち上がる。

見回すと、医局員の顔は一様にこわばっている。巣立ち前のひな鳥が、いきなり世間の荒波に曝されたようなものだから、困惑するのも当然だろう。

同時に彼らは、佐伯教授という、鳳凰の翼の下で庇護されていたことを痛感していた。

総合外科学教室に残留する意向を固めた医局員は、少し安堵の色を浮かべている。

その姿は、嵐の中、煉瓦造りの家の暖炉の前で身を寄せ合う少年たちのようだった。

一方、早々に総合外科から離脱を表明した「木村四天王」は、いつ沈むかわからない難破船の上で右往左往する船員のように、自分の軽率な判断を悔やんでいるように見えた。

木村講師は唇を嚙み切るのではないかと思うくらい、ぎゅっと口を結び虚空を睨んでいる。

やれやれ、と渡海は肩をすくめる。

何の因果で、こんな介錯（かいしゃく）役を振られたのかと思いつつ、刹那の臨時医局長に任命された自分の任務を全うするため、後釜を探そうと医局員に視線を投げる。

最初に黒崎助教授と目が合った。渡海に指名されるのは癪に障るが、こうなったら自分が引き受けるしかないだろう、と肚を決めたような表情をしている。

ここは黒ナマズに振るのが順当だろうな、と渡海も思う。

だが彼の中に棲む天邪鬼（あまのじゃく）が顔を出し、囁きかけた。

——そんなのは当たり前すぎて、ちっとも面白くないじゃないか。

ぐるりと周囲を見回した渡海は、ひとりの医局員の顔を見て、にっと笑う。

「それなら適材適所という観点から、垣谷にやってもらいましょう」

垣谷は大きな眼をぎょろりと剝いて、立ち上がる。

「バカなこと言わないでください。私は六年目でキャリア不足ですし、渡海先生と同じ無役ですから、そんな大役はこなせません」

「無礼者。教授の名代である俺に向かってバカとは、何て失礼なことを言うんだ」

黒崎助教授ばりの一喝で垣谷の抗議を封じた渡海は、微笑する。

「教授は、医局長は無役でも構わないとおっしゃっているんだぞ。それが不満なら、せっかくだから、空いている講師に昇進させてもらえばいい」

「そんな無茶苦茶な……」

「これでもまだ御託を言うなら、俺も言わせてもらう。『国際外科学会に同行させてくださった御恩は決して忘れません、渡海先生のご命令ならたとえ火の中水の中、どんなことでもなんなりとお命じください』とオランダで言っていたのは、どこの誰だったかな？」

ぐうの音も出なくなった垣谷は、その場に立ちすくむ。

佐伯教授が、にこやかに言う。

「なるほど、垣谷とは悪くない人選だな。だが講師はさすがに早すぎる。代わりに助手にしてやろう。これにて一件落着だ。早速、垣谷新医局長に初仕事をやってもらおうか。グダグダになったこのカンファを、一刻も早く終わらせてくれ」

黒崎助教授が小さくうなずいたのをちらりと見て、垣谷は声を張り上げて告げる。

「では僭越ながら、木村医局長に代わった渡海臨時医局長に委託された自分が、本年最後の症例検討カンファの終会を宣言させていただきます。みなさま、お疲れさまでした」

深々と一礼した垣谷は、そのひと言で精根尽き果てたように、椅子に座り込む。

「エクセロン（素晴らしい）」と、ライデンで覚えた生かじりのフランス語で賞賛した渡海の拍手だけが、空しく場に響く。

しばらくの間、誰も動こうとしなかった。

やがて佐伯教授は立ち上がると、ぐるりと場を見渡して言う。

「医局員諸君には、今回の件で大変な気苦労を掛けた。肺外科学教室と総合外科学教室の新たな旅立ちとなった本日は、幸い年末進行で予定手術もないため、これにて業務終了とし、以後は当直者以外には特別休暇を与えよう。各自、羽を伸ばしてくれ」

医局員全員に特別休暇という大盤振る舞いを告げると、佐伯教授は退席した。

続いて黒崎助教授が姿を消す。

医局員たちは、うつむいた木村講師を横目で見ながら次々に退室して行った。

最後に渡海が部屋を出ようとして振り返る。

後には、当直者という貧乏クジを引いた木村講師とその四天王が、吹きすさぶ寒風に晒された落ち武者のように肩を寄せ合い、震えていた。

18章 泡沫

一九八五年十二月

かくして、大荒れの症例検討カンファが終わった。

その日は年末進行で手術予定もなく、また急遽宣言された特別休暇ということで、年末の慌ただしさの中でぽっかり空いた、エアポケットのような時間になった。

だが、当直当番の渡海は仕方なく、ひとり手術室に向かった。

そこには渡海が根城にしている図書室がある。渡海はとっつきにくいと思われているためか、そこは訪れる者がほとんどいない治外法権的な租界になっていた。

最近の渡海は、手術室の「総合外科図書室」でひとり、音楽に浸ることが増えた。

渡海は軽音時代に集めたコレクションの中から、一枚のレコードを選んだ。

いつもはジャズを聞くことが多かった。

だが今日はワーグナーの『ワルキューレ』に針を落とした。高らかなトランペットが稲妻のように煌めくと、映画『地獄の黙示録』の一場面が脳裏をよぎる。

その旋律を聴きながら、父の蔵書印がある書を手にして、ぱらぱらとめくる。

『扶氏経験遺訓』はクリストフ・ヴィルヘルム・フーフェラント教授が、十九世紀のベルリン大学の内科教授まで勤め上げた五十年にわたる自己の経験を集大成した内科書『医学必携（エンキリディオン・メディクム）』の翻訳だ。その第二版をハーヘマンが蘭訳し、それを適塾を主宰した蘭医・緒方洪庵が翻訳した名著である。

幕末から明治にかけて近代西洋医学の導入をめざした医師たちの必読の書で、この書の原本は、幕府の使節団の一人がライデン大学に寄贈し、現在も所蔵されている。

巻末には「医師の義務」について述べた「扶氏医戒之略」があり、父は繰り返しその文章を渡海に語り聞かせた。佐伯教授も、父が贈ったこの本を幾度も読み返した痕跡がある。

——安逸を思はず、名利を顧みず、唯おのれをすてて、人を救はんことを希ふべし、か。

「医戒」の一節を呟いた渡海は本を閉じ、目を瞑る。

ソファに沈み、先ほどの医局会での出来事を思い返す。

渡海は改めて佐伯教授の底知れぬ凄みを思い知らされた。

叛旗を翻した者は容赦なく叩き潰す。それは渡海が初めて目にした、権力者としての佐伯教授の、もうひとつの顔だった。

これまでは北海道に棲息するシマフクロウのように、物静かで叡智を湛えるイメージだったが、先ほどの姿は獰猛さを前面に押し出す猛禽類、クマタカのようだった。

激しい旋律にぼんやり浸っていた渡海は、扉をノックする音に我に返る。

この部屋を訪れるような物好きは、手術室の藤原副婦長くらいしかいない。それも手術の時間になっても渡海が姿を現さない時に、ここに確認に来るだけだった。

そんな時、渡海はたいていこの部屋でジャズを聴いていて、藤原副婦長の激怒を買ってしまうのだった。

昼寝仲間を増やしたくて、サボリ魔の名を馳せつつある手術室の猫田看護婦に、この部屋をシエスタの場として提供しようと申し出たが、あっさり断られてしまった。

今日は手術がないから、口やかましく言われる筋合いはないはずだぞ、と自分に言い聞かせた渡海は、開いた扉を見て、驚いて身体を起こす。

顔を覗かせた意外な人物は、本日の騒動の主役の木村講師だった。

物珍しげに周囲を見回した木村講師は、ずかずかと部屋の中に入ると、真向かいのソファに、どすんと腰を下ろす。

「なかなか居心地のよさげな隠れ家だな。お前は本当に優遇されているんだな。実に羨ましい限りだよ。まあこれも佐伯さんの贖罪なんだろうが」

意味ありげな木村のもの言いに苛立った渡海は、尖った声で訊ねる。

「俺に何か御用ですか？」

「おや、ここは用がないと入ってはいけない特別室なのか？　佐伯外科の『図書室』だと聞いたんだが……。あ、そうか、俺はもう佐伯外科の一員ではなくなったからダメなのか」

「いえ、そんなことありませんが、普段は訪れる者がいないので、つい……」

渡海の言い訳を聞きながら、木村講師は、胸の前で指を組んで、目を閉じた。

「いやあ、さすがに今回は参ったよ。佐伯さんの恐ろしさを心底思い知らされた。こてんぱんに打ちのめされてノックアウト、降参だよ。佐伯さんは本当に怪物だな」

そう言うと、木村講師は目を見開く。

「だがあれで俺は確信した。あんな妖怪を奉戴し続けていたら、総合外科学教室は変われず、取り残されてしまう。俺の選択は間違っていなかった。そこで改めて、お前を肺外科に勧誘することにした。肺外科に移籍したら助教授に抜擢してやるよ」

「はあ？　なんでこんな状況で俺を勧誘できるんですか？　大体、立ち上げたばかりで将来どうなるかわからない肺外科の助教授より、総合外科の講師の方がずっとマシですよ。そっちを蹴って肺外科の助教授になったりしたら、物笑いの種です。それに医局カンファでも言いましたが、俺は役付なんて真っ平御免ですし」

「いやあ、言いたい放題してくれるなあ。だが前回の手術での手助けは本当にありがたかった。俺にもあの手術はやれたかもしれないが、あの場では思い切れなかった。あの時に事なきを得たのはお前のおかげだよ。だからそういうことであれば、役職なしで構わないから、今後もあんな風に俺を助けてくれないか」

渡海は呆れつつも感心する。ここまで面の皮が厚いと、もはや美徳にすら思われる。

なので容赦なく、全力で拒絶した。

「全く魅力を感じないオファーですね。佐伯外科にいた方が手術できる領域が広い。肺外科に特化したら症例が少なくて退屈してしまいます」

「だが佐伯教授には教室を維持する気はなさそうだから、このままではジリ貧になるぞ」

「それでも肺に限定するより、症例数は多いですよ」

木村講師は苦笑する。

「そこまでケチョンケチョンに言うとは、さすが渡海だな。まあ、お前が俺の勧誘を受けないことは最初からわかっていたさ。これから俺がするアドバイスは、手術をリカバーしてくれたお前への御礼の気持ちだと考えてくれ。渡海が佐伯教授を支えるなんて、滑稽だから考え直せ。父親を失脚させた相手に仕えるなんて、親父さんが草葉の陰で泣いているぜ」

それは渡海の肺腑を抉る言葉だった。渡海は震え声で言い返す。

「ワケがわからないんですけど。木村さんは、佐伯さんにこてんぱんにされて、逆恨みしてるだけでしょ」

「まあ、そう思われても仕方がないが、ひとまず俺の話を聞けよ。お前の親父さんが東城大を石もて追われた真相だからな」

自分が長年疑念を持ち続けていたことの核心を突かれ、渡海の表情が凍りつく。

彼の表情の変化を確認した木村講師は、ゆっくり語り続ける。

「あれは俺が医学部生の時のことだ。俺は総合内科学教室の臨床実習を受けていて、グループの指導教官が渡海一郎先生だった。だが突然、先生はお辞めになり、交替した指導教官から、渡海先生は佐伯教授の医療ミスの尻拭いで、詰め腹を切らされたという裏事情を聞かされた。ただしその後すぐに箝口令が敷かれて、真相は闇に沈んでしまったがね」

鳴り響く『ワルキューレ』の勇ましい旋律と共に、木村講師の言葉が脳髄を撃ち抜いた。

渡海の周囲の世界が、ぐにゃりと歪む。

にわかには信じられない話を聞かされて、渡海の声が震える。

「一体、どういうことだったんですか」

「俺が聞いた話を総合すると当時、佐伯さんが国際学会に出席している間に、腹痛を訴えた彼の担当患者が、なぜか内科の渡海先生の外来を受診した。そこで腹部レントゲン写真を撮ったところ、ペアンの置き忘れを発見し、佐伯さんの上司の大林教授にご注進した。すると大林教授はなぜか激怒し、越権行為だと内科の教授を恫喝(どうかつ)した。その剣幕に恐れを成した小心者の教授が、即座に渡海先生を辞めさせたんだそうだ。つまり渡海先生が東城大から追い出されたのは、佐伯教授の手術ミスを隠蔽するためだった、ということになる」

渡海の中で不審に感じていた過去の事案が、最後のピースを得たジグソーパズルのように、かちりと組み上がっていく。

そうして出来上がった絵図は、はっきりと目に映るものの、心情的には理解できない。

頭の中が真っ白になってしまった渡海は、その時、ふと脳裏をよぎった疑念を口にする。

「ひょっとして、神威島の父を訪問した佐伯教授の写真を撮ったのは、木村先生ですか？」

木村講師は一瞬躊躇ったが、やがてうなずいた。

「その通りだ。ただし、実際に写真を撮ったのは俺ではなくて、俺が命じて佐伯教授の後をつけさせた戸倉だけどな」

「どうして、そんなわけのわからないことをしたんですか」

「今思うと、我ながら青臭かった、と後悔してるよ。俺は、自分こそが佐伯外科の第一の後継者だと自惚れていた。実際、高野さんが独立した後は、目の上のたんこぶは黒崎さんだけで、アレなら簡単に追い落とせる自信があった。だが、お前が佐伯さんの寵愛を受け始めた。最初は、どうせ佐伯教授の気まぐれな道楽だろうと高をくっていたが、お前は次第に、手術手技で佐伯教授に迫る実力をつけてきた。そうなると、たとえ性格に難ありといえども、正統な後継第一候補となり得てしまう。すると俺の出る幕はなくなってしまうかもしれない。だから焦って独立を目指したんだ」

「でもそれなら、俺の親父は関係ないでしょう」

「それがそうでもないんだよ。俺は独立を目指すと同時に、佐伯外科の後継者に成り上がるという当初の目的も諦めていなかった。それにはお前と佐伯教授の間に、揺るぎない信頼関係が築かれていることが邪魔になる。だから二人の関係を壊そうとしたんだ。その時に浮かんだのが昔、耳にした噂だ。もしあれが真実なら、お前の父親は佐伯教授を恨んでいるに違いない。そのことを伝えれば、お前が佐伯教授に抱いている絶対的な信頼は崩せるだろう、と踏んだんだよ。だから戸倉に、渡海先生の気持ちを確認させようと思ったんだ」

「父さんが、佐伯さんに恨み言を言うはずがないでしょう」

渡海はぽつんと呟くと、木村講師はうなずいた。

「それはその通りだった。だがお前は、この件について親父さんから直接話を聞いたのか？親父さんの本音を知っているのか？」

それはまさに、渡海の弱点を突いたひと言だった。

渡海はそれまでも幾度か、そのことを訊ねようとしたが、いつも答えをはぐらかされた。

渡海の脳裏に、父が書き記した、たった一行のメッセージが蘇る。

——佐伯教授を責めてはならない。

そこに、木村の悪魔の囁きが重なる。

「戸倉が言うには、お前の親父さんの、佐伯教授への献身は本物だったらしい。それを息子のお前が引き継ぐのは理に適っている、と考えられないこともない。だが果たして佐伯教授は本当に、そんな献身に値する人物なのか？」

「佐伯さんが目指している医療は、ご立派です」と渡海は掠れ声で言う。

「そうかもしれないが、渡海親子への扱いはあまりにも酷すぎる。お前がオランダから帰国する前に親父さんは亡くなった。だが佐伯教授はその直前に親父さんを訪ねているのに、なぜかそのことをお前に言わなかった。それっておかしいと思わないか？」

木村に言われるまでもなくそのことは、写真と、そこに添えられたメッセージを見て以来、喉に刺さった魚の小骨のようにずっと渡海を煩わせ続けていたことだった。

「普段のお前なら、あの写真を見てすぐに佐伯教授に問い質しただろう。だがお前はそうしなかった。なぜか。それはお前の中に、佐伯教授に対する不信感があり、真実を聞いたら全てが壊れてしまうという恐怖に足がすくんだからだ」

木村講師の分析は、鋭い刃となって渡海の心を抉っていく。

「もう俺は佐伯外科に居場所を失ってしまった。だからお前と佐伯教授の関係が壊れようが修復されようが一向に構わない。なのでお前に忠告しておく。今すぐ、佐伯教授に真偽を問い質せ。そうすれば俺が言っていることが正しいかどうか、わかるだろう」

その言葉によって、渡海は惑乱の極みに叩き込まれる。

父の最後のメッセージはおかしいのではないかと、ずっと気になっていた。

あれは渡海が他の人物から、佐伯教授を恨むような出来事を聞かされたことを前提に書かれたと考えざるを得ない。

だが佐伯教授のせいで失職したのなら、父が、事の元凶となった当の相手を恨むな、と言うのは、いかに崇高な精神の持ち主だとしてもあまりにも不自然で、無理がある。

そこに木村講師のとどめの一撃が炸裂する。

「俺は佐伯教授に取り入りたくて、あの人の考え方を徹底的に調べ上げた。だから渡海が問い質した時の応答も、手に取るようにわかる。聞いてみたいだろ？」

うなずいてはダメだ、と心の中で声がする。だが気がつくと渡海はうなずいていた。

「お前が問い質したら、佐伯教授は、こう答えるだろう。『お前にそのことを告げなかったのは、父親からそうするように懇願されたからだ』とね。死人に口なしだからな。なぜ父親がそんな懇願をしたのかと重ねて聞けば『お前が外科医として大成するために必要だ、と父親に言われたからだ』と答える。なぜ俺にそれがわかるのか。それが佐伯教授がやった極悪非道な行為を正当化する、唯一解だからさ。これは真実かどうかなんて、もう誰にも永遠にわからない。だからこそあえて言う。これ以外の釈明をしたら、佐伯教授は信頼に足る人物だ。だがもしも、俺が推測した通りの答えだったら……」

そう言うと、木村講師は言葉を切った。

それは致死的な毒針の一閃だった。

木村講師は自分の言葉が渡海に疑念を与えたのを見て取ると、虚ろな微笑を浮かべた。

その時、ノックの音がして、返事を待たずに扉が開く。

「やっぱりここにいたのね、渡海先生」

お決まりの藤原副婦長だった。勢い込んでいつもの調子でまくしたてようとしたが、木村講師がいることに気がつくと、うつむいて早口で言う。

「お話し中すみません。総合外科の緊急手術が入りました。佐伯教授が執刀されることになり、当直の渡海先生を探しておられます。お話が済みましたら、第一手術室に来てください」

藤原副婦長が姿を消すと、木村講師は立ち上がり、渡海の肩をぽんと叩く。

「自分で真実を確かめろ。さっきも言ったが、これを伝えたのは手術で助けてくれた御礼だ。父親を蔑ろにした相手に尽くすなんて、気位が高い渡海君には、とても耐えられないだろう」

部屋を出て行く木村講師の後ろ姿を見送った渡海は、呆然と呟いた。

——信じられない……。

その言葉を向けた相手は果たして木村講師だったのか。それとも佐伯教授か。

渡海にはもう、何もかもがわからなくなっていた。

部屋を出た渡海は、ふらつく足取りで第一手術室へ向かった。


手術室の扉が開くと、手洗いを終えた佐伯教授が一人佇んでいた。

猫田看護婦が器械出しの席に就き、外回りの藤原副婦長が患者の消毒をしている。

渡海の顔を見て、佐伯教授は破顔して言う。

「いやあ、ぬかったよ。医局員に特別休暇を申し渡した直後に胃破裂の急患が来るとはなあ。だがこんな日に当直とは、渡海君も日頃の行ないが相当悪いようだな」

佐伯教授は饒舌だ。先ほどの会合は、佐伯教授にとっても会心の出来だったのだろう。

木村講師と話をする前なら、渡海も晴れがましい気持ちを共有できたに違いない。

だが渡海の周りの世界の風景は一変していた。

佐伯教授は、自分のことをじっと見つめている渡海を見て、怪訝そうに白眉を上げる。

「どうした？　さっさと手洗いをしろ。それとも私の助手を務めるのはイヤか？」

渡海は我に返って言う。

「いえ、とんでもない。すぐに手洗いを済ませます」

数分後。

渡海は現実感のないまま、佐伯教授の手術の前立ちを務めていた。

「そう言えばお前は外の病院の研修をしていない上、バイト先の桜宮病院は救急対応をしていなかったな。大学病院も救急対応が貧弱だから救急患者を診たことはないだろう。ちょうどいい。消化管破裂の手術対応の基本を講義してやろう。これはクリスマスプレゼントだ」

そう言って佐伯教授は外回りの藤原副婦長に命じた。

「生食ボトルを温めて持ってこい。取りあえず十五本。更に十本追加するかもしれない」

藤原副婦長は「はい」と言って、すい、と姿を消す。

佐伯教授が「メス」と言う。手渡されたメスが一閃すると、たちまち腹腔が露わになる。

佐伯教授の目が細くなる。微笑している。

「おお、この人はラッキーだ。十二指腸潰瘍の穿孔で、しかもネッツが穿孔部を覆って保護している。これなら大量の生食で洗浄する必要はないかな」

そこへ、両手一杯に生食のボトルを抱えた藤原副婦長が戻ってきた。

「まあ、せっかく藤原君が大急ぎで持ってきてくれたから、徹底的に洗浄しておこう。ソイツは全部使い切るが、追加は不要だ」

佐伯教授は、渡海に吸引器を持たせると次々に生食のボトルを開けては、微温の生食を腹腔に注ぎ込む。それを渡海が吸引器で吸い取っていく。

「消化管穿孔では一にも二にも腹腔内を徹底洗浄することが重要だ。それを怠ると術後に重篤な腹膜炎を併発し、吻合部リークの原因になる。手術は単なる手技ではない。それまでの経験、学んだ知識、先輩からの助言、そうした多くのディテールに支えられた芸術品なのだよ」

佐伯教授が伝授しようとしている極意が、染み入るように流れ込んでくる。

佐伯教授は、饒舌に喋り続けながらも、手を休めない。

十二指腸前面に空いた穴を三針かけて塞ぐという、ごく簡単な手術だ。

佐伯教授は、十二指腸穿孔では穴を塞ぐだけの単純閉鎖術を推奨していた。高度な手術技術を持ちながら単純化、簡素化も考える佐伯教授は、まさに国手の名に相応しい名医だった。

開腹、腹腔内洗浄、穿孔閉鎖の一連の過程は流れるようで、渡海が手を出す暇もない。

ビロードのような手技に見惚れているうちに、いつの間にか手術は終わっていた。

ご機嫌な佐伯教授は、いつもは第一助手に任せる閉腹に取りかかる。ただし今日は外科医が二人しかいなかったせいだった。

こんな素晴らしい手術をする医師が、手術ミスの隠蔽のために、渡海の父親をこの病院から追い出すなどという、卑劣な行為に手を染めたというのか。

渡海には信じられなかった。そして自分に言い聞かせる。

——今こそ、佐伯教授の真意を確かめなければならない。

けれども、木村講師の数々の予言の言葉が蘇り、渡海の舌は金縛りにあってしまう。

ようやく口を開けたと思ったら、自分でも思いがけない言葉が口を衝いて出た。

「安逸を思はず、名利を顧みず、唯おのれをすてて、人を救はんことを希ふべし」

それは「医戒」の第一則だった。一瞬、黙り込んだ佐伯教授は言う。

「それは渡海一郎先生から戴いた『医戒』の第一則だな。お前も叩き込まれたのか」

やはり佐伯教授は父・一郎と気脈を通じていたのだ。渡海は勢い込んで訊ねた。

「以前、佐伯先生は父と神威島で会ったことがある、とおっしゃいましたね。その時、父は佐伯先生に何と言ったか、覚えていますか？」

閉腹する動作が止まる。

白眉を上げて一瞬、渡海を見つめた佐伯教授は、すぐに目を伏せて術野に視線を落とす。

「その時のことは、はっきり覚えている。渡海、お前を一人前の外科医に育ててほしい、と頼まれたんだ」

佐伯教授は、リズミカルに閉腹の縫合を続けながら、ぽつん、と言う。

「経験値はともかく、技術ではお前はもう私を凌駕しているやもしれぬ。先日の木村との手術でそう確信したよ。渡海一郎先生との約束を果たし、肩の荷が下りた気分だよ」

渡海の心は凍りついた。

結局、佐伯教授の答えは、木村講師が予言していた通りだった。

いや、ひょっとしたらもっと酷い答えかもしれない。この期に及んでなお、父が亡くなる前日に神威島まで会いに行ったことを渡海に告白しなかったのだから。

渡海は、佐伯教授の最後の一針を見届けた。

その手技は、感動するほど清潔だった。

だがそうであればあるほど、自分と父に対する仕打ちが一層、下司（げす）なものに見えてくる。

不義理をした相手の子を、いけしゃあしゃあと使役する厚顔さに、吐き気すら覚えた。

「これにて手術終了、手伝い、ご苦労だった」

遠い世界から響いてくるような、佐伯教授の声がぼんやりと聞こえた。

渡海は挨拶を返さず、術野から離脱する。

驚いた顔で渡海の様子を見守る佐伯教授の目の前で、荒々しく術衣を脱ぎ捨てると、夢遊病者のように第一手術室を出て行った。

普通は患者の術後ケアは部下の仕事だが、そんなルーティンすら考えられなかった。

根城に戻った渡海は、ソファに座り込み、頭を掻きむしる。

しばらくして立ち上がると、レコードに針を落とす。

煌めくようなキーボード。『モナルカ』の旋律が、心に染みこんでくる。

すすり泣くようなサクソフォンの音色が部屋に満ちる。

全てが泡沫に思えた。

やがて渡海の胸の内に、どす黒い感情が湧き上がり、彼の瞳に、暗い情念の業火が、赤々と燃え始めた。

――あんたをその座から引きずり下ろしてやる。あんたが父さんにしたのと同じように。

渡海の感情は、百八十度反転していた。

＊

皮肉なことにこの日を境に、渡海は佐伯外科で、特別な地位に就いた。

木村講師が対応できずに投げ出した手術を完遂し、医局員の面前で佐伯教授の命令を拒否した渡海は、とどめに佐伯教授の手術患者の術後管理をサボタージュしながら、一切叱責されないというエピソードを、華麗な武勇伝の一ページに加えた。

佐伯教授は渡海の身勝手な行動を一切、咎めようとしなかった。

渡海の態度は日に日に増長し、医局内や手術室で自由気ままに振る舞うようになる。

やがて手術の可否も自分の意志で決定するようになった渡海に、もはや教室員の誰も口を出せなくなった。クラシックやジャズの旋律を響かせる手術室の小部屋に籠もる渡海に、難手術やオペのトラブル解消に降臨してもらうため、医局員がお伺いを立てるようになった。

そうした特権を目一杯行使し、渡海は思うがままに手術症例を積み上げ、次々に難手術を成功させ、その手技は至高の領域に達していく。

そんな風にエスカレートしていく渡海の暴挙を、佐伯教授は黙認し続けた。

かくして渡海は、佐伯外科のアンタッチャブルとなり、「オペ室の悪魔」という異名を恣(ほしいまま)にするようになったのである。

初出　「小説現代」2024年4月号、5・6月合併号、7月号
JASRAC 出2403740-401

著者略歴　**海堂 尊** かいどう・たける

1961年、千葉県生まれ。作家・医学博士。2005年『チーム・バチスタの栄光』で第4回「このミステリーがすごい!」大賞を受賞し、翌年デビュー。「桜宮サーガ」と呼ばれる同シリーズは累計1700万部を超え、多数がドラマ化、映画化される。最新の映像作品は2024年7月からのTBS日曜劇場「ブラックペアン シーズン2」。近著はコロナ三部作の最終作『コロナ漂流録』、『奏鳴曲 北里と鷗外』など。

プラチナハーケン1980

2024年7月1日　第1刷発行

著者　海堂 尊（かいどうたける）

発行者　森田浩章

発行所　株式会社 講談社　KODANSHA
〒112-8001 東京都文京区音羽2-12-21
電話　出版 03-5395-3505
　　　販売 03-5395-5817
　　　業務 03-5395-3615

本文データ制作　講談社デジタル製作

印刷所　株式会社KPSプロダクツ

製本所　株式会社若林製本工場

定価はカバーに表示してあります。

落丁本・乱丁本は、購入書店名を明記のうえ、小社業務宛にお送りください。送料小社負担にてお取り替えいたします。なお、この本についてのお問い合わせは、文芸第二出版部宛にお願いいたします。

ISBN978-4-06-535811-5　N.D.C.913 302p 20cm